中公文庫

崖っぷち芸人、会社を救う

安藤祐介

中央公論新社

目次

◉主な登場人物◉

スーパー『エブリ』の人々

夢と栄光からの亡命者
樫村栄治 …………… 吉祥寺本店の社員。元甲子園球児。
Kashimura Eiji

エブリ「うつけ」の四代目
沢渡宗一郎 …… エブリの社長。「お笑い実業団」の生みの親。
Sawatari Soichiro

本店を取り仕切る「丸投げ君」
稲毛憲正 …………………………… 吉祥寺本店の店長。
Inage Norimasa

明朗快活な同期社員
松永亜樹 …………… 栄治の同期。サービスカウンター担当。
Matsunaga Aki

最強レベルの「ゲラ」おばちゃん
大森咲子 ……………………… 惣菜売場のパート社員。
Omori Sakiko

「ツキミマート」派閥の希望の星
小田島充 ……… エブリ専務。買収された「ツキミマート」出身。
Odajima Mitsuru

エブリ『お笑い実業団』のメンバー

夢を追い掛けて十五年
のらえもん …………
江本太志 Emoto Futoshi　ツッコミ担当。
野良猫市 Nora Nekoichi　ボケ担当。

ロケンロールな一発屋
ロック春山 ……………………………… ピン芸人。

バイト漫才の実力派
フリーターズ …………
百瀬真理 Momose Mari　ツッコミ担当。
五十嵐笑梨 Igarashi Eri　ボケ担当。

超天然お絵かき芸人
ピカリーナン ……………………………… ピン芸人。

崖っぷち芸人、会社を救う

第一章　藁《わら》をもつかむ

毎週恒例、水曜特売の朝。

総合スーパー・エブリ吉祥寺《きちじょうじ》店は開店前から慌ただしい。

樫村栄治《かしむらえいじ》は売場の品出しを進めつつ、バックヤードの在庫品整理に追われていた。飲料の段ボール箱を積み直していると、パート社員の鈴木勝代《すずきかつよ》が、売場からバックヤードに駆け込んできた。

「栄《えい》ちゃん、ペットボトルの棚、『アルプスの滴《しずく》』と『緑茶仙人《りょくちゃせんにん》』がスカスカよ」

しまった。昨日から期間限定の「ご奉仕品」に切り替わり、飛ぶように売れたのだった。

「すみません、すぐに補充しますから」

栄治はカゴ台車に積んである水と緑茶のケースを十箱ほど品出し用の台車に移し替えた。

「勝代さん、重たいので、自分が行ってきます」

「いいから、いいから！　あたしがやっとくわよ」

勝代さんは飲料のケースが満載された台車を小さな身体で「よっこらしょ」と押し、売場へと戻ってゆく。もうすぐ七十歳になるとは思えないパワー。いや、きっと長年の経験から重い台車を動かすコツが身体にしみついているのだろう。

パート社員には主婦が多く、十年以上勤めるベテランもいる一方で、栄治は入社一年目の二十七歳。実作業のコツの多くを、勤続四十年の勝代さんから教わっている。

売場の商品補充は勝代さんに任せて、栄治はバックヤードの在庫品の整理を再開する。すると背後から「うーん」と重苦しい唸り声が聞こえた。

振り返ると、店長の稲毛《いなげ》憲正《のりまさ》が事務机のストアコンピューターの前で頭を抱えていた。稲毛店長は売場の業務は他の社員に任せきりで、密かに『丸投げ君』と呼ばれている。

「はあ、まいった……店が回らなくなっちゃうよ」

稲毛店長は薄い髪を掻きむしった。また本部から急な指示でも入ったのかもしれない。

栄治が「店長、どうしたんですか」と声を掛けると稲毛店長の肩がびくりと波打った。

「大丈夫、何でもない。樫村君には何の問題もないからね。お、朝礼の時間だ。行こう」

時刻は八時二十八分。バックヤードを出て売場へ入る。

レジ付近に早番の常勤社員とパート社員、合わせて約百名の従業員がエプリのロゴをあしらったグリーンのエプロンを着け、整列している。衣料品を扱う二階の従業員、寝具や家電、生活用品、玩具などを扱う三階の従業員まで勢揃いだ。

レジの向こう側には遥か正面入口からメインの中央通路が伸び、その両側に自転車、化粧品、携帯電話、靴・カバンなどの専門店が並ぶ。

開店前、買い物客がいない店内はひと際広く見える。

「おはようございます。今日は水曜特売です。各売場ともよろしくお願いします」

稲毛店長が進行役となり、青果、精肉、鮮魚、惣菜など各部門の責任者や担当社員が、業務連絡や今日の注意事項を従業員に伝達する。栄治が所属するグロッサリー部門は、生活雑貨などの日用品の他、調味料やレトルト品、菓子などの非冷蔵食品を扱う。

「グロッサリー部門からは、何かありますか？」

稲毛店長に話を振られ、栄治は「はい」と挙手する。

「今日から粉末スープの特別陳列《ちんれつ》を展開します。コーンポタージュ、クラムチャウダー、トマトスープを同じカゴに入れて、よりどり三個で三百九十八円です」

四月に向けた新社会人、新入学生応援フェアの一環で、栄治が提案した。「慌ただしい朝、パンとスープでお手軽に」というのぼり旗を立て、パンの棚に併設する。

「樫村君は二月にも鍋つゆの飾り棚を提案し、前年同月比三％増を達成しました」

稲毛店長に実績を紹介され、拍手が沸き起こる。栄治は少し照れながら頭を下げた。

チームの一員として、少しでも戦力になっていると実感できる。

「小さな取組も積み重ねれば、お客様の心に届きます。今日もよろしくお願いします」

最後に、お客様への挨拶《あいさつ》を全員で唱和する。稲毛店長の発声の後に従業員たちが続く。

いらっしゃいませ。ありがとうございました。またお越しくださいませ。

唱和を終えると、それぞれが自分の持ち場へと散ってゆく。

朝九時の開店まであと十分、特売品の多いお菓子の棚をもう一度チェックする。季節限定の桜チョコレートは、人通りの多いメイン通路に面したゴンドラエンドに全面陳列だ。

稲毛店長が栄治の隣に来て満足げに棚を眺める。

「いい棚ができたね。春の季節感が出ていて、色合いもよい。さすが大物ルーキー」

「その『大物ルーキー』っていうのは、やめてください」

栄治は苦笑いで応じた。

「早いもんだなあ。樫村君が入ってきて、もうすぐ一年だね。すっかりうちの戦力だよ」

うちの戦力だよ。その言葉に、危うく涙しそうになる。

自分はちゃんと戦力になっているのだ。

「おかげさまで、なんとか一年やってこられました」

野球一筋で生きてきた栄治が関西の球団から戦力外通告を受けたのは、一昨年の十一月。球団は栄治の熱心な練習姿勢は評価していたため、その後の進路を親身に世話してくれた。球団職員やスポーツ用品店を勧められたが、栄治は東京に出て、野球とは離れた仕事をしたかった。希望を伝え、球団OBのツテで紹介されたのが一都二県にまたがる中堅総合スーパー『エブリ』だった。そして戦力外通告から四ヵ月後に上京し、エブリに入社した。

野球との決別はすなわち、父親との決別でもあった。栄治という名は伝説の名投手・沢村栄治からとったものだ。生まれた時から、父親の母校に入って甲子園を目指し、プロ野球選手になると決められていた。ずっと父親の夢の続きを生きてきた。

今回の就職で、栄治は生まれて初めて父親に逆らった。野球からも、故郷・鳥取の小さな町からも遠く離れたところで、自分の意志で生き方を選択したのだった。

スーパーの営業は、ほぼ年中無休。社員は売場の責任者として売上目標を課され、パート社員を統括しながら自らも売場で力仕事や立ち仕事もこなす、プレイングマネージャーだ。休日が不規則になって、きつい時もある。だが幸い、体力には自信がある。

この仕事で、今度こそプロになると決めた。深く考えずに東京に移り住み、入社したが、今は楽しい。小さな実績を積み上げることで、悔しかった過去を少しずつ忘れられる。

「二年目も、色々な経験を積むといいよ」

普段の開店前はピリピリして忙《せわ》しない稲毛店長が、今日は妙にしんみりとしている。

〈開店五分前です。お客様をお迎えする準備を整えましょう〉

八時五十五分、全館に開店五分前の自動放送が流れる。

「さて、はあ、忙しい、忙しい」

いつものぼやき口調に戻った稲毛店長は、背中を丸めてバックヤードへと戻っていった。

〈業務連絡、業務連絡、樫村副主任、サービスカウンターまでお願いします〉

店内放送で栄治を呼び出す業務連絡の声。サービスカウンター担当の同期入社・松永亜樹《まつながあき》だ。同期といっても、新卒入社の彼女は二十三歳。栄治のほうが四つ年上だ。

何の呼び出しだろうか。小走りでサービスカウンターへ向かう。

サービスカウンターはレジを隔《へだ》てた向こう側、ちょうど専門店街との境目にある。行ってみると、亜樹が「おはよう」と、のん気に手を振っている。

「何だよ、開店前で忙しいんだからさ」

「ちょっと『何だよ』はないでしょう。あれ、見てよ」

亜樹が指差したのはサービスカウンターの側に設けられた二十坪ほどの広場。

『アキチーナ』と名付けられた催事場だ。

アキチーナには三台の移動式コルクボードが並び、たくさんの絵が貼り出されている。

近所の保育園児たちが描いてくれた猫のマスコットキャラクター『エブリにゃん』の絵だ。

「今日は子供たちが観に来てくれるって聞いたからさ、飾り付けてみた」

花をかたどったピンクの色紙に一文字ずつ『みんなのエブリにゃん』と記されている。

他にも色紙で作った虹などの飾りが施され、園児たちの絵が一段と引き立つ。

「お世辞抜きで素晴らしい。意外な才能だね」

「『意外な』は余計なんですけど」

亜樹は口を尖らせながらも得意げだ。

「そういえば朝礼の前に、四代目が来たよ」

エブリでは、偉大なる先代社長を従業員たちが親しみを込めて「三代目」と呼んでいた名残《なごり》で、現社長を「四代目」と呼んでいる。

「四代目が？　また来てるのか」

創業家の四代目社長、沢渡宗一郎《さわたりそういちろう》が旗艦店舗の吉祥寺店にふらりと現われることは珍しくない。社長業務をさぼって本部を脱け出して来るのだ。カリスマ経営者として慕われた三代目・茂吉《もきち》と比べられ、古参社員からは『うつけ』と陰口を叩かれている。

「なんでか分からないけど、最近のアキチーナの様子を色々と訊かれたよ」

エブリ吉祥寺店の催事場・アキチーナは、先代の沢渡茂吉が「空白は新たな価値を生み出す」という理念のもと、一階フロアのど真ん中に設けた空白地だ。

このアキチーナには他のスーパーの催事場と決定的に違う点がある。

物を売ってはならないのだ。

アキチーナの側の柱には、小さな石板が掲げられている。

〈エブリ吉祥寺本店催事場『アキチーナ』

ここは空き地のアキチーナ。

空白は新たな価値を生み出す。
この場所では決してお客様に物を売るべからず。
売ってよいものがあるとすれば、
それは「夢」、ただひとつである〉

スーパーの催事場で物を売るな。まるでバッターボックスでバットを振るなと言うにも等しい、冗談のような話だ。

二十坪程の広場は、来店客の憩いの場として、その名の通り空き地になっている。

空き地のアキチーナ。B級感漂う呼び名も、先代・茂吉によって付けられた。

木製タイルを床に敷き詰めた広場には、四人掛けの木製ベンチが「コ」の字型に十四脚置かれ、前方には一段高くなったステージがある。ひと昔前までは戦隊ショーなどが頻繁に開催されていたという。お祭り好きの四代目は、時々ここで販促用のイベントを企画する。大道芸人やピエロを呼んだり、懐かしの玩具《おもちゃ》を並べて子供を集めたり。

「また四代目の思い付きで、何かイベントでもやろうと企んでるのかねえ」

栄治はアキチーナに目を遣《や》りながら言った。

「あ、もう開店じゃん。栄ちゃんも、油売ってないでさっさと売場に戻って働く、働く」

「分かってるよ。業務連絡とか言って呼び出したのはそっちだろう」

この明るく可愛らしい年下の同期社員は、年の差を越えて同級生のように接してくれる。温かな気持ちで、栄治は売場に戻った。

フロアの中央ではエスカレーターが動き出し、続いて、正面入口の自動ドアのロックが解除される。ドアが開き、開店を待っていた人たちが店内に入ってくる。

〈いらっしゃいませ、おはようございます。本日も、エブリ吉祥寺店にお越し頂き、誠にありがとうございます。本日は、エブリ恒例水曜特売。どうぞ、ごゆっくりお買い物をお楽しみくださいませ〉

亜樹の店内放送には、さっきまでとは別人のような、プロの貫禄が漂っている。

栄治は来店客に挨拶しながら、菓子の棚の商品を前出し陳列してゆく。

「樫村君、申し訳ない。すぐに、バックヤードに来てくれないか」

亜樹の次は稲毛店長か。今日は朝から呼び出しが多い日だ。

「手元の作業に区切りをつけてからでも、いいですか」

「いや、すぐに来て欲しい。四代目がお呼びなんだ」

栄治は「自分ですか？」と訝しがる。社長直々《じきじき》の呼び出し。何事だろうか。

稲毛店長に連れられて来たのは、バックヤードの小会議室だった。

四代目社長、沢渡宗一郎がパイプ椅子《いす》に座って待っていた。なぜか白衣を着ている。

「君が樫村君？」

「はい、樫村栄治と申します」

四代目と間近で話すのは初めてだ。

「あのさ、プロ野球選手やってたんだって？　知らなかったよ。ついこの間、稲毛さんから聞いてさ、びっくりしたんだ。なんで早く言ってくれないのってさ」

横で稲毛店長が「申し訳ありません」と恐縮する。

「そうだ。あのさ、あのさ、これさ、ぼくが考えた新商品なんだけどさ、どうだろう」

テーブルにはステンレスのトレーが置かれ、クッキングペーパーの上に揚げ物が載っている。四代目は朝から惣菜《そうざい》売場のバックヤードで揚げ物を作っていたらしい。

「稲毛さんも、樫村君も、食べてみてよ。さあ、さあ、早く」

得体の知れない揚げ物を割り箸で取り、恐る恐る口に運ぶ。さくさくの衣を嚙むと、ぬるりとした食感が口の中に広がる。納豆だ。

四代目は二人の反応を窺《うかが》いながら「どう？　美味《おい》しいでしょ」とコメントを急《せ》かす。

「納豆の唐揚げで、山芋の粉が隠し味だから『ネバトロ揚げ』。売れるかな？」

「私は……美味しいと思います」

稲毛店長は引きつった笑みを浮かべながらハンカチで口を拭う。

「でしょ、でしょ。あのさ、これ絶対に売れると思うんだけどさ」

まるで小学生の男子のような言動だ。だが、四代目はもう五十過ぎのおじさん。東京西部、神奈川東部、埼玉南部に合計二十店舗を有する、総合スーパーの長だ。

「樫村君は？　美味しいでしょう。わっはっは、売れるよね？」

栄治は、こんなことで呼び出されたのかと拍子抜けする反面、大事ではなくて安心した。

「樫村君には惣菜売場に異動してもらうからさ、ネバトロ揚げの感想を教えて欲しいんだ」

今、ネバトロ揚げの話と一緒に、重要なことを言われた気がする。

「あの……今、何と言われましたか」

「惣菜売場に異動。面白いよ」

栄治の隣で稲毛店長が肩を落としている。この異動の話を知っていた様子だ。

「なぜ自分が惣菜売り場に異動なんでしょうか」

「あのさ、なんつうかさ、お笑いをやって欲しいんだ」

全く意味が分からず、栄治は「お笑い？」と訊き返す。

この社長の言うことには、主語や途中の説明が抜け落ちている。

「あのさ、惣菜売場にさ、アルバイトの芸人さんが何人かいるでしょう。知ってる？」

「はい、知っていますが」

直接関わったことはないが、店内では周知の事実だ。エブリの惣菜売場は、スーパーでは稀《まれ》なまかない付きで、吉祥寺に住む芸人の間で人気の勤務先らしい。

「みんなさ、お金がない中で明るく頑張ってんだよね。だからさ、応援したいんだ」

お祭り好きが何か思い付いたようだが、栄治自身にどう関わる話なのか見当がつかない。

「あのさ、スポーツ選手は会社に応援してもらってるじゃん。なんで芸人さんにはそういうのがないんだろう？　みんなアルバイトしてさ、ギリギリの生活でしょ」

四代目はオリンピックのスピードスケートで金メダルを獲得した女性選手のことを熱く語り出した。地元の法人が職員として雇用し、競技生活を支援しているという。

「あのさ、実業団野球とかもあるじゃん。会社で昼過ぎまで仕事してさ、夕方から野球に専念してください、みたいなやつ。うちもさ、ああいうのをやりたいんだ」

稲毛店長は「つまりは」と通訳をするかのように割って入る。

「芸人たちの実業団のようなものを作る、というイメージですか」

「そんな感じ！　エブリでお笑い実業団をやるんだ。お、いいね、お笑い実業団だよ！」

四代目は今思い付いたらしき単語を繰り返す。

「お笑い実業団……」

なぜスーパーでお笑いなのか。百歩譲ってなぜ自分にその任務が回ってくるのか。なぜ折角結果を出し始めたグロッサリー部門を去って惣菜部門へ異動しなければならないのか。数えきれないほどの「なぜ？」が頭の中をぐるぐると駆け巡る。

「なぜ自分なんですか」

「樫村君はさ、甲子園を沸かせた大スターじゃん。そういう経験があるからさ、絶対に合ってるよ。エンターテイナーだから。適任だよ。君しかいないでしょ」

自分は一軍の試合に一度も出られなかった元プロ野球選手だ。心の中で反論しつつ、口にする気にもなれなかった。今言われている仕事が、あまりにも意味不明で、現実とは思えないからだ。

「社長、そういうお話なら、たとえば樫村君をグロッサリー部門の担当に留めたまま、芸人さんを活用したプロジェクトを進めるということでは……」

稲毛店長が恐る恐るといった様子で提言した。

「ダメ！　ダメっていったらダメなの！　芸人さんたちと同じ惣菜売場で一緒に仕事したほうが絶対にいいの！」

稲毛店長を叱責する四代目。栄治はげんなりした。バカ殿、かつ暴君だ。

「芸人さんが芸を磨く環境を整えれば、芸が面白くなるでしょう、ライブをやって面白ければお客さんが集まるでしょう」

栄治は「ライブといっても、どこでやるのでしょうか」と訊ねた。

「アキチーナだよ。オダさんからアキチーナの有効活用っていう。宿題を出されたんだ」

稲毛店長が「小田島《おだじま》専務から？」と首を傾げる。

専務取締役の小田島充《みつる》。経営陣の要《かなめ》だ。

小田島は二十年前にエブリに買収された『ツキミマート』出身で、三代目に店舗運営の手腕を買われて抜擢《ばってき》され、エブリの大番頭として財務を立て直した。

三代目の死後に就任した四代目は催事などのお祭り事業に明け暮れ、小田島が経営を仕切っていることは社員には周知の事実だ。うつけの四代目には、おもちゃで遊んでいてもらったほうがよいと、幹部たちも割り切っているらしい。今や小田島が首を縦に振らなければ事業は何も進まない。

「四代目のお考え、小田島専務はご存知なのですか？」

稲毛店長はまた恐る恐るの様子で四代目に訊ねた。

「オダさんに話したらさ『四代目のお考えなら、是非もなしです』なんて言ってた」

四代目は口角を下にゆがめてへの字口で喋る小田島の癖を大げさに真似た。稲毛店長は「そうですか」と意外な様子で呟いた。

「楽しみだなあ。ぼくバカだけどさ、今回だけはさ、もしかしたら天才かもしれないって思ったよ。この事業をやって、悪いことはひとつも起きない。いいことばっかりなんだ」

アキチーナを活かして、店にいる芸人さんを活かして集客できて、地域の人に笑いを提供できる。一石二鳥どころか一石四鳥、五鳥にもなると、自信満々に語る。そして四代目は白衣のポケットから折り畳まれたＡ４サイズの紙を取り出し、テーブルの上に広げた。

「経営者はスピードが命だからさ、すぐにバーンと始めたいの。で、考えてみた」

雇用条件
給料は準社員待遇（月給二十万円　社会保険完備）
勤務は八時〜十七時または十三時〜二十二時のシフト制
勤務内容：売場での通常勤務、催事スペース『アキチーナ』でのライブ出演など
休暇：週休二日制　オーディション休暇あり
環境：放送作家の名島卓からオーディション情報等の提供有
外のライブやテレビ出演でのギャラ配分は、本人9割、エブリ1割
その他：現在の所属事務所とは契約を解除すること

「芸人さんたちを準社員として雇うんですか……」

稲毛店長は四代目に訊ねた。準社員は、転勤のない社員。待遇は正社員とほぼ同じだ。

「そうだよ。芸人さんたちの未来を預かるんだから、責任重大だよ」

もはやスーパーの仕事ではない。芸能事務所の仕事に片足を突っ込んでいる。

次に四代目が差し出したのは、組織図だった。「社長室」からボールペンの手書きで横に線が引っ張られてあり、線の末端に「娯楽事業開発室」と記されている。

「だからね、樫村君は四月から『惣菜売場副主任兼娯楽事業開発室長』」

「四月からですか？　もう来週ですが」

「スピードが命だから。よろしく。楽しみにしてるよ！　何か分からないことある？」

「分からないことだらけです。なぜ、スーパーのエブリが芸能事務所みたいな仕事をするのでしょうか。本業から全く外れたことに手を出して、大丈夫なのでしょうか」

「実はさ、会社の定款《ていかん》の事業目的に『芸能タレント等の育成、マネジメント』っていうのが入ってるんだよ。爺ちゃんが寄席《よせ》とか好きだったから、洒落《しゃれ》でこっそり入れたんだって」

戦後、二代目が青果店をスーパーマーケットに転業し『株式会社沢渡マーケット』として法人登記する際に、遊び心で書き加えたのだという。定款には事業目的をいくつ書いても金はかからないため、二十種類もの事業目的を書いたらしい。

「ギャラの九割が芸人さんって、気前が良すぎるのでは……？」

稲毛店長が遠慮がちに訊ねた。

「そこが狙いだよ。芸人さんたちを支援して、スターが出たら宣伝効果抜群！」

四代目の頭の中には、バラ色の未来が好き勝手に広がっているようだ。

「あとね、なんてったって、名島君《なじま》がいるから。無敵だよ。名島卓《すぐる》だからさ」

四代目は「名島卓からオーディション情報等の提供有」という部分を指差した。

「名島さんって、誰ですか……？」

栄治には名島卓という人物が何者なのか、なぜ無敵なのかさっぱり分からない。

「二十年前ぐらいに芸人やりながらエブリでバイトしてた人。いま放送作家やってるっていうからこの話をしたら、全面サポートしてくれるって。彼ね、なんと、今は『爆笑ホットプレート』とか手掛けてるんだ」

テレビ番組のことを言っているようだが、栄治には全くピンとこない。稲毛店長が「深夜に放送してるお笑いの番組ですね」とフォローを入れる。

「樫村君は、お笑いのこと全然知らないようだね」

「はい、さっぱりです。全然ダメですね」

分かってくれたか。他に適任がいるかはともかく、少なくとも自分ではない。

「じゃあ、よろしくね」

四代目は話は終わったとばかり席を立った。栄治も「はい」と座ったまま応じた。だがすぐに、おかしいぞと気付き、咄嗟《とっさ》に四代目を呼び止めた。

「ちょっと待ってください。よろしく、とは……」

「芸人さんたちには、樫村君から話しておいてもらえばいいよ。室長なんだから」

「ですから、自分はお笑いのことを何にも知らないのですが」

「知らないほうが面白いじゃん。これから知っていけるんだから。じゃあ、よろしく」

四代目は白衣姿のまま会議室を出て行った。稲毛店長と二人で会議室に取り残された。

「店長、何なんですか、これ……」

「樫村君の異動の話は、昨日の夜に人事部から聞かされたんだ。今日中にはぼくから樫村君に話そうと思ってたのに、朝一番で四代目が直々に言いに来るとは思わなかったよ」

開店前に稲毛店長が「店が回らなくなる」とぼやいていたのを栄治は思い出した。

「じゃあ、お笑いなんちゃらの話は……」

「その話は全く知らなかった。初めて聞いて、ひっくり返るかと思った。四代目のこんな無茶な思い付きに、あの小田島専務が賛成したって、本当だろうか」

芸人たちを準社員に登用すれば、人件費が上乗せされる。それに小田島は常々、アキチーナの収益事業への活用を主張していると聞く。

「普通なら、小田島専務が首を縦に振るとはとても思えない。何か裏がありそうだな」

栄治には役員の力関係や、思惑などは分からないし、興味もない。

「しかしまあ……とにかく、社長の肝煎《きもい》り事業で小田島専務も黙認のプロジェクトとなれば、とりあえずはやるしかないんだろうなあ。樫村君、頼んだよ」

「ちょっと店長、頼んだよって……」

稲毛店長はこの得体の知れない新規事業を栄治に丸投げするつもりだ。

「でも『爆笑ホットプレート』の放送作家とパイプがあるって、本当ならすごいよ」

「そんなにすごいんですか」

「深夜枠のネタ番組だけど、ブレイク前の芸人たちの登竜門だよ」

「よく知ってますね。お笑い好きなんですか」

「うち、中学二年の娘と小学六年の息子がいるから。店でライブやったら、見に来るかも」

「店長、まるで他人事《ひとごと》みたいですね」

「うーん、他人事っていうか、こんな話、本当かなっていう感じだよね」

「いやいや、嘘ですよね、こんな話」

小売業の世界でプロになろうと一年間励んできた。『お笑い実業団』？　冗談じゃない。

＊

えもやんこと江本太志《えもとふとし》は油の臭いの沁《し》みついた白衣を脱ぎ、休憩室でスマホを確認する。

〈ブースターズは本日をもって解散します。二人とも芸人を引退し、それぞれ別の道に進みます。これまで応援してくださった方々、ありがとうございました〉

SNSに書き込まれた漫才コンビ『ブースターズ』の投稿には、芸人仲間やファンから驚きのコメントが付いている。

ブースターズの二人とは何度か小劇場のライブで一緒になったことがある。えもやんと同じ三十五歳。一緒に頑張っている同志のように感じていた。

「なんでや……」

星の数ほどあるお笑いコンビ。解散はよくあることだ。しかし引退の報せはショックが大きい。同じ世界から仲間が一人、二人と去ってゆくような寂しさを覚えるのだった。

「えもやん、どうした。溜息なんか吐《つ》いて。ロックじゃないね」

白衣姿で休憩室に入ってきたのは、芸歴十九年目のピン芸人・ロック春山《はるやま》。十年前、しょぼい武勇伝を披露して「ロケンロール！」と叫ぶネタで少しの間一世を風靡《ふうび》したが、今は芸人としての収入はほとんど無く、エブリのアルバイトでしのいでいる。

春山は白衣を脱ぎ、黒のタンクトップの上にトレードマークの黒の皮ジャンを羽織った。自称「細マッチョ」の筋肉質な身体は本人曰く、ロック芸人のキャラ造りの一環だという。

「ロックさん、ブースターズ解散するらしいです。二人とも引退ですわ」

「あいつらが引退……？　そいつはロックじゃないな」

「最近、引退の報せが入ってくる度、他人事とは思われへんのですわ」

「どうしたんだ、ヘイヘイヘイ、辞めてった奴らの分まで頑張ろうぜ」

「うちら最近、人前で漫才やる機会もめっきり減ってしもて、お笑いの収入はほぼゼロですわ」

えもやんの漫才コンビ『のらえもん』は、相方が起こしたトラブルにより所属事務所から干され、ここ三ヵ月間、ライブもオーディションもほとんど情報が回ってこない。

金欠はいつものことだから、苦にならない。だが三十五歳になった今、干されてただバイトでしのぐだけの毎日を過ごしていると思うと、心が折れそうになる。

「どうしたのよ、あんたたちは大丈夫よ。面白いんだから。あははは！」

惣菜売場のパートリーダー、大森咲子《おおもりさきこ》だ。勤続十五年の大ベテラン。四十八歳で高校二年生の娘を持つ、一児の母だ。

「咲子さん、すんません、景気の悪い話聞かせてしもて」

「えもやん、最近ちょっと痩せた？　しっかり食べて太らなきゃ。あははは！」

とにかく笑い上戸な咲子さんは、芸人たちのライブをよく観に来てくれる。

お笑いの世界では、よく笑う客を〝ゲラ〟と呼ぶが、咲子さんはその最たる人だ。

「おつかれさまです」

女性漫才コンビ『フリーターズ』の二人と、絵描き芸人のピカソーメンが入ってきた。

三人とも、えもやんの所属する大江戸エンタテインメントの後輩芸人たちだ。

「なんや、お前ら、今日はシフト入っとったっけ？」

「入ってないんですけど、店長から電話で呼ばれたんです。何の話ですかね」

フリーターズのボケ担当・五十嵐笑梨《いがらしえり》は不安そうに首を傾げている。

「私たちクビかなってびくびくしながら来たんですよ」

同じくフリーターズのツッコミ担当、百瀬真理《ももせまり》が言う。

アルバイトをネタにしたバイト漫才を芸風としているフリーターズは、二人とも普段はほんわかした女の子だが、ひとたび舞台に立つとキレのある正統派漫才を展開する。

「ピカソも店長から呼ばれたん？」

「はあ、忙しいから勘弁して欲しいんすけどね」

美大中退の絵描き芸人・ピカソーメンは、絵画制作と芸人活動を並行する変わり種。彫りの深いポーカーフェイスや飄々《ひょうひょう》とした言動はどこか浮世離れしている。

「集められたのは芸人バイト全員っていうわけやな……なんやろうな」

休憩室のテーブルを囲んで待っていると、稲毛店長と若い男性の社員が入ってきた。

「あら栄ちゃん、どうしたの？」

咲子さんが若い社員に声を掛けた。店内人脈の広い咲子さんは顔見知りのようだ。

彼はグロッサリー部門の社員だ。元プロ野球選手で、昔は甲子園を沸かせたスター選手だったらしく、惣菜売場でも噂になっていた。

「お集まり頂いて、すみません。今日は、パート社員の芸人の皆さんにお話があります」

稲毛店長が改まった調子で切り出した。

「店長、アタシも話聞いていいかしら。アタシ、みんなの一番のファンだからさ」

咲子さんが言うと、稲毛店長は「どうぞ」と頷いた。

「じゃあ樫村君、説明をお願いします」

稲毛店長が早速、若い社員に話を丸投げする。

「社長の独断で『お笑い実業団』とかいうプロジェクトが降ってきました。ひと言で言うと、皆さんに、エブリの専属芸人になって頂けないかというお話です」

樫村の説明に、えもやんは首を傾げた。

「あの、のっけから意味が分からんのですが」

「自分も分かってません。四代目の指示ですぐやれと言われて、そのまま説明してます」

樫村の投げやりな言い方に、不信感が募る。

「まずは皆さん、こちらをご確認ください」

樫村は、Ａ４サイズの紙を一枚ずつ配った。

雇用条件
給料は準社員待遇（月給二十万円　社会保険完備）
勤務は八時〜十七時または十三時〜二十二時のシフト制
勤務内容：売場での通常勤務、催事スペース『アキチーナ』でのライブ出演など
休暇：週休二日制　オーディション休暇あり
環境：放送作家の名島卓からオーディション情報等の提供有

外のライブやテレビ出演でのギャラ配分は、本人9割、エブリ1割
その他：現在の所属事務所とは契約を解除すること

樫村は資料に沿って淡々と説明する。

貧乏暮らしの芸人を、エブリが全面的に支援するという驚きの内容だった。

しかしもっと驚くべきは、樫村の態度だ。やる気が全く感じられない。

「あの、大丈夫ですか。ずい分気前のいい仕事に誘ってくれてますけど、一方で、やる気ゼロやないですか……。うちらにどないせいっちゅうんですか？」

「皆さんに引き受けるか否か、返事をいただきたいんです。嫌だと言っていただければ、この『お笑い実業団』計画は白紙になります」

「本当にやる気無しだ。栄ちゃん、だっけ？　ある意味ロックだね」

「でも月二十万円で社会保険完備……ギャラ配分9対1っていうのは正直、惹《ひ》かれる」

「そうだね、生活の不安は無く、漫才を続けられる。『お笑い実業団』か」

フリーターズの二人は食い入るように資料を見ている。

「月二十万もらえたら、今よりいい画材とか買えるから嬉しいな」

ピカソーメンが、のん気なことを言う。

「ちょっと待ってや、シフトが固定になるのはあかんやろ。芸人は急にオーディションや

らライブが入ってもええように、時間に融通利かせられるようにせんと」

エブリは夢を追うアルバイト従業員を応援する社風のため、シフト調整にも配慮してくれていた。だが準社員になってシフトが固定されたら自由が利かなくなる。

「でもえもやんさん、オーディション休暇って書いてありますよ」

「店長さん、これで今まで通り融通利かせてくれるんですよね」

笑梨と真理が「オーディション休暇」を指差しながら言う。

「そうですね。これまで通り惣菜売場の中でお互いにシフトを代わることもできるし、パート社員さんを増やしたりして、より柔軟に対応できるようにします」

稲毛店長が丁寧に答える横から、樫村が「でも、増員の予算とか付くんですかねえ」と他人事のように割って入る。

「予算は付いてる。四代目の肝煎りだから」

稲毛店長の答えに、樫村は「本当ですかね」と落胆したように溜息を吐く。

「あと、この放送作家の名島卓って、誰ですか」

ピカソーメンが紙を眺めながら言った。

「昔エブリでバイトしてて、四代目と知り合いらしいです。『爆笑ホットプレート』っていう番組を手掛けてる放送作家で、オーディションとかの情報をくれるそうです」

樫村の言葉に、皆の目の色が変わった。若手芸人の登竜門となる番組で、自分たちのような地下芸人にはオーディションの機会すら回ってこない。

「そんなすごいパイプがあるんですか！」

フリーターズの笑梨が興奮した様子で叫ぶ。爆笑ホットプレート出演のチャンスが回ってくるかもしれない。頭上から下ろされた蜘蛛《くも》の糸のような話にみんな色めき立った。

「そうは言うけどみんな、ちゃんと読んでから言うてる？　最後の一行、見てみいや」

えもやんは、資料の最後の一行を指差した。

〈その他：現在の所属事務所とは契約を解除すること〉

事務所を辞めるということは芸人にとって一大事だ。世話になっている義理もあるし、下手な辞め方をすれば狭い業界内、悪い噂は広まりやすい。それに弱小とはいえ、一応は芸能事務所である大江戸エンタを飛び出してこの不確かな話に乗るのはリスクが高過ぎる。

「社長さんの心遣いはありがたいんやけど、今の事務所と縁を切るのは無理な話ですわ」

えもやんの返答に、樫村は「そうですか」と、ほっとしたような表情を浮かべた。

「ちょっと待った！　俺は今、事務所に所属してない一匹狼だから、願ったりだね」

ロック春山が勢いよく手を挙げた。すると樫村は首を傾げた。

「このお笑い実業団とかいうものが、芸能事務所の役割を果たせるとは思いませんが」

「栄ちゃん、黙って聞いてれば何よ。この『お笑い実業団』って話、やりたくないの？」

咲子さんが身を乗り出して樫村に詰め寄った。

「正直、やりたくないです。皆さんが拒否してくれれば、自分は本業に専念できますから」

「そんな中途半端な話なら、願い下げや。こっちは命削ってお笑いやっててんねんから」

えもやんは思わず、熱くなった。樫村は「嘘でしょう」と抑揚のない声で呟いた。

「命削ってとか、嘘ですよ」今度は断定的な語気でもう一度、はっきりと。

隣で店長が「樫村君」と横目で咎《とが》めるような視線を送っている。

「だって、命削ってやってれば、今頃もっとマシなポジションにいるんじゃないですか」

咲子さんが「栄ちゃん、何てこと言うの！」と叱ったが、樫村は怯む様子もなく言葉を継ぐ。

「いい歳して夢にしがみついてる人に、命削ってるとか言われても、信じられませんよ」

腸《はらわた》が煮えくりかえるような心地とは裏腹に、えもやんは反論できなかった。

「自分は文字通り命を削ってきました。物心つく前からボールとバットを握らされ、周りが遊んでる時も野球漬け。それでもプロでは通用しませんでした」

言外には「命削って」なんて易々と口にするなという怒りが感じられる。

「それに、自分だってスーパーの仕事のプロになろうと覚悟を決めたんです。今度こそプロになろうと。なのに『お笑い実業団』なんて本業と全く関係ない話を丸投げされて、散々ですよ。迷うぐらいなら、この話はなかったことにしてもらいたいです」

樫村の語気がどんどん荒くなってくる。稲毛店長が「まあ、まあ」と割って入った。

「彼、普段は優しい青年なんだけど、異動やら何やらで色々疲れてることもあって」

稲毛店長のフォローに、咲子さんが「栄ちゃん、異動するの？」と反応する。

「社長命令で惣菜売場に異動ですよ。惣菜売場副主任兼娯楽事業開発室長です。仕事中も芸人の皆さんと行動を共にしろということらしいです。でも江本さんもこう仰ってますし、この『お笑い実業団』の話は難しいですかね」

「待ってください、私たち、考えてみます。少し時間をいただけませんか。お願いします」

必死の形相で頭を下げたのは、フリーターズの笑梨だった。

「笑梨ちゃん、正気か。大江戸エンタを辞めなあかんねんで」

「そうは言っても、うちの事務所、最近ほとんど機能してないじゃないですか」

フリーターズやピカソーメンにも、ライブやオーディションの情報が来なくなったらしい。

「この話を請ければ、エブリで働きながら一定の収入が保障されて、生活の心配なく漫才に打ち込めます。今の事務所でくすぶっているより、挑戦したほうがいいと思いませんか」

真理が目にうっすらと涙を浮かべながら力説する。

フリーターズの二人は二十七歳。笑梨は新潟の米農家の次女、真理は長野の老舗蕎麦《しにせそば》店の次女だ。二人とも、三十までに芽が出なかったら家業を手伝う約束で活動している。

「先輩に対して失礼ですが、のらえもんさんは、干されてますよね。このまま大江戸エンタにいても、飼い殺しみたいな状態で、時間だけ過ぎてしまいますよ」

ピカソーメンが淡々と痛いところを突いてくる。

「まあ、皆さん、今この場ですぐに決めるのも無理だと思いますので、まずは三日後ぐらいまでに一度お返事を頂く、ということでどうでしょう」

稲毛店長が話を区切り、この場は解散となった。


帰り道、えもやんはバス通り沿いの歩道をとぼとぼ歩きながら、樫村に渡された紙切れをぼんやりと眺めていた。

冷静になって改めて読み返すと、フリーターズの二人が言うとおり、悪くない話だ。

のらえもんは所属事務所の大江戸エンタテインメントと冷戦状態にある。相方が社長と大喧嘩《おおげんか》したのだ。謝れと言っても頑として聞かない。ライブもオーディションも情報を回してもらえず、ただ毎日バイトで食いつなぐばかり。もはや八方ふさがりだ。

バス通りから脇へ入り、細い道を住宅街へと入ってゆく。

吉祥寺駅と三鷹《みたか》駅のちょうど中間ぐらいにある築三十五年のアパート。吉祥寺駅から徒歩二十五分、家賃は都内の物件としてはそこそこ安く、1DKで家賃五万三千円。

錆《さ》びた外階段を上り、二〇二号室のドアを開ける。朝のうちに予約セットしておいた炊飯器が湯気を立てていた。

「おかえり、いつもより遅かったね」

妻の弥生《やよい》が先に帰っていた。弥生と暮らし始めて三年。えもやんは芸人、弥生はシンガーソングライターを目指しながら、コールセンターのアルバイトで生計を立ててきた。

弥生の両親は結婚を頑なに認めなかった。この男と結婚するなら縁を切ると言われ、弥生は家を出た。金がないため式も挙げられず、えもやんの芸人仲間と弥生の音楽仲間たちが吉祥寺のレストランでささやかな披露宴を開いてくれた。

えもやんは芸人として売れて、必ず二人で幸せになると心に誓った。だが今や、のらえもんは事務所から干され、お笑いの仕事は減るばかりだ。

「今日はイカフライと、弥生の好きな麻婆豆腐《マーボーどうふ》や」

えもやんは、エブリでもらった消費期限切れの惣菜をテーブルの上に置いた。本当は持ち帰り禁止だが、吉祥寺店では店長が知らないことにしてくれている。

「ご飯の前に、ちょっと話があるの」

弥生は座卓の前に座った。えもやんは「どうしたん」と言いながら弥生の対面に座る。

「さっき病院に行って来た。いま五週目くらいだって……」

弥生は、お腹にそっと右手を当てながら言った。

「ホンマか……！　そうか」

　そう言ったきり、おろおろと頷くばかりで他に言葉が出て来ない。

「だから今日は、えもやんと私と、この子の将来のことをちゃんと話し合いたいの」

「分かった、ちゃんと話そう」

　力強く答えてみたものの、何から話せばいいか分からない。いや、何から話すべきかはっきりと分かっているからこそ、話すのが怖いのかもしれない。

　金だ。親になり、子を育てるには金が要る。

「生活設計みたいなもんを、やっていかんとあかんなあ」

　頭の中には、金の計算が恐ろしいほど目まぐるしく駆け巡っていた。

「お笑いは続けて欲しいんだよ。ただ、ずっと今のままだと厳しいかな、とも思うの」

　今までは二人で慎ましく、そして楽しく暮らしてきた。いつか売れて、人並みの生活をしようと。子供を育ててゆくには、今の収入では心許ない。

「これ、エコー写真。ここに写ってるのが、赤ちゃん」

　弥生は黒い画像を座卓の上に出した。豆粒のような白い塊《かたまり》が二人の子だと言う。

「ちっちゃいなあ……」

　えもやんは呟いた。愛情らしき感情が、じんわりと胸の奥を温かくする。ただ、それ以上に不安な気持ちが先に立つのが情けない。

「私だって、夢は諦めないよ。でも当面は、この子のことが第一だから」

その時、押し入れの襖《ふすま》がガタガタと音をたてて揺れた。

「なんや、地震か」

部屋の中を見回しても、襖の他はどこも揺れていない。地震ではない。不自然な揺れだ。

「おい、押し入れの中に誰かおるぞ！　弥生、下がっとけ」

えもやんは傍《かたわ》らにあった椅子を手にして弥生と襖の間に立ちふさがり、身構えた。

襖が勢いよく開いた。すると、中からボサボサ髪のジャージ姿の男が這《は》い出してきた。

「きゃあああっ！」

弥生がキッチンから包丁を取り出した。今にも男に向かって突きかからんばかりだ。

「うわあああ！」

ジャージ姿の男も包丁を手にした弥生を見て叫ぶ。

「俺や、俺！　殺さんといてくれ」

押し入れに潜んでいたのは、えもやんの相方・野良猫市《のらねこいち》だった。

「おい、ネコ！　お前何してんねん」

「女の家追い出されてしもたから、寝床借りようと思って邪魔してたわ」

相方の野良猫市は、住所不定の野良芸人だ。小学生からの付き合いだが、予測不能の滅茶苦茶な言動に、未だにこうして度肝を抜かれる。そんな猫市に惹きつけられる奇特な女性は意外にも多く、寄ってきて世話を焼いてくれる。その度に猫市はヒモになって家に転がり込むが、すぐに愛想を尽かされて追い出される。

「今度はどのコに追い出された。ミヨちゃんか、アイちゃんか。行く当てはないんか」

猫市は、スマホを取り出し「それがなあ、あかんのや」と溜息を吐いた。このスマホも、家族で唯一縁が切れていない弟の名義で契約してもらっているという体たらく。

「あちこち電話したけど、総スカンや。せやから、ひと眠りするために邪魔してた」

「邪魔してたって言うけどやな、お前、そもそもどうやって入ってん」

「こんなこともあろうかと、前にお前んちのスペアキーこっそり借りて、合いカギを作っといてん。一本千円、ええ保険や」

「それ犯罪やで。住居不法侵入や」

えもやんは、空巣や強盗ではなかったことに安堵しながらもツッコむ。

猫市は「押し入れの布団でよう眠れとったのに、二人の話声で目が覚めてもうた」と悪びれる様子もない。

「しかし弥生ちゃん、相変わらずええケツしとるなあ。襖の隙間から目の前でプルンプルンいうてるから辛抱たまらんで、ムラムラしてたわ」

「相変わらず最低ね。さっさと出てってよ」

「おう、言われんと出て行くわ。なんや二人で大事な話が始まりそうやからな」

猫市は「よっこらせ」と腰を上げ、押し入れから自分のボストンバッグを取り出した。

それから、弥生に向かってぼそりと言った。

「おめでとさん」

弥生は「盗み聞きしてたんだ」と溜息交じりに呟いた。

「なんや、めでたくないんか。めでたくないなら取り消すわ」

「いや、ありがとう……」

弥生は、ぶっきらぼうに答えた。えもやんも心の中で「ありがとう」と言った。

その時、えもやんのスマホが振動した。「なんや」とディスプレイを見る。フリーターズの笑梨からだ。

耳に飛び込んで来た笑梨の言葉に、えもやんは、耳を疑った。

ドアを開けて出て行こうとする猫市を「ちょっと待て!」と大声で呼び止めた。

上の空で電話を切る。弥生が「何かあったの?」と心配そうに訊ねてくる。

「事務所が潰れた……。夜逃げ同然で誰もおらんらしい」

えもやんが告げると、猫市が玄関から駆け戻って来て「ホンマか!」と叫んだ。

「天罰やな。俺らを干すようなアホ事務所、潰れて当然や」

「何をのん気に勝ち誇ってんねん。干されるどころか、仕事の口が失くなんねんで」

「何とでもなるやろ」

猫市は全く動じていない。

「ほんならこの際、ちょっと話がある」

えもやんは、弥生と猫市に向かって話を切り出した。

「俺は、就職する」

力んだあまり、極端に簡潔な伝え方になってしまった。

「就職……？　お前、何を言うてんねん……。なんで一人で勝手に解散決めとんねん！」

猫市が猛然と胸倉を摑《つか》んで問い詰めてくる。えもやんは「待て、待て。これを見てくれ」と、ポケットから『お笑い実業団』の紙を取り出した。

書いてあることに沿って、ひとつずつ弥生と猫市に説明していく。

「事務所がなくなって、今の俺ら失業同然や。これは何かの縁、いや、運命かもしれん」

家族か、夢か。心のどこかで、ふたつにひとつを選ぶしかないと思い込んでいた。

だが岐路に立たされたえもやんの前に、もうひとつの選択肢が提示された。

両方選べるかもしれない。ひとつを選んだら、どちらかを捨てなければならないなんて、思い込みではないか。売れない芸人が子供を育てるなんて無理。そう決め付けていた。

「子供が生まれてくるのを、父親として心から喜びたい。でも今のままではそれが出来へん。自信がないからや。綺麗事は抜きに、俺には金がない。稼ぐ当てもないからや」

弥生は、えもやんの意志を確めるかのように、ずっと目を見ながら話を聞いている。

「俺は、この『お笑い実業団』に賭けてみたい。子供に『お前が生まれたから、おとんは芸人の道を諦めたんや』なんて、絶対に言いたくない」

「何を勝手に盛り上がってんねん。相方に断りもなく勝手に決めんなや」

冷ややかな目で猫市が言った。

「せやな、悪かった。ネコ、頼む。俺は漫才を続けたい。せやから一緒にエブリに入社しようや。スーパーの仕事も覚えなあかんけど、みんなええ人やから大丈夫や」

「寝ぼけたこと言うな。何が悲しくて勤め人せなあかんねん。飼い慣らされるのは御免や」

猫市は鼻で嗤《わら》った。

「俺ら芸人としても失業したんやで。格好付けてる場合か」

「なんで勤め人稼業に逃げんねん。芸人なら、人を笑かして稼いだらええ」

猫市は自分の漫才が一番面白いと信じて止《や》まない男だ。あながち自惚《うぬぼ》れではない。喋りのみならず、ジェスチャーやパントマイムなどのパフォーマンスにも天性の素質を発揮し、かつては関西の賞レースで、審査員の大物芸人が猫市を「天才」と評したこともある。

そういうチャンスを、自らの素行不良でことごとく台無しにしてきた。すぐに先輩芸人や事務所の幹部に盾突き、その度にえもやんが頭を下げた。

お笑いで稼げていないのは、お前のせいでもある。そう言ってやりたい気持ちを抑えた。

「どこぞの企業に飯食わせてもらいながらじゃ、芸が腐《くさ》るわ」

「そんなん、思い込みや。別の仕事で給料もらいながらでも、芸は磨ける。いや、今まで以上に芸に打ち込める環境や。見ろ、ギャラの配分も9対1やぞ」

「関係あれへん。俺は勤め人なんかにはならん。やるなら、お前一人でやれ」

「さっきから聞いとれば、勤め人を馬鹿にしとんのか。ほな俺ら、地下芸人やぞ」

「売れたらええねん」

「売れたら？　いつ売れんねん。言い続けて十五年、売れたためしがないやろ」

「売れへん原因は明らかやろ。お前の書くネタがしょぼいからや」

のらえもんのネタは、えもやんが全体の筋を書き、猫市が「ボケ出し」をして練り上げてゆく。えもやんの構成と猫市の直感の合作であり、自分だけのせいにされては心外だ。

「ほな、意地でも売れてみせようや。この名島卓いう放送作家な、『爆笑ホットプレート』の担当らしい。エブリのOBやから、オーディション情報くれるっちゅう話や」

弥生が「ホットプレートの？」と驚く。だが、猫市は「アホくさ」と撥《は》ね付けた。

権威を目の前にすると反発するのが、この男の本能だ。

「とにかく俺は、漫才続けながら子供をちゃんと育てたいねん。『お笑い実業団』いっぺんやってみようや。お前、さっき『おめでとう』て祝ってくれたやんか」

「それとこれとは話は別や。ほな、出て行くわ」

その時「待って！」と弥生が猫市のジャージの袖を摑んで食い下がった。

「お願い！　えもやんと一緒にこの『お笑い実業団』っていうやつ、考えてみて。二人には漫才を続けて欲しい、でも生活もしなきゃいけない。だから……！」

懇願する弥生に、猫市は「一発ヤラせてくれたら考えてもええで」と言い放った。

弥生は「やっぱり最低な人……」と、唇をわなわなと震わせ、押し黙った。

「話は終わりや。そんなに飼われたいなら、お前一人で勝手にやっとけ」

猫市は下駄箱からボロボロのスニーカーを出して突っかけ、部屋を出て行った。

第二章　お笑い実業団

心も体も重たい朝だ。

栄治はベランダに干してあった洗濯物を部屋に取り込み、寝巻からスーツに着替えた。

選手時代に寮で暮らしていた栄治は、エブリへの就職を機にこのワンルームアパートで人生初の一人暮らしを始めた。エブリ吉祥寺店から徒歩十分で家賃は六万円。狭いし日当たりもあまり良くないが、職場から近いことが唯一の取り柄だ。

身支度を整え、家を出る。優しい春の陽射《ひざ》しも、かえってうっとうしく感じられる。

仕事の引き継ぎ期間はたったの二日間。ただでさえ無茶なスケジュールである上に、娯楽事業開発室長、お笑い実業団なる未知の仕事がのしかかる。

遅番シフトの日だが栄治は二時間早く出勤し、バックヤードのロッカーでスーツを脱いでエプロンを着ける。時刻は十一時。

栄治は新しい仕事場の扉の前に立ち、深呼吸した。ステンレス製の銀色の扉に横書きで「惣菜加工室」と表示されている。扉を押し開けて「おつかれさまです」と声を掛けた。

全身白ずくめの男がこちらに向かって足早に歩いてきた。

「中に入る前に白衣を着けて！」

男は怒鳴りながら、扉の脇にある半透明の収納ケースを指差した。

引き出しの最上段に「白衣類一式着用　衛生管理の徹底」と記したシールが貼ってある。

「すみません」

栄治は白衣に袖を通した。ビニールキャップ、白帽、マスク、手袋の順に着用し、改めて惣菜加工室の中へ入った。緑色の床と白壁の室内にはステンレス製の作業台が何台かあり、隅のほうには加熱用の調理器具が並んでいる。
七、八人の従業員が慌ただしく作業していた。みなマスクと白帽で顔がよく分からないが、盛んに指示を飛ばす咲子さんだけは、声で分かった。
「咲子さん、よろしくお願い……」

「いいから、見てて。いま昼ピーク前で忙しいの」

咲子さんが栄治の語尾を遮《さえぎ》って言った。先ほど栄治を怒鳴り付けた男が、白米を丼物《どんぶりもの》用のプラスチック容器に次々と盛り付け、作業台の上に並べている。二人の女性従業員が流れ作業で白米の上におかずを載せ、容器の蓋を閉じ、値札シールを貼ってゆく。

栄治は「手伝います」と声を掛けたが「大丈夫です」と断られた。

また戦力外に逆戻りか……。

勤務開始まで時間がある。この場にいても邪魔になる。栄治は白衣を外して売場に出た。アキーナのベンチに腰掛けてみる。

ベンチの上に、読みさしのスポーツ新聞が放置されていた。

アメリカのメジャーリーグで活躍する日本人選手のニュースが、一面を飾っている。栄治は彼の記事を目にすると、読みたくないのについ読んでしまう。

栄治より二つ歳下の彼は、高卒ドラフト一位でプロ野球入りし、投手と打者の〝二刀流〟でデビューした。二年前にメジャーリーグでプレーするためにアメリカへ渡り、ファーストシーズンから二十本を超えるホームランを打ち、投手としても活躍した。

「どうしましたか、樫村娯楽事業開発室長」

顔を上げると、広げた新聞越しに亜樹がこちらを覗き込んでいた。

「いやあ……。この選手、すご過ぎて笑うしかないなと思って」

彼がドラフト一位でプロ野球入りを決めた年、栄治は二軍で伸び悩んだままオフシーズンを迎え、投手から打者への配置転換を言い渡された。もともと栄治は中学・高校を通じて、打撃センスも評価されていた。打者への転向は期待の証だと受け止めて練習に励み、シーズンに臨んだ。だが思うように打てず、配置転換を命じた二軍監督に恨みも抱いた。

ところが、そんな栄治をよそに、高卒ルーキーだった彼は投手と打者の二刀流で結果を残した。二刀流など無理だと揶揄《やゆ》する周囲の声を黙らせる、堂々たる成績だった。

「これをやられちゃ、自分はもう何の言い訳もできませんよ」

彼の記事を読む度、心の古傷が疼《うず》くのと同時に、少し気持ちの整理もつくのだ。彼は野球の神様に選ばれた人間で、自分は選ばれなかった人間だ。そんな風に、運命のせいにしてすっぱりと割り切れるような気がする。

「栄ちゃんも二刀流じゃん。惣菜売場と娯楽事業。ファイト！」

亜樹は軽口を叩くとベンチを立ち、サービスカウンターへと戻ってゆく。

「まったく、他人事だと思って……」

アキチーナを離れ、売場を歩いて巡回する。慣れ親しんだ棚が並んでいる。一年かけてプロに近付けたと思ったのに、配置転換で素人に逆戻りだ。小さく溜息を吐くと、品出しに向かう勝代さんが通りかかった。台車には、お菓子の段ボール箱が満載されている。

「栄ちゃん、アンタ惣菜売場の引継ぎじゃなかったの？」

「まだ勤務時間前なので、懐かしくなって戻ってきちゃいました」

「懐かしいって言っても、まだ始まったばかりじゃないの。きっと、異動ブルーね」

「なんですか、その異動ブルーって」

「社員さんは異動で仕事も人もガラリと変わって、不安になることも多いんだってね」

勝代さんは四十年間、配属先が変わって苦労する社員たちを見てきたのだ。異動で大変な思いをするのは誰もが同じ。勤め人は皆、任せられた持ち場で戦っている。

「住めば都《みやこ》っていう言葉もあるから。慣れれば、惣菜売場も居心地よくなるわよ」

そう言って勝代さんは顔をしわくちゃにしてガハハと笑う。

「同じ店の中なんだから、そう大げさに考えることないわよ」

勝代さんは、軽やかな足取りで台車を押し、お菓子の棚へと向かって行った。

栄治は気を取り直し、バックヤードの休憩室に戻った。椅子に座って深呼吸をする。そこへ白帽とマスクを着けた男が入ってきた。さっき栄治を怒鳴り付けた男だ。

「おお、さっきは悪かったね。一番忙しい時間帯だったから、乱暴な言い方になっちゃって。とはいえ、白衣も着けずにそのまま入ろうとするのはロック過ぎるぜ」

男は白帽を取り、マスクを外した。芸人連中の一人、ロック春山だ。

「すみませんでした」

栄治は謝ったものの、素っ気ない語気になってしまった。

「ああ、喉渇いた」

春山はロッカーを開け、ウイスキーの角瓶を取り出した。栄治はその手を摑んで止めた。

「まだ勤務時間が残ってますよね」

「なんだよ、おっかない顔して。休憩時間に麦茶を飲んだらいけないのかい？　ロック芸人の役作りだよ。本物のウイスキーだと思った？」

春山は悪戯《いたずら》っぽく笑う。栄治は不本意ながらも「すみません」と詫びた。

「大変だね、急に全然知らない仕事に異動させられて」

気遣う春山に対して「あなたたちのせいだ」と言ってやりたい気持ちをぐっとこらえる。

「新しい仕事は、すぐにきちんと覚えます。任された持ち場で最大限の力を出し切るのがプロですから。でもお笑い実業団やら娯楽開発なんとかやらは、別の話です」

騒がしい足音とともに、咲子さんが「あー、くたびれた」と休憩室に入ってきた。

「栄ちゃん、昼ピーク前の時間に来られてもお構いできないわ。ごめんね」

「すみません。早く戦力になれるよう頑張ります。よろしくお願いします」

「大丈夫よ、午後はちゃんと仕事を教えるから。どうしたのよ、そんな深刻な顔して」

咲子さんが心配そうに訊ねてくる。

「また戦力外に逆戻りだなあと思うと、やる瀬なくて……」

栄治はつい弱音を吐いてしまい、球団から戦力外通告を受けた時のことを話した。

「そうか……おこがましいようだけど、栄ちゃんと俺は、似たところがあるね」

春山はまた麦茶をひと口飲んだ。

「俺も十年以上前にギャグがちょっとしたブームになって、眩しいスポットライトを浴びた時期があったからね。今では完全に、戦力外芸人だけど」

「そうなんですか……」

「栄ちゃん、知らないの？　栄ちゃんぐらいの世代はみんな知ってると思ったけど」

咲子さんの言葉に、栄治は首を傾げる。十代の頃はテレビなどほとんど見ていなかった。

「牛丼屋でよぉ、ごちそうさま言わずに店出てやったぜ、ロケンロール！」

春山が口にしたそのフレーズで思い出した。高校のチームメイトが真似していたか、たまたまテレビで見たことがあるか、かすかな記憶が蘇る。

「一発屋ってやつさ。まあ、俺のレベルじゃ、一発未満の〇・五発屋ぐらいかな」

「春山さんは、あの、ロックンロールのギャグの人なんですね」

「ノー、ノー。『ロックンロール』じゃなくて『ロケンロール』ね」

「すごかったんだから、ロケンロール着ボイス、CDもDVDも」

咲子さんが、ロック春山のブレイクがどれほどすごかったかを興奮気味に語る。お笑いのネタ番組で叫んだ言葉がブレイクし、連日テレビに出突っ張りだったという。

「咲子さん、あんまり担がないでよ。今や忘れ去られた過去の人だよ」

ブームが去った後も、地方のパチンコ屋やショッピングモールなどでの営業でしばらくは食べていけた。だがそれもすぐ減っていった。その後は一発屋として時折「あの人は今」という特番に呼ばれるようになり、今やそれすら呼ばれなくなったという。

「でもね、のらえもんは俺とは真逆なんだ。面白いのにずっと埋もれたまま。見たことある？　あいつらの漫才」

「いいえ。お笑い自体、あんまり見たことがないので」

「そうか。それは人生の十%ぐらい損してるね」

そう言って春山はスマホを操作した。

加工室から女性の従業員が出て来て「春山さん、みりん使ってたでしょう。どこに置いたの？」と訊ねてきた。

咲子さんが「春ちゃん、定物定位は基本でしょう」と、軽く叱る。

「ちょっと、みりんを探してくるから、これ、観てていいよ」

春山は栄治にスマホを手渡すと、白帽やマスクを着け、咲子さんと一緒に加工室へ入っていった。一人取り残された休憩室で、栄治はスマホをテーブルの上に置いた。

再生された動画には、小さなステージとマイクが映っている。ライブハウスだろうか。江本ともう一人、相方と思しき小柄な男がマイクの前に飛び出してきた。太っている江本と並ぶと、極端に細くみえる。

〈どうもー、のらえもんです、名前だけでも覚えて帰ってください〉

相方の男は、一度見たら忘れないような、特徴的な風貌だ。一見、気だるそうに見えるが、切れ長の吊り目が異様にギラギラしている。

〈いやあ、人それぞれ、色々な死に方がありますけどね〉

吊り目の男が冒頭から唐突な話題を繰り出す。

〈いきなり死に方の話？〉

〈そうや、歴史の教科書とかで『憤死《ふんし》』ってあるやろ。ローマ皇帝ほにゃらら何世が憤死、とかいうてな〉

〈ああ、憤《いきどお》って死ぬと書いて『憤死』ね〉

〈わけ分からんやろ。憤死って……誰に訊いてもよう説明せえへん。怒り過ぎて死ぬことやとか言うて〉

〈まあ、怒り過ぎて死ぬ。読んで字のごとくやろ〉

〈納得できるか。ええ加減な説明で済ませよってからに、死ぬほど腹立つわ〉

〈死ぬほど腹立ってホンマに死んだら、それが憤死や。分かっとるやんけ〉

江本のツッコミはほんわかと、丸みを感じる語気だ。

〈ほな訊くけどな、なんや、怒り狂ってグアーッってなって、ホンマに死ぬんか。俺のプリン食うたの誰やー、グアーッ、ガクッ、江本太志、享年三十五歳、みたいな〉

〈しょうもない理由で俺を死なすな〉

〈俺のケーキだけイチゴが載ってへん、グアーッ、ガクッ。江本太志、享年三十五歳〉

〈それで死んだら俺、何べん死ねばええねん。ありえへんわ〉

〈いや、お前ならできる気がしてきた。お前、憤死の才能あるかもしれん。世界一しょうもない理由で憤死できるかもしれんぞ〉

〈どんな褒め方や〉

〈俺もお前みたいにしょうもないことで憤死したいわ。グアーッ、ガクッってなって、野良猫市、享年三十五歳ってやってみたいねん〉

〈お前、さっきから、享年三十五歳って言いたいだけちゃうか〉

〈いっぺん練習しようや。俺を怒らせてくれ〉

際どい言動を繰り返す相方の男は、猛獣のようだ。何を言い出すか分からない危うさが漂っている。その隣で宥《なだ》めるようにツッコむ江本は、猛獣使いのようにも見える。

その後の展開は、江本が誹謗《ひぼう》中傷の言葉を浴びせて怒らせようとするが、相方の男は全てをポジティブな話にすり替え、いっこうに怒ろうとしない。

江本が「はよ怒れよ」「頼むから怒ってくれ」とイライラを募らせてゆく。

栄治は笑ったら負けのような気がして、冷めた目で漫才を眺めていたが、不覚にも口元が緩み、喉から笑いがせり上がってくる。

〈そんなに怒っていては、身体に毒ですよ。実はわたくし『日本ポジティブシンキング協会』の会長を務めておりまして、訓練を重ねた結果、どんな罵詈雑言《ばりぞうごん》を浴びせられてもヘラヘラ笑っていられるという体質を手に入れ、はや十年になります〉

〈その設定、いらんわ！〉

〈今なら教材セットが三万九千八百円のご奉仕価格！　利用者の方からは『残しておいたプリンを勝手に食べられても怒らなくなった』など、喜びの声が届いております〉

〈誰が買うか！　ええ加減にせいよ！　むちゃくちゃ腹立つわ〉

〈腹立ってんのか？　グアーッ、ガクッ。江本太志、享年三十五歳〉

〈結局俺が憤死すんのか。もうええわ〉

最後のオチの場面でちょうど春山が戻ってきた。

「お、笑ってる、笑ってる、面白いでしょ！」

栄治は咄嗟に表情を取り繕《つくろ》った。

「こいつらの漫才を、店のど真ん中でやって、買い物に来たお客さんが笑ってくれたら痛快だろうなあ。ロックじゃないか。ねえ、お笑い実業団、やろうよ」

他人に託してでも、もう一度でかい夢を追ってみないか。春山は栄治を諭《さと》そうとする。

「春山さんと自分には、決定的に違うところがあります」

「ほお、どんなところだい」

「春山さんにはまだ一発当てられる可能性がある。引退した自分は、可能性ゼロです」

栄治の胸の奥底には、夢を追い続けている者への嫉妬《しっと》と、夢にしがみついている者への軽蔑《けいべつ》が入り交じっていた。

午後からは咲子さんを中心に、各持ち場の担当から作業の指導を受けた。食材の発注や保管・在庫管理の方法、各商品の加工の仕方、陳列した商品の鮮度管理など、盛り沢山だ。

慣れない仕事で気力も体力も消耗《しょうもう》し、閉店の頃には疲れ果てていた。

閉店後、栄治は照明がほとんど落とされた薄暗い売場に出た。非常口を示す電光表示板が、売場の外周の所々で闇の中に緑色の光を投げている。

稲毛店長が閉店業務で売場を見回っていた。

「樫村君、どうだった？　惣菜売場デビューは」

「いやあ、分からないことだらけですね」

「最初は仕方ないよ。売場を移ると一から出直しだからね」

「惣菜売場への異動は仕方ないとしても『お笑い実業団』とやらだけは納得できません」

二言目にはお笑い実業団に対する愚痴《ぐち》が口を衝《つ》いてしまう。

「まあとにかく、今日は初日で疲れてるだろうから、もう上がりなよ」

稲毛店長はそう言ってバックヤードへと戻っていった。

その時、店舗側面の出入口が開いた。懐中電灯を持ったガードマンに案内されながら、三人の人影がこちらに向かって歩いてくる。春山と江本、それに知らない女性もいる。

「樫村さん、ちょっとええでしょうか」

江本が畏《かしこ》まった様子で声を掛けてきた。

「お笑い実業団、やらせてください。お願いします」

江本はそう言って深々と頭を下げた。

「前に話した時とだいぶ様子が違いますが、どんな気持ちの変化があったんですか」

栄治はできるだけ柔らかく訊ねたつもりが、トゲのある言い方になってしまった。

「みっともない話やけど、事務所が、潰れましてん」

「事務所が潰れたから、この話に乗る、ということですか……」

「どう思われてもええ。しがみついても、お笑いを続けたい。この通り、お願いします」

江本が膝《ひざ》を突こうとするので、栄治は慌てて止めた。

「あと……子どもができましてん。早い話、育てていくための金が要りますねん」

「はじめまして、江本の妻の弥生と申します。いつもお世話になってます」

栄治は気圧《けお》されるかのように「お世話になっております」と応じた。

「エブリはアルバイトの芸人たちを、すごく応援してくださってるって、聞いてます」

栄治は応援などしていないし、むしろ迷惑に思っている。バツが悪くて「いえ、とんでもない」と通り一遍の言葉を返すのが精一杯だった。

「お笑い実業団の話を聞いて、彼は本当に恵まれているんだなって、感激しました。これなら、お笑いと生活を両立できて、子供も育てていけます。チャレンジさせてください」

栄治は胸が痛む思いで弥生の訴えを聞いた。

責任が重過ぎる。真剣に考えて、ますます安請け合いできないと直感した。

一介の新人社員が、芸人とその家族の人生の一端にまで責任を持つことになる。

「自分は、一年半前までプロ野球選手でした。選手と言っても、試合に出られない補欠選手です。最初はみんな将来を期待されて入団します。でも、戦力にならないと見限られた時には、切られます。自分がその一人です」

語気が熱を帯びていた。これは脅しではなく、心からの忠告だ。

「このお笑い実業団は、社長の思い付きで、いつ気が変わって『やっぱり止めた』って言い出すか分からない。それに社長が続けたくても、会社として続けられなくなるかもしれない。そうなったら、下っ端の自分にはどうすることもできません」

「そうなったら、また元通り、アルバイトでやっていけばいい。深刻に考えなくたって、なんとかなるさ。もし途中で放り出されても、俺たちは栄ちゃんを恨んだりしないよ」

春山が言った。

「奥さん……弥生さんは不安になりませんか」

栄治は、訊かずにはいられなかった。お笑い実業団が破談になって欲しいという気持ちとは別に、本当にこんな不安定なものを拠《よ》り所にしてよいのかと真剣に問いたかった。

「不安はありますが、期待のほうが大きいです。お笑い実業団。面白そうじゃないですか」

「お笑いって、おもろいんですよ」

江本が、かぶせるように言葉を継いだ。

「絶対におもろいですから。お笑い実業団を、エブリを、樫村さんを、オモワングランプリのてっぺんに連れて行きますわ！」

オモワングランプリ。お笑いに疎《うと》い栄治でも知っている。ナンバーワン漫才コンビを決める、年に一度の賞レースだ。優勝したコンビは、一躍スターダムにのし上がる。

「よくぞ言った、えもやん！　オモワン優勝宣言、ロックだねえ」

なんとかなる、面白い、オモワングランプリで優勝する、わくわくする。いくらなんでも、楽観的過ぎやしないか。この人たちには、心のブレーキがないのだろうか。

栄治は逃げ道を塞がれてゆくような焦燥感に囚われた。不安要素をトラック一杯分持ってきたとしても、この人たちは「大丈夫」のひと言で片付けてしまうだろう。

「でも江本さん……」

「えもやんと呼んでください」

「……えもやんさん、相方がいないと、成り立たないのでは」

「そう！　そこなんですわ。野良猫市いうけったいな名前の男なんですけど、野良と江本でのらえもん。あいつがおらんと始まらんのです」

えもやんが言うには、相方にお笑い実業団の話をしたところ「企業に飼われるのはまっぴらだ」と全く取り合おうとしないので一緒に説得して欲しいという。

栄治は動画で見た相方の男の顔を思い浮かべた。切れ長のぎらついた吊り目、口元に浮かんだふてぶてしい笑み、何をしでかすか分からないような危うさ。

「手前味噌やけど、うちの相方は天才やと思てますねん。人間としては滅茶苦茶やけど、漫才師としては尊敬してますねん」

「そうそう、人間としては最低だけどね」

弥生が合いの手を入れる。春山が「ロックな奴だからね」と続く。三人は、口々に野良猫市という男がどれだけ優れた漫才師でどうしようもない人間かを熱弁し始めた。

「ほんまに悔しいんですけど、あのロクデナシをなんとしても説得したいんです」

お笑い実業団を始めるにあたり、えもやんの相方がキーマンとなっている。彼らは栄治にその男を説得してくれと言う。

何と言って断るか思案しようとしたその時、栄治の頭にひとつの悪だくみがよぎった。

「分かりました。四組揃わなければ、お笑い実業団は始められませんので、自分からお話ししてみましょう」

「ありがとうございます。すみません、樫村さんにお手数をかけてしまって」

「いえいえ自分の仕事です。なにしろ四組全てが揃わないと、始められませんから」

四組揃わなければならないなんて、本当は誰も言っていない。栄治はどさくさに紛れて、四組揃わなければお笑い実業団は破談という条件を既成事実化したのだ。

「そうとなったら栄ちゃん、早速だけど行こうや。俺たちの溜まり場に、えもやんの相方がいる。栄ちゃんからバーンと言ってやってくれ」

春山が友達のように親しげに、栄治の肩に手を回してくる。

「分かりました。行ってお話ししてみましょう」

ここは行っておくべきだ。栄治が説得に失敗すればいいのだから。

店を出て、えもやんたちに付いて行く。五分ほど歩いたところで、一行はアパートの外階段を上っていった。二階に上がって廊下を進み、奥の角部屋の前で立ち止まった。

木の扉には木工細工で手作りしたと思われる表札が目の高さに掲げられており、「ピカソーメンの部屋」と記されていた。

「うちら金がないんで、よくここで飲んでますねん。さあ、どうぞ、どうぞ」

えもやんは栄治を案内しながら、我が家のように扉を開ける。

玄関のすぐ先にあるキッチンで、絵描き芸人のピカソーメンがフライパンを振っていた。

「ネコさん、だいぶ前から飲んでて出来上がってますよ」

ピカソーメンは菜箸《さいばし》で奥の居室を指しながら、呆れた口調でえもやんに告げた。ワンルームの部屋では、映像で見た切れ長の目の男がフリーターズの二人と缶チューハイを飲んでいた。男はフリーターズの二人の肩に腕を回しては払いのけられている。

酒癖と女癖の悪さが全身から漂っている。

「あいつが、えもやんの相方、野良猫市だ。栄ちゃんからバシッと言ってやってくれ」

春山が栄治の肩をポンと叩いた。

「樫村さん、さあ、さあ、奥へ、奥へどうぞ」

弥生に背中を押され、奥へと入っていく。部屋の中を覗くと、栄治は「おお」と驚きの声を上げた。壁一面に抽象的な絵が描かれている。

「あの絵は、ピカソーメン……さん、が描いたんですか」

「ピカソの模写です。大家さんには許可をもらってます」

ピカソーメンはフライパンを器用に振りながら、ぶっきらぼうに答えた。素人目に見ても、すごい画力だ。壁には大きな模造紙が貼ってあり、年表のようなことが書かれている。

〈中世　宮廷料理人↓近世　売れない画家↓大正　売れないコメディアン↓現世　絵描き芸人〉

ネタのメモだろうか。シュール過ぎて理解できない。

部屋の中ではフリーターズの二人がネタ帳を開いて何やら相談している。

「お前らホンマに漫才が好きなんやな。よっしゃ、身体で教えたるから！」

猫市が二人にしつこく絡む。栄治は「お邪魔します」と声を張った。

「お前、誰や？」

猫市は栄治と目が合うなり不快感を露わにしながら言った。

「このお方がな、お前をスカウトしに来てん。エブリお笑い実業団の樫村栄治さんや」

えもやんが説明すると、猫市は立ち膝を突いて栄治を睨みつけた。

「はじめまして、エブリの樫村と申します」

栄治はとりあえず頭を下げて挨拶した。すると猫市は立ち上がって栄治の前に進み出た。据わった目で栄治を見上げる猫市。かなり酔っ払っている様子だ。

「おい、にいちゃん、俺をスカウトしにきた言うたな。芸人を会社で飼い慣らして、社畜漫才でも流行《はや》らそういう魂胆か」

「別にお願いするつもりはありません。嫌ならどうぞお断り頂いて結構です」

「なんやこのにいちゃん、ずい分偉そうやな」

「あんたこそ、何様ですか。いい歳をして身にならない芸にしがみついて、まっとうに働く人間を社蓄呼ばわり。いい身分ですね」

「なんやと、こら！」

猫市が栄治の胸倉を摑んできた。華奢《きゃしゃ》な男だ。栄治はその細い腕を軽々と払いのけた。

「おいネコ、まずは話だけでも聞けや。樫村さん、わざわざ来てくれてんで」

「来てくれなんて俺はひと言も頼んでへん。お前らも、はよ出てけ」

猫市は、えもやんと弥生に向かって「しっし」という仕草で右手の甲を振った。

「大きな口ばかり叩いてるけど、臆病な人ね。スベるのが怖いんでしょう」

弥生の挑発に、猫市は「なんやと」と低い声で気色《けしき》ばんだ。

「買い物客の足を止めて笑わせるって難しそうよね。のらえもんの腕じゃ無理か」

弥生がそう言って、えもやんに目配せをする。

「ネコ、怖いんか？　スーパーのお客さんの前で漫才やってウケへんのが怖いんか」

「アホか、老若男女一人残らず笑い死にゃ。上等や、今すぐ行って漫才やったろうや」

なんという単純な男だ。猫市は見えすいた挑発にまんまと乗せられていく。

「今行っても誰もおれへんって」

「ほんなら、ここでやったるわ」

「ここでやっても仕方あれへんがな」

「やかましいわ、えー、アルバイトいうでも色々あるけどな、一番しんどかったバイトは街で通りがかりの人に色んなもん配るバイトや」

「何がしんどいねん」

「何がって、配ろうとしてもなかなかもらってくれへんやろ。世の中、冷たいもんやで」

「どこの街で何を配ってん」

「渋谷で生牡蠣《なまがき》配らされたわ」

「誰がもらうか。配るもんが悪過ぎるわ」

口論をしていたと思ったら、いつの間にか、漫才が始まっていたらしい。

「夏の炎天下のスクランブル交差点で、汗水流しながら『生牡蠣いかがですかー』って」

「それ、ほとんど通り魔やぞ」

「まあ、実際はティッシュ配りやってんけどな」

「いらん嘘吐かんでええわ」

「嘘やあらへん。もののたとえで、ティッシュ配りっちゅうのは炎天下の渋谷で生牡蠣を配るのと同じぐらい難しいちゅうことや」

ポカンと見ている栄治の横で、フリーターズの笑梨が呟いた。

「これ、私たちのネタよね」

「やっぱり、そうだよね……」

フリーターズの真理が、座卓の上のネタ帳を指差した。『ティッシュ配り』という題名の下に、二人の掛け合いが記されている。

栄治には何が起きているのかよく分からなかった。

のらえもんの二人はネタを続ける。ティッシュ配りの奇策を次々と繰り出す猫市、呆れながらツッコむえもやん。ネタが進むに連れてフリーターズの二人が大笑いし始めた。

「ティッシュを受け取ってほしい……。こうなったら風に乗せて、俺の思いを届けるで」

「おお、よう分からんけど、前向きになったのはええことや。で、どうすんねん」

「たまたま持ち歩いてた幸せの黄色いスギ花粉、三十キロをうっかりぶちまけて……」

猫市はとぼけた顔で袋を開けて中身をぶちまける仕草をした。

「もはやテロリストの所業やぞ！」

ツッコむえもやんに、猫市は「わざとじゃない、たまたまや」と反論する。

「たまたまスギ花粉を三十キロも持ち歩いてる奴どこにおんねん！」

観ている芸人たちから笑いが起き、栄治が呆気にとられているうちに、ネタは終了した。

栄治は生まれて初めて、生で漫才というものを見た。

「ブラボー！」と拍手を送るロック春山。フリーターズの二人は「すごい……！」「私たちより面白い、悔しい！」とこちらもまた拍手を送っている。

「この男、漫才のネタは、ぱっと見ただけで頭に入れてまいますねん」

えもやんがフリーターズのネタ帳を指さす。初見で頭に入れて漫才を始めたらしい。

「じゃあ、えもやんさんはどうやって……」

「フリーターズのネタは事務所のネタ見せとかライブで何べんも見てますんで、その記憶を頼りになんとか相方に付いていってツッコんどきました」

「でもこの部分、さっきやってたのと違いますね……」

スギ花粉をぶちまけるくだりは、メモの中には見当たらない。

「ああ……そこは、相方が勝手にアドリブを入れてきましてん」

猫市が挟んできたアドリブに、えもやんが咄嗟に対応したのだという。

言葉を失う栄治をよそに、猫市は尊敬の眼差しを向けていたフリーターズの二人に向かって「二人まとめて相手したるで」などと卑猥《ひわい》な言葉で絡んでいる。「止めなさいよ」と叱る弥生に、猫市は「弥生ちゃんも交ざりたいんか」と悪びれもせず言い返す。

徹底的に下品な男だが、常人には真似できない業《わざ》を、涼しい顔でやってのけた。ツッコミのえもやんも、この男に振り回されながら、即興の応酬を乗り切っていたというのか。

栄治には彼らの会話の応酬が、相当な訓練を要する離れ業であることは直感的に分かった。百数十キロの豪速球を投げる力や、その球を細いバットで打ち返す力と同様、芸人たちの会話に対する研ぎ澄まされた感覚は、鍛え上げられた特殊能力だ。

「すごいですね……」

図らずも、畏敬の言葉がこぼれた。

「一応ぼくらも『プロ』やと思うてますんで」

えもやんが胸を張る横で、猫市は再び酒を飲み始めている。

「みんな、お笑いを続けたいんです。まずは初ライブ、やらせてあげてください」

弥生が栄治に頭を下げた。そこへ「おまたせしましたー」と、のん気な声がする。

「豚骨インスタントラーメンのカルボナーラ風、とりあえず五人前作りました」

キッチンで料理をしていたピカソーメンが、大皿に盛り付けた麺を運んできた。

「ピカソさんのお手軽料理、めっちゃ美味しいんですよ」

フリーターズの真理が褒めるとピカソーメンは「お手軽料理っていうか、手抜き料理ね」と笑って流しながら、大皿を輪の真ん中に置いた。

他にも、砕いたポテトチップスをツナマヨに混ぜ込んで焼いたグラタンや、えびせんの炊き込みご飯など、スナック菓子をアレンジした格安料理が次々と出てきた。

えもやんや春山が料理に手を伸ばし「美味い」「絶品やな」と口々に唸る。栄治も恐る恐る少しずつ皿に取って食べてみた。美味い。どれも初めて味わう食感だ。

「さあ、栄ちゃん、いや、栄治マネージャーを囲んで飲み直すぜ！」と春山が調子の良いことを言いながら缶チューハイのプルタブを上げる。

「ということでネコよ、エブリのライブで、ロックに大爆笑をゲットってことでＯＫ？」

「当たり前や。おい、お前、樫村いうたな」

猫市は居丈高に栄治を指差しながら「ええか樫村、お前には雇われん、でも、ライブには出たる。これでどうや」と勝手に条件を提示してきた。弥生が「ちょっと、何勝手なこと言ってんのよ」とツッコむが、芸人たちが急にひそひそ話を始めた。

えもやんが「樫村さん、そういうパターンも、ありですか？」と、真顔で訊いてくる。

「ネコさんに店の仕事をやらせたら、店が滅茶苦茶になりますから」

ピカソーメンが缶チューハイのプルタブを上げながらクールな調子で言うと、猫市は「なんやと、そない言うなら、雇われたろか」と切り返す。するとフリーターズの二人が「いや、ネコさんには無理ですよ」「絶対に無理」と笑い出した。

「すんません、よう考えたらこの男、お笑い以外で、まともに働いたことがないんです」

えもやんの説明に、栄治は想像を巡らせた。確かに、猫市が店頭できちんと仕事をしている姿など想像できない。

「野良猫市はスペシャル・ゲスト・エンターテイナーってことでどうよ？　ロックだね」

「ロックかなんや分からんけど、スペシャルってのは確かにええ響きや！」

猫市が、まんざらでもない様子で言った。おだてれば乗ってくる、単純な男だ。

「よし、じゃあ野良猫市は、エブリとの雇用関係は一切ございませんが、ライブのみ出演しますってことで、栄ちゃん、店長とか偉い人たちに相談よろしく！」

春山が勝手に話をまとめて再び「カンパーイ！」と缶チューハイを掲げる。

なんなんだ、この人たちは。

理不尽な状況の中、栄治はこの人たちの熱気とパワーに圧倒されていた。

社長の思い付きとゴリ押し、役員たちの不可解な黙認、藁をもつかむ芸人たちの、お笑い実業団に対する楽天的な期待感。それらが逆らい得ない濁流《だくりゅう》となって栄治を押し流す。

翌週、惣菜売場の芸人たちと準社員の雇用契約を結んだ。猫市とは、ライブ出演だけの専属出演契約という形を取った。

そして、すぐにライブをやれという四代目の指示で、新聞の折り込みチラシに『エブリお笑い実業団ライブ』のお知らせが掲載されたのだった。

＊
買い物客の洗礼を浴びた。

四月第二週の水曜特売、十六時から開催されたアキチーナでの初舞台。

えもやんら芸人社員たちは十五時に店舗業務を終え、自分たちで会場を設営した。ステージ背面のボードに、事務室のプリンターで急ごしらえした『エブリお笑い実業団』の文字を貼り出した。アキチーナの周りにコの字に配置された十四脚の四人掛け木製ベンチを、舞台に向かって二列×七列の形に並べ替えた。

スーパーのど真ん中に、収容人数五十六人の即席小劇場が出現する。

えもやんは、漫才を続けられる喜びと、感謝を胸に抱いて舞台に上がった。

客席に座っていたのは買い物帰りの主婦や高齢の男性ら、十名程度。なんとなくベンチに腰掛け、舞台に向かって何の期待感もない視線を投げていた。ガラガラの客席を前に漫才をするのは、良くも悪くも慣れている。

のらえもんが一番手で笑いを取り、お笑い実業団の初舞台に勢いを付ける予定だった。

だが最初から最後まで、全く笑いが起きなかった。観客は皆スマホをいじったり、知り合いと雑談に興じたりして、自分たちのネタをほとんど見ていない。

途中で猫市が珍しくネタを飛ばし、釣られてえもやんも崩れた。

続くロック春山は『ツイスト&シャウト』の替え歌で豪快にスベり、フリーターズの二人に至っては顔面蒼白で舞台袖にはけてきた。ピカソーメンのスケッチブック早描きネタに子供たちが寄ってきて拍手を送ってくれたのが唯一の救いだった。

ライブ後、敗北感の中、バックヤードの休憩室で休んでいると、栄治が入ってきた。

「おつかれさまでした。いやあ、ガラガラでしたね。二軍の練習試合を思い出しました」

「なんやにいちゃん、他人事か。嬉しそうやな」

食ってかかる猫市を、栄治は「最初はこんなもんじゃないですか」と軽くあしらう。

「観る気もない客を座らせせんなや。買い物袋提げたおばはんたちがネタそっちのけで井戸端会議しとったやんけ」

「笑いが取れなかったのを、観客のせいにするんですか。本当にいい身分ですね」

栄治は達観したような眼差しで猫市を一瞥《いちべつ》した。

「あのさ、ぼくが思ってたのと全然違うよ！　こんなのじゃないんだよ」

作業着姿の小男が怒鳴り込んできた。エブリの四代目社長、沢渡宗一郎だ。

「初めてのライブだからさ、最後に挨拶でもしようかと思って、舞台袖から見てたけど、恥ずかしくて顔も出せなくなっちゃったよ。あのさ、ぼくが思ってたのはね、お客さんが集まってゲラゲラ笑って、気持ちよく買い物して帰ってくれる感じなの！」

四代目が「うつけ」と呼ばれているのは有名な話だ。だが、このうつけの四代目の鶴の一声でお笑い実業団が生まれたのだから、芸人たちにとっては恩人でもある。

「社長さん、何事も一回目からそんなにイージーにはいかないんじゃないかな」

春山が芸人仲間に接するのと変わらない気安さで、四代目に挨拶する。

「あのさ、君さ、一番つまらなかったよ。あのオヤジの宴会芸みたいな替え歌のどこが面白いの？　あんなのね、ぼくでもできるよ！」

四代目は容赦なく春山を斬って捨てる。

「初めてのライブだからとか、そんなの関係ないよ！　あんなんじゃ、やる意味ないよ」

「誰や、このおっさん」

猫市が四代目を指差しながら、えもやんに訊いてくる。

「エブリの社長やぞ。ご挨拶せえ」

「この妙ちくりんなおっさんが社長？　ああ『うつけ』か」

「アホ、なんてこと言うねん」

えもやんの額《ひたい》に嫌な汗が滲《にじ》んだ。前に四代目の話をしたのを猫市は憶えていたらしい。彼には異様な記憶力と、記憶の中から言葉を抽出して口にする瞬発力がある。

四代目は猫市の暴言には反応せず、ピカソーメンに目を向けた。

「君、誰だっけ」

「惣菜売場の谷山健太《たにやまけんた》です」

ピカソーメンは抑揚のない声で本名を名乗った。えもやんは「ちゃうやろ、芸名や」とツッコむ。この流れは芸名で名乗るところだろう。脱力系の天然ボケ男だ。

「芸名ですか？　ピカソーメンっていいますが」

「ピカソーメン君ね。君だけだよ、少し見せ場があったのは。子供が喜んでたよね。次はピカソーメン君をメインにしたらいい。で、のらえもんは前座。君たちが二番目にマシだった。だから、ピカソーメン君に繋ぐようなネタをやって」

「おっさん、俺に指図すんな。こいつらと違って、俺はあんたから銭もろてないねん」

「そういえば、この人誰？　惣菜売場では見かけたことない顔だけど」

四代目が猫市に視線を移す。えもやんは割って入った。

「ぼくの相方で、野良猫市います。芸名やなく、本名です。今後、アキチーナのライブに出演させてもらいますんで、よろしうたのんます」

「うちの社員じゃないのに、なんでお笑い実業団のライブに出てるの？」

栄治が「それはこの前ご説明しましたが」とうんざりした様子で答えた。

「雇われるのは御免だと言うので、ライブだけ出演する、という形を取っています。社長はその方向で進めて構わないと、おっしゃったはずです」

「まあ、いいや。ぼくが怒ってるのはね、君たちに作戦がないからだよ！　あのさ、ここはスーパーなの。買い物客がお笑いファンになって、お笑いファンが買い物客になるようにしなきゃ！　スーパーのど真ん中でやるお笑いを考えてよ。ダメ、ダメ、全然ダメ」

駄々っ子のような四代目に呆れながらも、今の言葉はえもやんの心に刺さった。

相手は買い物客だ。お笑いに興味のない人にも振り向いてもらわねばならない。

四代目は、理想を語り始めた。スーツを着て仕事をしていた社員が夕方からユニフォームを着てスポーツ選手になるように、スーパーの社員が店の作業着を脱いで芸人として舞台に上がる。無名の芸人たちと、お笑いに興味のない買い物客がアキチーナで出会う。

「これはさ、お笑い未開の土地に、お笑いの花を咲かせるみたいな仕事だよ」

猫市がえもやんの隣で「おもろいやんけ」と呟いた。

「あのさ、樫村君、野球だよ。野球でしょう？」

四代目は唐突に話題を替え、栄治は「はい？」と困惑した表情で訊き返す。

「あのさ、野球の打線はみんなで繋ぐものでしょう？　みんな好き勝手にフルスイングして全員三振しちゃってるじゃん」

「おっさん、ホンマにうつけやな！　話がとっ散らかって、わけ分からんわ」

猫市が度々あちこちに飛ぶ四代目の話に、声を上げて笑う。

だが四代目はまたもや猫市の暴言には何の反応も示さず、無視した。

「あの、私たちのネタは、どうでしたか……」

フリーターズの真理が恐る恐る訊いた。

「そういえば君たち、全然印象に残ってないなあ。何やってたっけ？」

笑梨が「パン屋の……」と答えるが、真理が「出直します」と引き下がった。

フリーターズは容姿的な特徴もなく、女性芸人であることを売りにしたネタはせず、バイトをネタにした正統派漫才で勝負している。暇さえあればネタ合わせをしていて、ネタの完成度は粒ぞろいだ。養成所などで習うような漫才の基本を独学とは思えぬぐらい押さえており、新人の漫才コンクールでは決勝まで進み、その技術を評価された。しかしもう一歩突き抜けられず、無名の位置に甘んじている。

「あのさ、ロックの人はさ、余りにもつまらないから印象には残るよね。でも君たちは、居ても居なくてもおんなじだよ」

えもやんは空恐ろしくなった。フリーターズの弱点を言い当てた、辛辣なひと言だ。

フリーターズが意気消沈する中、スーツに着替えた稲毛店長が駆けてきた。

「社長、そろそろ店長会議が始まります。行きましょう」

「会議行きたくない！　面倒臭い。稲毛さん、本店の店長なんだから適当にやっといて」

「小田島専務に怒られますよ」

「いやだ、オダさんおっかないから、行きたくない！」

「遅刻せずに行けば怒られません、大丈夫ですから」

稲毛店長に促され、四代目は嫌々な様子で歩き出した。しかし突然何かを思い出したかのように踵《きびす》を返し、猫市に向かってつかつかと歩み寄ってきた。

「あのさ、君はバカのままでいいや」

四代目は猫市の目の前で、鼻先をずけずけと指差しながら言った。

「は？」

猫市が呆気にとられることなど、珍しい。変人同士のコラボレーションだ。

「野良猫くん、だっけ。バカのまま、何も考えないほうがいい。細かい事は相方の太ってる君と、樫村君が考えればいい」

四代目はそう言って、えもやんと栄治を指差した。

「あのさ、経営者っぽい言い方は嫌だけど、スピードが命なんだよ。こんな無様なライブが続くなら、止めるからね。ぼくはやる時はすぐにやるし、止める時もすぐ止めるから」

四代目は捨て台詞《ゼリフ》のように言い放つと、足早に店舗の出口へと向かっていった。

「スピードが命って……。気まぐれなだけでしょう」

えもやんの隣で、栄治が誰にともなく、呆れたような口調で呟いた。

「お笑い実業団は突然切られるかもしれません。爆笑ホットプレートでも、オモワングランプリ優勝でもいいので早くブレイクしてください。自分もお役御免になれますから」

栄治はそう言って店舗業務へと戻っていった。

甘かった。まずは、買い物客をお笑いファンに変えるところから始めなければならない。お笑いを続けていけることへの喜びと感謝なんて、そんな感傷に浸っている場合ではなかった。買い物客の足を止め、笑わせなければならないのだ。

その後、四月後半の半月の間にライブを五回開催したが、買い物客からほとんど笑いをとれないまま、四月は過ぎていった。

四組しか芸人がいない中、『アキチーナ』という同じ場所で週に二〜三回のライブを開催するには、ネタのバリエーションが豊富でなければならない。

幸い、のらえもんもフリーターズも多作なコンビで、それぞれ千本以上のネタを持っている。ロック春山も替え歌ロックなどのレパートリーは多く、ピカソーメンはスケッチブックと鉛筆さえあれば、絵を通じて観客とコミュニケーションを取れる。

しかし、いくら変化に富んだライブを続けていても、観客が入らなければ意味がない。無名の芸人集団が買い物客の足を止めて笑ってもらうことは想像以上に難しかった。

アキチーナのライブで悪戦苦闘を続ける中、新宿の小劇場『トイボックス』で、お笑いバトルライブ『ゲンセキ』が開催された。中堅クラス以下のコンビやピン芸人十五組がネタを披露して客席のアンケートで一位を決めるシステムだ。

この日、えもやんはエブリの〝ライブ休暇〟を取得して少し早めにシフトを上がらせてもらい、十七時開演のライブに出演した。

のらえもんは職務質問してきた警官を逆に質問攻めにする変質者のネタ『職質倍返し』を披露してこの日一番の爆笑をさらった。

やはりお笑いを観に来た客は、買い物客とは反応が全く違う。見る目が厳しい反面「さあ、笑わせてくれ」と待ち構えているから、面白ければ笑ってくれる。

のらえもんは笑いの大きさでは他を圧倒していたが、結果は二位。優勝は芸歴十八年のコンビ『オムライス』だった。五十人程度の観客のうち、半数以上がオムライスの追っ掛けファンだったため、結果はある程度予想できた。

観に来てくれていた咲子さんが、帰り際にフォローのメールをくれていた。

〈一番面白かった！　まあ、先輩のオムライスに花を持たせてあげたっていうことで〉

そのメールを猫市に見せると「おばはん、分かっとるやんけ」と少し満足げに笑った。

オムライスは過去にオモワングランプリの準決勝まで進出したこともあり、テレビにも時々出演している中堅コンビ。ボケの早川《はやかわ》の甘いマスクと、ツッコミの芝原《しばはら》の悪人顔が対照的で、女性ファンが多い。無名の若手芸人たちにとっては親分的な存在だ。

ライブ終了後、その日の出演者で最年長の芝原の声掛けにより、近くの居酒屋で飲むことになった。賞金の二万円を使って、おごってやるという。

先輩から飲みの誘いがあれば断らないのが芸人の心得だ。ほとんどの出演者が参加し、芸人仲間お馴染みの格安居酒屋に入った。

安普請《やすぶしん》のテーブル席を芸人たち十数人で囲み、一杯二百円のジョッキビールで乾杯した。

優勝して、表向きは上機嫌でしゃべる芝原。後輩芸人たちは芝原の話に相槌を打ち、ツッコミを入れる。

えもやんは芝原の二つ隣の席に座った。きっと芝原は、のらえもんが一番の爆笑をかっさらったことを快く思っていない。案の定、三杯目のビールがテーブル席に運ばれて話題が変わったタイミングで、芝原がえもやんに絡んできた。

「そういえば江本、お前ら、就職したんだってなあ」

大江戸エンタの事務所が一夜にしてなくなった話と、えもやんたちが勤務先のスーパーでお笑い実業団なる企画に乗った話は、若手芸人たちの間で知られていた。

「就職いうんですかね、まあ、バイトの時とそれほど変わりないですわ」

「お笑い実業団っていうんだろう？　実業団っていうからには、要するにサラリーマンだよな。で、サラリーは月にいくらもらってんだ」

芝原は、こちらの反応を楽しむかのように、にやにや笑っている。「そんな、たいした額やないです」と流しても「謙遜《けんそん》しちゃって。で、いくらだよ」としつこく訊いてくる。

えもやんは面倒臭くなり「二十万円ぐらいですわ」とぼかして答えた。

「毎月二十万の固定収入か。生活は安泰、極楽だなあ」

「いや、まあ、そんな大層なもんではないですが」

「のらえもんも、飼い慣らされちゃったねえ」

えもやんは込み上げる不快感を抑えながら、なんとか気の利いた返しの言葉を探った。

その時、テーブルの一番隅から「一緒にすんな」とくぐもった声がした。

「お？　どうした。なんか聞こえたなあ」

「俺は飼い慣らされてない」

猫市が芝原の語尾を遮るようにして怒声を発した。テーブルの隅からぎらついた目を芝原に向けている。まずい。

「ネコはエブリのライブには出てますが、雇ってもらう話は断りましてん」

「へえ、そうは言っても、二人して世話になってるんだよな。いいねえ。でもさ、ぬるま湯に浸かってると芸もぬるくなっちまうんじゃねえか、なあ」

芝原は猫市に向かって聞こえよがしに言った。猫市の目がますます反抗的になってゆく。

「おお、野良猫みたいな目して、おっかねえなあ。あ、飼い慣らされた飼い猫か」

後輩の若手芸人たちは愛想笑いを浮かべている。芸人社会は実力主義である一方、芸歴順の上下関係に裏打ちされた厳しい縦社会でもある。この場でも、若手芸人たちは最も芸歴の長い芝原を立て、芝原に同調している。

猫市は後輩芸人の冷やかしにはピクリとも反応しない。後輩には寛容なのだ。逆に目上の者に対しては、不服があれば誰彼かまわず嚙みつく。

猫市の反抗的な視線は、芝原をロックオンしたままだ。

芝原はますます調子づき「バイトにどっぷり浸かっちゃう芸人って、どうなんだろうね。あ、のらえもんの場合は、バイトっていうか、もはや本業か」と猫市を煽《あお》る。

ほとんどの芸人は、バイトで生活費を稼ぎながら活動している。バイトの居心地がよすぎると、芸に身が入らなくなる場合もあり、わざと嫌な仕事を選ぶ者もいる。

「いっそ、ネタにしたら美味しいかもな。『どうも、野良猫改め、飼い猫でーす』って」

悪ノリする芝原。そこに低く、しかし異様に通る声で「サブいわ」と聞こえた。皆が声の方へ目をやる。声の主は他でもない、猫市だった。

「おっさん、おもんないねん」

「よく聞こえねえなあ。もういっぺん言ってくんねえか」

芝原の声色が豹変《ひょうへん》した。

「なんぼでも言うたるわ。おもんないねん。言葉の端々まで、ことごとくサブい」

「おい、止めろや。芝原さん、すんません」

えもやんは努めて穏やかな声で、猫市と芝原に交互に声を掛けた。

「江本、俺はこいつと話してんだよ。なあ、飼い猫ちゃんよぉ、この界隈のライブに出られなくなってもいいのかなあ」

根拠のない脅しだ。芝原一人の力で後輩芸人を活動テリトリーから締め出せるほどの権限は無い。分かっていながら、えもやんは言い知れぬ恐怖におののいてしまう。

〈干されるのは、もうたくさんや〉

芝原の相方・早川が「おい芝原、そろそろ止めとけよ」と諫《いさ》める。芝原は「はい、はい、分かりましたよ」と渋々の体でメニューに目を落とす。

猫市は食べ残しのラーメンサラダが入った丼を手に取ると席を立った。飲み会で率先して食器を片付けるなど珍しい。少しは反省したのだろうか。ひとまず安堵する。

芝原は気が済んだのか、後輩の女性芸人たちと談笑を始めた。

丼を持って座を立った猫市は、なぜか席を回り込んで芝原の後ろに立った。

まずいと思った瞬間、もう遅かった。

「かつらや。かぶっとけ、ハゲ」

丼を被せられた芝原の顔には食べ残しの麺と汁が垂れていた。芝原の両隣にいた女性芸人たちから悲鳴が上がり、一瞬にして座が凍りついた。

芝原は何が起こったか分からない様子で丼を頭から外し、頭を振った。

「おもろいは正義や。俺よりおもんない奴がなめた口きくな」

「表に出ろや！」

店内に響き渡った凄まじい怒声は、芝原のものではなかった。えもやんが自分の発した声であることに気付くまで、少しの時間差があった。身体のどこから出た声か、自分でも分からぬほど激烈な響きだった。

「ほんま、すんませんでした！」

えもやんは、猫市の後ろ襟《えり》を摑んで店の出口へ向かって引きずり回した。なんで不要ないざこざを起こし、なんで謝らなければならないのか。ふいに涙がこぼれた。怒りと悔しさで、恐ろしいまでの力が身体中にみなぎっている。

引きずり回した猫市の華奢な身体は悲しいほど軽く、半ば宙に浮いていた。烈火のごとく燃えさかる怒りにまかせ、猫市を路地のアスファルトに投げ倒した。

「大物気取りの野良芸人が……お前こそ、ひとつもおもんないねん」

「なんやと」

低く唸って起き上がり、猛然と摑みかかってくる猫市。えもやんは真正面から猫市のシャツの胸元を摑み返す。

「お前は素人や。あまちゃんや。なんぼおもろい漫才やったかて、一生売れへんぞ。俺らクズ芸人のままや。おもんないねん。クズのままではおもんないわ！」

芸歴十五年、上下関係に厳しい芸人社会で、猫市の言動は芸人生命を何度も脅かした。懸命に積み上げた実績を自らの手でぶち壊す。そんなことを繰り返してきた。

「芸人の価値はおもろいか、おもんないかだけや。芝原のおっさんに、それを思い知らせたってん」

「ラーメンぶっかけて、かつら？　どこがおもろいねん！」

シャツの胸元を摑み合う。悔しさが、殺意に変わりそうな危うい感覚に囚われた。傲岸《ごうがん》不遜《ふそん》の塊のような猫市の目にも、明らかに恐怖の色が浮かんでいる。

俺を見捨てんといてくれ。無言のうちにそう訴えかけてくる。

猫市は、自分を使いこなせる猛獣使いはえもやんしかいないことを知っている。片やえもやんも、この異才の幼馴染を活かすツッコミに徹している。お互い、どちらかがどちらかを見捨てた時は、二人とも芸人を辞めざるを得ないのだ。

「おもろいは正義やとか、イキったこと言いくさって、へどが出るわ。本当に覚悟があるんやったら、そのちんけなプライド捨てて売れてみせろや。おもろいは正義や何やていくら吠えてもな、力のない正義は無力や」

いくら己の正義を振りかざしたところで、世間に知られなければ何の意味もないのだ。

「俺らもう三十五やぞ……。覚悟見せんか、このド素人が！」

猫市の身体を揺さぶった瞬間、顎《あご》に鈍《にぶ》い衝撃が走った。猫市の繰り出した拳《こぶし》で、口の中が切れた。血の味に、身体が沸騰《ふっとう》したように熱くなる。

「だからお前はド素人や言うねん。どんなに元が不細工かてなあ、顔面ボコボコに腫《は》らして板の上に乗る芸人がおるか？　あ？」

猫市の向こうずねに蹴りを見舞った。猫市は苦悶《くもん》の声を上げた。

「……最近はキラキラネームとかいうのが流行っとりますけど」

猫市は痛みにゆがんだ顔でえもやんを睨みながら叫んだ。

「最近はキラキラネームとかいうのが流行っとりますけど！」

もう一度叫ぶと、猫市は今度はシャツの胸元から手を離した。

「ネタ合わせや。明日、エブリで漫才やろ。えー流行ってますけど！」

痛みを絶叫で紛らすかのように、猫市は強引に漫才を始めた。

「そうやったな」

えもやんは、猫市のシャツの胸元から手を離した。

「えーっ、実はキラキラネームのずっと昔から、グダグダネームいうのがありますねん」

自己紹介代わりのネタ、『名前』だ。

どちらからともなく新宿駅の方へ向かって歩き出し、歩きながらかけ合いを始める。猫市はすねの痛みからか、左足を少し引きずるようにして歩く。

我々、野良と江本でのらえもんというコンビでやらせていただいてますけど、うちの相方、野良猫市いいまして、このけったいな名前が芸名やなく本名ですねん。ああ、そうや、最悪や、おとんが「せっかく苗字が野良やからなあ、いっそ猫が付く名前にしたれ」言うて、おかんも「ええなあ」て賛成してまいよって、野良猫市いうグダグダネームの一丁上がり、役所に出生届を出した瞬間から、もう修羅場の人生確定や。せやな、こう見えてうちの相方、ちっちゃい頃は野良猫、野良猫いうていじめられたりして、苦労してますねん。ちなみに弟は犬に次と書いて犬次《けんじ》いいますねん。野良猫と野良犬で、兄弟揃って生まれた時から修羅場でっせ。

この自己紹介代わりの漫才は、二人の出会いを語るダイジェストでもあった。

小学校入学早々、猫市は名前のせいでクラスの同級生たちから激しいいじめを受けた。同じクラスだったえもやんは、弱い者いじめに直接加わってはいなかったが、見て見ぬふりをしている自分に罪悪感を抱いていた。

ところがある日、猫市は父親が草野球で使っていた金属バットを持ち出し、いじめに加わった全員の家を襲撃して回った。いじめられる〝弱者〟だと思っていたこの同級生は、実は凶暴な猛獣だった。

猫市は小学一年生にして出席停止を言い渡された。教師から謝れと諭されても「いじめたほうが悪い」と断固謝らなかった。同級生は気味悪がって近寄らなくなり、教師からは見放され、以後、学校で浮いた存在となった。だが、えもやんだけは違った印象を持った。面白い。話しかけてみると、テレビのお笑い番組の話題で意気投合した。これが漫才コンビ『のらえもん』の萌芽《ほうが》だった。

そうだった。この男は子供の頃から、絶対に謝ったり歩み寄ったりしない、面倒な奴だった。中味が子供のまんま、大人になり、芸人になった。

漫才では金属バットで同級生の家を襲撃した話には触れず、名前のネタが続いてゆく。

俺なあ、このけったいな名前を、どうにかしたい。名前変えたいねんけどな、手続きがえらい面倒臭いらしいねん。せやな、裁判所とか役所とか、色々せなあかんねんな。

せやから、お手軽なところでな、勝手に英語名を名乗ったろうかと思うねん。名前を英語に訳したら格好よくなったりするやろ。いや、訳したかて格好よくなるとは限らんやろ。

俺は野良猫市やから、ワイルド・キャット・シティや。なんやそれ、B級映画のタイトルか。東京の街に突然、人口の百倍を超える野良猫が大発生して人を襲うねん。ニャー、バリバリバリバリ！　引っ掻かれた奴は猫人間になってもうて、二足歩行やのに顔と手足が猫、そいつがまた他の人間を襲って、猫人間が増殖してやな、あちこちで、ニャー、バリバリバリバリ、ニャー、うんこボトボトボトーッ、砂、バサバサバサー。圧倒的なB級感やな。名前の話どっかに飛んでもうとるやんけ。

「ニャー、バリバリ、ニャー、バリバリ、いうて、東京の全てが猫人間に支配されんねん。東京タワーがキャット・タワーになってやな、東京都は何になるか分かるか？」

「キャッ都……」

「正解」

「しょうもな！　正解した自分が恥ずかしいわ」

「ワイルド・キャット・シティ……この夏、全米が泣いた」

「誰が泣くか！　猫人間がうんこに砂かける話のどこで泣けるねん」

ツッコむえもやんの声に、思わず笑いが混じる。漫才の途中で、猫市のボケに笑ってしまうことが時々ある。えもやんの考えた他愛もないバカ話が、猫市の喋りや仕草で魔法がかかったように面白くなる。

ネタの後半、えもやんの名前の話に入る。

「そういえばお前、名前なんやったっけ。江本……えーと」

「相方の名前忘れたんか。太い志と書いて、フトシや！　二度と忘れんな」

そうや、フトシや。「名は体格を表す」いうことわざもあるからな。「名は体を表す」やろう。このおっさん、ガキの頃からよう肥えてますねんけど、人が名前でいじめられてえらい目に遭《お》うてる時に、のほほ〜んと寄って来て、言いますねん。「のらねこって、おもろい名前やん。俺なんかデブでフトシやから、そのまんまでおもんないやろ」って。

このくだりは、まさに二人の出会いの再現だ。小学一年の時、教室でえもやんが猫市に初めてかけたのらねこって、おもろい名前やん。猫市にも子供心にそれが分かったのだろう。猫市はえもやんにだけは心を開いて喋った。話題は専《もっぱ》らお笑い番組のネタの話だった。

小学三年生に上がると奇《く》しくも、出席停止になった小学一年の時の教師が再び担任になる。猫市はその教師に対して授業中に痛快な口答えをしてクラスを笑わせるようになり、味をしめる。笑いの力で上に立つ者の威厳を失墜させる快感に取りつかれていった。これを機に猫市は「おもろい奴」の地位を築き、一転、クラスの人気者に。「おもろいは正義」と信じるきっかけとなった。同時に、目上の者がいると反射的に盾突く習性が生まれ、これが後々の芸人活動において足かせにもなってゆく。

猫市はどんどん「おもろい奴」になり、えもやんは「おもろい奴の親友」になった。誇らしかった。自分は猫市を「おもろい奴」と見抜いた第一発見者だ。いつか猫市と漫才をやっている未来を思い描くようになった。ノートにボケとツッコミの台詞を交互に書いてゆくと、ネタ帳が出来上がった。

名前のネタは、えもやんが中学生の頃にネタ帳に書いたラフ案が元になっている。

「俺がお前の名前を考えたる。確かに、デブでフトシやとひねりが無いからな」

「どうせ、またしょうもない名前付けるんやろう。どんなや」

タケルはどうや、江本タケル。おお、格好ええやん、タケル！　どんな字や。炊飯器の『炊』、ご飯が炊けるのタケルや。結局デブに寄せるんか。なんや、不満か。ほな『タベル』でどうや。白米タベル。苗字まで変わっとるやんけ。なんや白米タベルって、炭水化物の申し子やないか。ええと思うけどな、白米タベル。ほなまた、英語に訳してみよか。ホワイト・ライス・イーター。この夏、全米が……。泣かへん！

この〝英訳〟と〝全米が泣いた〟は、えもやんが子供の頃から人知れず書き溜めていたネタ帳に度々登場する手法だった。

誰にも知られず、家の勉強机でノートにネタを書き綴《つづ》る時間は、えもやんにとって至福のひと時だった。ネタを考えている間だけは、「おもろい人間」になれた。

中学の時、何冊目かのネタ帳が猫市に発見されてしまう。「おもんない」と一笑に付されるかと思いきや「これで漫才やろうや」と真逆の反応が返ってきた。

そして地元の同じ高校に進んだ二人は高校一年の文化祭で漫才コンビ『のらえもん』を結成。体育館での後夜祭で全校生徒の前で漫才を披露し、爆笑をさらった体験が、プロの芸人を志す原点となった。

猫市は文化祭の後、しみじみと言った。

ぎょうさんの人がいっぺんに笑うと「ドッカーン」って音が聞こえんねんな。

えもやんにも確かに聞こえた。客席から「ドッカーン」という音が。

高校卒業後、えもやんはお笑いの養成所に通いたかったが親に言い出せず、実家の酒屋
で働いた。猫市は養成所の面接で、面接官に靴を投げつけて不合格。何人かの女性の家を
転々として暮らし、フリーの芸人を捕まえてコンビを組んでは喧嘩別れに終わった。

えもやんは家業の手伝いをする傍ら、漫才のネタを書き溜めていた。猫市はピンの活動
を始めてみたものの行き詰まり、またコンビで漫才をやろうと誘われた。

頼む。また俺と漫才やろうや。

猫市がえもやんに頭を下げたのは、この一度だけだ。

大阪には面白い人間ならいくらでもいる。だが自分をまともに扱えるのは、えもやんだけだと思ったのだろう。えもやんもまた、こんな滅茶苦茶な人間とやっていけるのは自分ぐらいだと思ったし、自分の凡庸なネタこそ猫市を活かすという妙な自信があった。

二十一歳の時に大手事務所のオーディションに合格し、若手芸人集団『お笑いベースキャンプ』の一員となって活動を開始。家業は継がないと父に言い渡し、勘当同然で家を出て安アパートで暮らし始める。生活費は居酒屋のアルバイトで稼いでいた。

当初のらえもんは、猫市の素質の高さから将来を期待されていた。しかし猫市は素行不良で多くの先輩芸人から睨まれ、大阪では活動できなくなった。

二十五歳の時、逃げるように東京へ活動場所を移した。

その後、えもやんは何度も「振り出しに戻る」憂き目を見た。「相方が先輩を殴る。振り出しに戻る」「相方が事務所で暴れる。振り出しに戻る」。

相方が何かをやらかす度にえもやんが謝り、一方の猫市は頑として謝らなかった。

そんな猫市だが、えもやんにだけは稀に、謝罪をすることがある。「ごめん」や「すまん」は絶対に言わないが、猫市が『名前』のネタ合わせを始める時は、謝罪のシグナルだ。

「まあ、俺もお前も自分の名前に不平不満はあるわけやけど、考えてみれば、今の名前があってこそ出会ってやな、こうしてコンビ組んで漫才やってんねんな」

「なんや、ええ話でまとめようとしてるな」

「たまにはええ話で終わらせてくれ。ほな、ワイルド・キャット・シティとホワイト・ライス・イーターを今後もよろしうたのんます。名前だけでも覚えて帰ってください」

「ええ加減にせえよ。止めさせてもらうわ」

ええ加減にせえよ。この男の生き方そのものに、何度もそうツッコんできた。止めさせてもらうわ。振り出しに戻る度、何度もそう言いかけた。

けれど明日も、えもやんはこの男とエブリのアキチーナで舞台に立つだろう。ネタを一回通し終え、お互い目を合わせず、前を向いたまま改善点を言い合う。猫人間がうんこに砂をかけるくだりは変えんとあかんやろ、食べ物扱うスーパーの敷地内やからなあ。いや、でもちっちゃい子はうんこの話が大好きやしな。

新宿駅を通り過ぎ、そのまま歩いてゆく。

今日の一件、後輩たちの前で頭にラーメンサラダの残飯をぶっかけられた芝原は、ただでは済まさないだろう。また先輩芸人に敵を作ってしまった。

今度、芝原のおっさんに一言謝ってくれ。そう言いたいが、言えなかった。悔しいが、心のどこかに、猫市には簡単に謝って欲しくないという歪《ゆが》んだ願望があるのだった。

「ほな、もう一回や。えー最近、キラキラネームというのが流行っとりますが……」

二人で歩きながらネタ合わせを繰り返し、吉祥寺まで二時間半の道のりを歩き続けた。

＊

惣菜売場の仕事を覚えながら、手探りでお笑い実業団を始動させる日々。

栄治はどちらの仕事にも初心者として挑む立場だ。

お笑い実業団の芸人たちは朝八時に出勤、十四時に店舗業務を終え、スーパーの裏や屋上などでネタ合わせ。週に二～三回、アキチーナでのライブに臨んだ。

ライブにはスタッフの存在が欠かせない。だが、実業団に専属のスタッフはいない。栄治とお笑い実業団のメンバーが設営と片付けを行い、アナウンスやお客の案内は亜樹が手伝い、音響はロック春山が舞台袖から対応した。スタッフ業務を皆でカバーし合いながらのライブは大変だったが、回を追うごとにスムーズに運営できるようになってきた。

アキチーナ上部の防犯カメラの隣に安いビデオカメラを設置し、ライブを収録できるようにした。後で映像を見て、アドバイスし合うのだ。皆、ネタの改善に貪欲《どんよく》だった。

一方で、肝心のお客さんが入らない。

集客のため、週に二回の新聞折込チラシにお笑い実業団ライブの告知を入れた。インターネット上では、短文投稿SNS『ツブヤイター』に芸人たちがバックヤードでの様子などを投稿した。動画サイトの『マイチューブ』にも『エブリチャンネル』を開設し、アキチーナライブのネタ動画を公開しているが、いっこうに登録者数が伸びない。

五月に入り、苦し紛れにライブの時間帯を変えても集客効果は上がらなかった。

栄治は焦った。ライブは閑散《かんさん》とし、店のイメージ悪化にすら繋がりかねない。

今日も客席には買い物帰りの年配女性が四人と、スポーツ新聞を読んでいる初老の男性が一人。皆、ライブを観るわけでなく、ただアキチーナのベンチを使っているだけだ。

「どうも、ありがとうございましたー」

フリーターズの二人がネタを終えて舞台袖へとはけてゆく。彼女らは初ライブで四代目から「全く印象に残らない」と指摘されて以降、キャラ作りに励み、試行錯誤している。

撤収作業を終えてバックヤードに戻ると、猫市の怒声が響き渡った。

「なにさらしとんねん!」

猫市はえもやんを怒鳴りつけ、備品の赤いカラーコーンを思い切り蹴飛ばした。

「悪かった。けどな、店の備品蹴ったらあかん」

「毎回同じところで間がぐだぐだになっとるやろ。下手くそ! 辞めてまえ」

猫市は漫才でのミスは絶対に許さない。

この一ヵ月半、低空飛行のお笑い実業団ライブで悪戦苦闘する日々の中、皆が笑いに関しては至って真剣なのだということだけは分かった。

四組の芸人たちは皆、毎回違うネタを用意してくる。観客が少なかろうが、反応がなかろうが、全力でネタを披露する。失敗した時には、ライブの後で徹底的に反省する。いい歳をしてダラダラと夢にしがみついている人たちだと思っていたが、その先入観は間違っていたと認めざるを得ない。

全力で夢にしがみついていられる彼らが栄治には羨ましかった。

その夜、栄治は稲毛店長に連れられて店を出た。

五日市《いつかいち》街道を西へ向かってまっすぐ歩くこと二十分。街道沿いの割烹《かっぽう》料亭に入った。

入口には予約の団体客名を記した木札が掲げられている。

〈葵《あおい》の間　月見会　ご一行様〉

暖簾《のれん》の向こうから仲居さんが出てきて、奥へ案内された。

「お連れ様がお見えになりました」

仲居さんは「葵の間」の前の廊下で立ち止まって正座し、両手で障子の引き戸を開けた。

畳の座敷で十数人の男が、お膳を前に酒を飲んでいた。

「おお、稲毛君、待ってたよ。さあ、こっちへ座って」

一番奥の席であぐらをかいて手招きする初老の男が、専務取締役の小田島充。三代目社長・沢渡茂吉の亡き後、エブリの実権を掌握する人物だ。

「失礼します」

稲毛店長は恐縮して腰を低くかがめながら、指示された席へ向かった。小田島の左右両脇それぞれに七つの膳が並ぶ。殿様と家臣団のような配置だ。稲毛店長と栄治の席は、向かって左の列の小田島に近いほうの二席だ。栄治は稲毛店長の後ろについて行く。その場にいる一同の視線を感じる。まとわりつくような、ねっとりとした視線だ。

稲毛店長が小田島のすぐ脇の席、栄治はその右隣の席に座った。

「お付きの若者は、どちらさんだったかな」

「彼は、お招きに与《あず》かりました、吉祥寺店の樫村です」

「これはこれは、君が樫村君だったか。いや、失礼、樫村娯楽事業開発室長どの」

小田島の芝居がかった言葉に、座の面々がおもねるような笑い声を上げた。

列席しているのはエブリの東京西部や埼玉南部に点在する各店舗の店長や部門長たち。全員、二十年前にエブリに吸収合併された旧ツキミマート系列の面々だ。この通称『月見会』の会合に、なぜか稲毛店長と栄治が招かれたのだ。

「今日は娯楽開発事業の様子を聞きたいと思ってね。順調かね、お笑い実業団は」

小田島は口の両端を下げてへの字口で栄治に語り掛けてくる。

「おかげさまで……」稲毛店長が代わりに答えようとしたところ、小田島は「樫村室長どのに訊いているんだが」と強い語気で制した。

「おかげさまで……アキーナで定期的にライブを開催できています」

「社内の噂で、かなり苦戦していると聞いたけど、大丈夫かね」

小田島が上目遣いで、探るように訊ねてくる。「はい」か「いいえ」、どちらで答えても
どこかへ追い詰められてしまうような、言い知れぬ威圧感がある。

「若いうちは、失敗したっていいんだよ」

小田島は諭すような口調で「失敗していいんだ」ともう一度繰り返した。

「専務、吉祥寺店の新事業を後押ししてくださったそうで、ありがとうございます」

稲毛店長は小田島のほうへ向き直って正座し、深々と頭を下げる。

「当然のことだよ。エブリに拾ってもらった身としては、まずは四代目のご意向に従うまで」

小田島は「ここにいる者たちも皆、同じ気持ちだよ。なあ」と、一同に同意を求めた。

「我々がこうして美味い酒を飲み、美味い飯を食っていられるのは、稲毛店長どのをはじめとしたエブリの皆様のご厚情があってこそだからね」

稲毛店長は「いえ、とんでもございません」と、恐縮しきった様子でかぶりを振る。

「ご謙遜を。この中にも実際、稲毛店長どののご指導を受けた者がいる。なあ横松《よこまつ》」

末席に座る男が「はい」と返事をした。

「稲毛さん、ご無沙汰してます。二十年前に立川《たちかわ》店でご指導頂いた横松です」

「おお、横松君！　すっかり立派になって」

「今は立川店で、青果部門長をやっています。稲毛さんにはお世話になりました」

ツキミマートがエブリに吸収合併された当初、本部の統括部にいた稲毛店長は各店舗の新人指導係として研修や各店舗の実地指導にあたっていたという。

「稲毛さんには、エブリ魂というものを叩きこんで頂きました。エブリの鮮度管理、在庫管理、販促。あらゆる仕事において、エブリはこうあるべき、と。厳しいご指導でした」

横松はしみじみした口調で語り、それから「ツキミマートのやり方は通用しないのだと、ご教授頂きました」と言った。

「そんな、横松君、通用しないなんて言ってないけどなあ……」

稲毛店長はかぶりを振って否定する。本当に身に覚えがないようだ。

「稲毛君にはツキミマートの者が大変お世話になってきた。稲毛君とはぜひ一度、膝を交えて飲みたいと思っていたところでね。まあ、どうぞ一献」

小田島が徳利を掲げて、こちらへ来いと促す。稲毛店長はお猪口《ちょこ》を持ち、膝を畳にすりながら小田島の前へと進み出た。

「さあ、今日は、浴びるほど飲んでいって欲しい」

「恐れ入ります。ありがとうございます」

稲毛店長が恐縮しながらお猪口を差し出すと、小田島は「いやいや、遠慮してもらっちゃ困る」と、注ごうとしない。

「さあ、さあ、顔を上げて。大きく口を開けて、浴びるほど」

小田島は稲毛店長の顎先を掌《てのひら》に載せると、ぐいと上を向かせた。そして、稲毛店長の口へ向かってもう片方の手で徳利《とっくり》を傾けた。

徳利の口から稲毛店長の顔に向かって、とくとくと日本酒が流れ落ちる。

「ツキミマート名物、月見酒だよ。ほら、徳利のまん丸な口を仰ぎ見ると、まるで満月のように見えるだろう？」

稲毛店長は口を開けるが、受けきれず「あぶ、あぶ」と口をパクパクさせてもがく。こぼれ落ちた酒が顎から喉を伝って稲毛店長のワイシャツやネクタイを濡らした。

「おやおや、もったいない。どんどん飲んで。おっと手元が……」

小田島がわざとらしく手元を狂わせ、稲毛店長の薄い前髪に、眼鏡に、酒がこぼれ落ちる。最後の一滴が稲毛店長の顔に降り注ぐと、野卑な笑いと拍手が沸き起こった。

「ふーっ！　月見酒、ごちそうさまでした！」

稲毛店長はおちゃらけた調子で叫び、掌で顔をプルプルと拭った。

「なかなかいい飲みっぷりだったね。できる男は、顔で飲むんだなあ！」

野卑な笑いが爆笑に変わった。稲毛店長は愛想笑いを浮かべながら席に戻ってくる。

「店長、大丈夫ですか」

栄治はおしぼりを丸めて稲毛店長の首元や肩についた酒の滴を払った。

陰湿な小田島の仕打ち、それを傍観してせせら笑う月見会の面々、愛想笑いで堪《こら》える稲毛店長、そして止められなかった自分。どこに怒りをぶつけたらよいのか。

「ツキミマート名物、月見酒。自分もやってみたいです。その前に月見会の皆さん、どなたか見本を見せて頂けないでしょうか」

栄治は、思わず立ち上がっていた。

「若くて元気ですなあ、娯楽事業開発室長どの。まあ、とにかく飲もう」

笑顔で呼び掛ける小田島。その目は笑っていない。栄治は野球の世界で幾多の勝負師たちと対峙してきたが、それとは全く違う類の恐ろしさが漂う。

栄治は傍らにあった徳利を手に取り、高く掲げた。顔を上に向け、徳利を真っ逆さまに傾けた。瞬く間に栄治の顔も、シャツもスーツの胸元も、酒でずぶ濡れになった。

「月見酒、頂きました。皆さんはやらないんですか」

「我々はいいんだ、みんな経験済みだから。ほろ苦い酒、いっぱい飲んできたからさ」

横松がおどけて言うと、他の面々がゲラゲラと笑った。横で稲毛店長が「よし、月見酒、もう一度やりますよ〜」と酔った口調で宣言し、徳利を顔の上で勢いよく傾けた。

嘲笑《ちょうしょう》交じりの歓声と、拍手が起こる。

「小田島専務にお伺いしたいことがあります」

「何でしょうか、娯楽事業開発室長どの。若い人と議論するのは大好きだ。遠慮なく」

「専務は、なぜお笑い実業団に反対されなかったのですか」

「さすが元甲子園投手。ストレートだね」

小田島はお猪口をぐいと傾けて酒を呷《あお》ってから言葉を継いだ。

「先ほども言ったが、創業家の四代目がトップダウンで打ち出した新事業だ。エブリの魂たるアキチーナ活用の目玉事業、外様役員の私ごときが反対なんてできないよ」

嘘だと直感した。言えないのではなく、言わないのだろう。きっと今までと同様、四代目におもちゃを持たせて野放しにしているのだ。とはいえ、芸人を社員登用して実業団を結成するという突拍子もない思い付きに誰も異を唱えないのだろうか。

「まあ、まさか目玉事業にお笑い実業団と来るとは思わなかったけどね。さすがは四代目、天才の発想だ！　天才！　天才だよ！」

呵々大笑《かかたいしょう》の小田島。それに追従するかのように、取り巻きの面々も爆笑する。

「そうだ、そうだ！　よっ！　うつけの四代目、日本一」

稲毛店長が呂律《ろれつ》の回らない口調で声を上げた。すっかり酔っ払っている。

「アキチーナがどういう意味を持つか、知っているかね。娯楽事業開発室長どの」

小田島の問いに栄治は「ある程度は」と答えた。思わず、挑むような口調になる。

エブリの発祥は、大正十年に創業した沢渡青果店。戦後、二代目が株式会社沢渡マーケットとして法人化。青果以外の商品も取り扱い、スーパーマーケットの業態を開始し、武《む》蔵《さし》野《の》市に複数の店舗を展開した。

昭和四十八年、三代目の沢渡茂吉が創業の地に、総合スーパーのエブリ吉祥寺店をオープン。その際に、三代目は「空白は新たな価値を生み出す」という理念のもと、店舗敷地内の旧沢渡青果店にあたる一角を『アキチーナ』と名付け、〝物を売らない催事場〟としたのだった。

「アキチーナは三代目が築いたエブリの象徴。エブリそのものなんだよ。したがって、アキチーナの在り方を変えるのはすなわち、エブリの在り方を変えることに他ならない」

小田島の言葉に、栄治は違和感を覚えた。在り方を変えることが前提のような口調だ。

「室長どの、入社したばかりの頃、アキチーナをどう思ったかね」

「あれだけのいい場所で物を売らないのはもったいないと、単純に不思議でした」

「優秀じゃないか。私も、個人的には君の意見に賛成だ。ツキミマートの面々は、みんなそう思ってるよ。創業家の意志、組織の判断はさて置きね」

稲毛店長は横で酔眼を漂わせながら、刺身の盛り合わせを醤《しょう》油《ゆ》も付けずに箸でがつがつと掻き込んでいる。空き腹に日本酒を流し込まれ、相当酔っているようだ。

「実はね、アキチーナ活用の見直しは、積年の経営課題なんだよ。三代目の時代は誰も言い出せなかったけどね。代替わりを機にゼロベースで見直そうという社内の総意がある。

私も個人的には賛成だ」

組織の判断、社内の総意という言葉に、また違和感を覚える。

「四代目はアキチーナの今後を懸けて、勝負に出られたのだよ。私個人がとやかく言えることなどない。まずはこの目玉事業の結果を見て、社内の総意でどう判断するかだよ」

小田島は箸でマグロの刺身をひと切れつまみ、うまそうに食べた。

「エブリ吉祥寺店は全店舗の要だ。期待しているよ、室長どの」

何を期待しているかを明確に言わないところがまた空恐ろしい。

それから小田島は、第一号店であり旗艦店である吉祥寺店について語った。話題はドラッグストアや競合店のネットスーパーの進出、商圏内の競争激化、店の客層や購買傾向、各部門の品揃えや店内販促など、多岐にわたった。圧倒的な知識量と洞察力だ。

話題が吉祥寺店の減収減益の件に及んだところで、稲毛店長に異変が起こった。口を右手で押さえながら、よたよたと障子戸のほうへ歩いてゆく。今にも吐きそうだ。

栄治は急いで稲毛店長に追いつき、トイレへと誘導した。稲毛店長は便器の前に屈んだ。戻すかと思いきや、意外にもはっきりとした口調で言った。

「樫村君、帰ろう。色々と分《ぶ》が悪い」

是非もない。栄治も、この場から一刻も早く立ち去りたい気分だった。

栄治は稲毛店長に肩を貸して座敷に戻り「今日は失礼します」と挨拶をした。

「稲毛君、樫村君、いいかい、最後にもう一度言うよ。アキチーナはエブリの理念、創業家の理念だ。アキチーナの在り方はすなわち、エブリの在り方を左右するんだ」

小田島のへの字口の両端が、ますますぐにゃりとねじ曲がる。

「だが君はまだ若い。失敗していいんだ。失敗していい。私は、君の味方だ」

小田島はそう言って、栄治の肩をポンと叩いた。

失敗しろということでしょうか。

喉元まで出かかって、思いとどまった。

自分で考えるのだ。自分はどうしたいのか、考えるのだ。

栄治は一礼して稲毛店長を右肩に抱えながら立ち上がった。

店の門構えを過ぎて五日市街道へと出ると、稲毛店長は途端に正気を取り戻した。

「どうだい、ぼくの酔っ払い芝居、上手かった?」

「すっかりだまされました」

稲毛店長は酒に濡れた背広を脱いで小脇に抱え、五日市街道沿いの歩道を、しっかりとした足取りで歩き始めた。栄治も同じように、背広を脱いで、稲毛店長に並んで歩いた。

「いやあ、ツキミマートの人たちに、あんなひどいことは言ってないんだけどね。受け止める側がどう意味を持たせるかによって、全く違っちゃうんだね」

稲毛店長は、本部の指導係だった頃の話を始めた。エブリの店舗運営に少しでも早く慣れてもらうため、旧ツキミマートの各店舗に毎日足を運んだのだが、吸収合併された側の人間は「エブリのやり方を押し付けられた」と受け止め、快く思っていなかったようだ。

「小田島専務はね、旧ツキミマートの人たちの思いを一身に受けた、月見会の希望の星でもあるんだよ」

「ツキミマートもエブリも、今はひとつの会社、同じ会社の同僚じゃないですか」

稲毛店長は「吸収された側は、そう割り切れないんだよ」と、諦めたように言う。

「小田島専務はエブリのタブーを破りたいんだ。アキチーナにテナントを入れたいらしい」

四代目まで続く創業家の経営に、待ったを掛けるという野望が囁《ささや》かれている。

「経営方針も、日に日に小田島専務の思うほうへ向かっているし」

先代が生前、大手ディスカウントショップのボンボヤージュと提携の話を進めていたが、最近は小田島の主導で総合スーパー最大手のメガマートとの提携を探っているという。これは店長級以上の社員の間では公然の秘密らしい。

「クーデターでも起こすつもりですか」

「あの人はそんなうかつな真似はしない。手を汚さずに、いつの間にか自分の思うほうへ話を持っていくんだ。今回の件もそうだよ」

適度に頑張っている振りをし、結果が出せずに撤退する。そんな茶番のために、未知の物菜売場へ異動させられ、滅茶苦茶な新規事業の特命担当を押し付けられたのだろうか。ただ失敗するのを待っていれば良いのならば、楽な仕事かもしれない。小田島の思い通りの結果を出せば、グロッサリー部門に戻してもらえるかもしれない。お笑い実業団から解放され、元の仕事に戻れる。栄治が望んでいたことではないか。

だが一方で、全く別の感情がむくむくと頭をもたげている。

冗談じゃない……。

打たれてこいと言われてへらへらとマウンドに上がるピッチャーがいるか。

「今の仕事にどういう意味を持たせるかは、樫村君次第だ。ぼくはそれを応援するよ」

いかにも丸投げ君らしい言い草だ。だが、悪い感じはしなかった。

「そういえば今、どこに向かって歩いてるんですか？」

「え？　決まってるだろう。エブリ吉祥寺店さ」

「これから戻って仕事するんですか」

「まさか。こんな酔っ払い状態で店に出たら、みんなに怒られちゃうよ。衣料品売場で服を買って、着替えて帰るんだよ。なんてったって、エブリ吉祥寺店には、何でも揃ってるから」

稲毛店長の語気に、誇らしさが滲んだ。確かに、ひと通り何でも揃っている。衣料品売場だけではない、他の売場も同じだ。それに、専門店街もある。

「何でも揃ってるって、すごいことだよなあ」

稲毛店長はしみじみと呟いた。

夜風の中、五日市街道から北へ折れ、元来た道を歩いて閉店間際の店に戻った。

栄治と稲毛店長はエスカレーターを上り、客として二階の衣料品売場に足を運んだ。

Tシャツとソシャツとネクタイを買って、元の格好に戻ろうか。それとも、カジュアルのシャツを買って私服姿に着替えて帰ろうか。色々な選択肢があって迷う。

総合スーパーには、何でも揃っている。当たり前のことのようで、実はすごいことだ。

栄治は長袖Tシャツを、稲毛店長はワイシャツを買って、バックヤードへ入った。

休憩室で、のらえもんの二人がネタ合わせをしていた。

〈失敗していいんだ〉

小田島の言葉が、頭の中で反響する。

冗談じゃないぞ。

「えもやんさん、ネコさん」

栄治はネタ合わせを終えた二人に声を掛けた。

「前にえもやんさん、自分をオモワングランプリに連れて行くと言ってましたよね」

えもやんは「おお！　確かに言いましたわ！　行きまっせ」と握り拳を掲げた。猫市は「当たり前や。次こそ優勝したる」と不敵な笑みを浮かべる。

「行きましょう、オモワングランプリ。アキチーナを満員にして、オーディションに受かってテレビに出て、オモワンの決勝に行く。これなら誰も文句は言えませんよね」

「うちら今年がラストチャンスです。絶対に獲りにいきます」

オモワングランプリの参加資格は芸歴十五年目まで。のらえもんは三年前の準々決勝進出が最高成績だ。

「お二人なら行けますよ。行きましょう」

「樫村、お前、分かっとるやんけ。賢い奴や」猫市が上機嫌になって栄治を指差す。

彼らもまた、オモワンのラストイヤーに懸け、負けられない戦いに挑んでいるのだ。

自分も小田島のような姑息《こそく》な連中に負けたくない。負けるのはもうたくさんだ。

明日からお笑い実業団のライブは、専務のご期待には沿えないものになるかもしれない。

第三章　再起動

六月初めの水曜特売、えもやんは夕方ピーク前の品出しを終え、一段落ついた。加工室に戻ると、栄治が消耗品のストック棚を覗き込んでいた。

「樫村さん、その辺の雑務はぼくらがやっておきます」

「いえ、惣菜売場の社員として、細かい作業も徹底的に覚えておきたいので」

咲子さんが「栄ちゃん、最近頑張り過ぎよ」と心配そうに言った。

半月ほど前から、栄治は人が変わったような気迫で惣菜売場の仕事に向き合っている。分からない作業は咲子さんや他のパート社員に教えを請い、着実に習得してくる。

「値下げ処理してきます」

栄治は値下げシールを手に売場へ出ていった。昼ピークで売れ残った惣菜や弁当に値下げシールを貼る「見切り」の作業は、社員やベテランのパート社員が担当する。夕方ピーク前にできる限り売りさばいてロスを最小限に抑えるための重要な作業だ。

栄治は惣菜売場の仕事だけでなく、お笑い実業団の仕事にも急に熱を入れ始めた。

〈えもやんさん、自分をオモワングランプリに連れて行くと言ってましたよね〉

先日の夜、栄治はほろ酔いで店に立ち寄り、えもやんに言った。その翌朝、栄治は惣菜加工室の出入口扉の裏に、お笑い実業団の目標を記した紙を貼った。

〈お笑い実業団　目標
一　アキチーナのライブを満員にする
二　地域に愛されるお笑い実業団になる
三　全組オーディション合格→テレビ出演→全国区の芸人集団になる
四　オモワングランプリ決勝進出→優勝〉

それから栄治はオモワングランプリのDVDを咲子さんから十年分借りたという。えもやんも他の三組も、栄治に頼まれ、過去のライブ映像をあるだけ全て貸した。SNSのエブリ公式アカウントや、動画の『エブリチャンネル』にも力を入れている。ライブの動画を投稿し、既に延べ五十本ほどのネタ動画がストックされていた。店舗業務との両立で多忙を極める中、栄治は愚痴も言わず着々と仕事を進めている。

今日のえもやんは十四時まで店舗業務で、その後ネタ合わせだ。

着替えるために休憩室に入ろうとして、えもやんは咄嗟に足を止めた。

「お笑いライブやってる余裕なんかねえっつうの」

休憩室の中から、他部門の社員たちの声がした。「でかでかとスペースを割いて」「お客さん全然来ねえし」「樫村が調子に乗ってんだろう」「社長の肝煎り事業だから」。

彼らは、お笑い実業団が折込広告のスペースを占領しているのが気に入らないようだ。

情報通の咲子さんによると、お笑い実業団にかかる経費のために吉祥寺店の売上予算が増額され、各部門に割り振られたらしい。他の部門からは売上予算の増額分は、栄治のいる惣菜部門に割り振るべきだと、不満の声が上がっているという。

勤め人も楽ではない。社員たちは月ごと、週ごと、日ごとの売上目標を背負っている。本部から無茶な指示もある。部門間でぎくしゃくすることもある。

自分たちお笑い実業団も、ぬくぬくとしてはいられない。皆、組織のノルマの下で仕事をしている中、お笑い実業団が観客の入らないライブを漫然と続ければ、居場所がなくなる。

休憩室から社員たちが出てきた。入れ替わりで、栄治が売場から戻ってきた。栄治はすれ違いざまに「おつかれさまです」と声を掛けたが、冷ややかな反応だった。

「えもやんさん、今日のネタ合わせ中に、写真撮らせてもらえませんか」

栄治はスマホを手にしてえもやんに訊ねてくる。

「いいですけど、何に使いはるんですか」

「SNSに載せようと思います」

「うちら芸人も、集客を頑張らんとあきませんな」

「六月中に、お笑い実業団を軌道に乗せましょう。お、ネタ合わせの時間ですね」

栄治が壁掛け時計を見上げた時、猫市がボサボサの寝ぐせ頭でバックヤードに現われた。えもやんとの大喧嘩以降、反省したのか、時間を守るようになった。大きな進歩だ。

今日は屋上のフットサル場の脇でネタ合わせだ。猫市は「ほな始めるか」と言った。するとバックヤードの入口から「咲子さーん、咲子さんいる？」と、騒がしい声がする。

四代目のご登場だ。

「いやあ、ネバトロ揚げ、咲子さんからダメ出しくらっちゃったよ」

四代目が口を尖らせながらぼやく。その時、栄治がつかつかと四代目に歩み寄った。

「オーディションの情報は、いつ頂けるんですか」

「それね、そうそう、そのうち情報をもらえると思うよ」

「いつですか。放送作家の名島卓にツテがあるんですよね。連絡先を教えてください。自分が名島さんに、オーディションを受けさせてもらえるよう掛け合いますから」

四代目に詰め寄る栄治の目は、怖いものがない人間の目だ。

「お笑い実業団を始めてもうすぐ二ヵ月です。今の状態では、社長が許しても社内の空気が許しません」

「ライブはかなり良くなってきてるよ。大丈夫。あのさ、とっておきの秘策があるから」

「秘策があるなら、今すぐ教えて頂けませんか」

「だめー。まだその時じゃないから」

四代目は栄治の問いをはぐらかしたまま、惣菜加工室へと向かっていった。

「樫村さん、なんで急にそんな一生懸命やってくれるようになったんですか。嬉しいんですけど、人が変わったような、少しおっかない感じがするんですわ」

えもやんは、ここ最近感じていたことを、そのまま栄治に訊ねた。

「負けたくない。それだけです。極めて不純な動機です」

何に負けたくないのか。訊いてみたいが、うかつに訊いてはならない気配が漂う。

栄治は折込チラシの打合せをすると言って、稲毛店長を探しに行った。

「なんや、あいつ。確かに、ここのところ急にやる気出しとんな」

猫市は今気が付いたかのように言った。

「嬉しいんやけど、なんか、ちゃうような気がすんねんな」

えもやんは拭いきれぬ違和感を引きずったまま、栄治の背中を見送った。

＊

梅雨入り間もない雨の日の夕方、栄治は売場で揚げたての唐揚げを陳列していた。

「値入れと品出しの続きはやっとくから、栄ちゃんはライブの準備に行ってらっしゃい」

咲子さんに背中を押され、栄治はアキチーナへと向かった。

六月中にお笑い実業団を軌道に乗せると心に決めた。

小田島の真意を知ったあの夜を境に、とにかく絶対に負けたくないと思った。

まずはアキチーナを観客で埋める。そのために、新聞折込チラシの告知スペースも広く取った。他部門の社員に嫌われても、店の集客に貢献できれば認めてもらえるはずだ。

今日こそはと期待して臨む。夕方のライブに向け、既にえもやんとフリーターズの二人が入念に音響のチェックをしていた。

「えもやんさん、おつかれさまです」

「樫村さん、このピンマイク、あんまり調子よくないみたいですわ」

スタンドマイクが店にないため、ピンマイクを使っているが、調子が悪い。

客席に目を遣ると、設営がまだ終わっていなかった。栄治は急いで舞台から客席に降り、木製ベンチを動かした。

ロック春山はサービスカウンターの松永亜樹にちょっかいをかけている。

「亜樹ちゃん、今日も可愛いね。亜樹ちゃんの前じゃ俺のロック魂も骨抜きだよ」

「はいはい、春ちゃん、ありがとうね」

亜樹は作業をしながら春山を軽くあしらう。

サービスカウンターは、商品券などの金券類や切手の販売から商品の返品対応まで、通常のレジでは対応できない業務を一手に引き受ける。忙しい業務の傍ら、側にあるアキチーナの舞台を見守ってくれる亜樹は、芸人たちの人気者となっている。

「ロックさん、従業員間の業務中の私語は最小限にしてください」

栄治は絡まれている亜樹に助け舟を出した。

そこへ、猫市がトイレから戻ってきた。

「いやあ、小便したら、ズボンのファスナーにイチモツが挟まってもうたわ。亜樹ちゃん、痛いの痛いの飛んでけしてや。春山のおっさんの相手なんかせんで、俺と一発……」

「一発引っぱたいてあげようか」

「おお、怒るとまたええ女になるなあ」

「そういう発言は止めてください」

栄治は見かねて猫市を制止した。

猫市の言動は目に余る。亜樹だけでなく、他の女性従業員も何人か猫市に絡まれている。

もしアキーナにライブを観に来た女性客にまで同じようなことをしたら一大事だ。

舞台上からえもやんがピンマイクで「ネコ、マイクテストやるで」と呼び掛けた。

猫市は「分かっとるわ」と言い返し、舞台へと向かっていった。

「栄ちゃん、ありがとね。注意してくれて」

「あの言動、なんとかしないとな。あまりにもひどい」

「私は大丈夫。そのうち本当に引っぱたいてやるから。それより、またお笑い実業団へのクレームが増えちゃってるよ……」

亜樹はサービスカウンターの隅にある『お客様ご意見コーナー』を指差した。記入台に、小さな用紙が常備されている。寄せられたご意見には店長が全て「ご回答」欄に直筆で記入し『お返事公開ボード』に貼り出す。

ご意見コーナーに寄せられた声は、店舗の運営や品揃えの改善に取り入れられている。

栄治はボードを覗き込んだ。三階のキッズ広場のバンビさんを修理してほしい、ラムネソーダを店に置いてほしい、レジの対応で不愉快な思いをした、など、様々だ。

その中に五月以降、お笑い実業団へのクレームが散見されるようになった。

〈ご意見：お笑いのライブは騒がしくて迷惑です。気持ちよく買い物できません。しかもテレビで見たこともないような知らない芸人ばかりでつまらない。中止してください〉

〈ご回答：ライブの音などでお買い物中にご迷惑をおかけし、申し訳ございません。この四月から、当店ではお笑い芸人として活動している従業員によるお笑い実業団のライブをお届けし、地域の皆様により愛される店舗となるよう取り組んでおります。ライブの関係従業員には、お買い物の妨げにならないよう、音量等に配慮するよう指導を徹底してまいります。そして、より多くの方々にお笑い実業団を知って頂けるよう励んでまいる所存です。

店長　稲毛憲正〉

「店長、なんだかんだいって盾になってくれてるよね。丸投げ君とか言われてるけどさ」

「まあ、現場の実務は丸投げだけど、お客様からの声に向き合ってくれてるんだね」

「あと、こんなご意見が来てるんだけど……」

〈ロック春山さん、昔テレビでよく観ていました。ロケンロール漫談をやったら、みんな喜ぶと思います。ぜひお願いします！〉

「応援のメッセージだ。初めてかもしれない」

「でも春ちゃん、ロケンロール漫談やりたがらないでしょう」

　確かに、自虐的に過去の話をすることはあるが、ライブでは頑なにロケンロール漫談を避けている。栄治には春山の気持ちが分かる。過去の栄光を固く封印しないと、前を向けないのだ。

「春ちゃんがネタやってる時、けっこう足を止めてく人、多いんだよね」

亜樹に「あの人テレビに出てたわよねえ」と訊いてくるお客もいるという。

「ここで一発『ロケンロール！』って叫んだら、盛り上がると思うんだけど……」

十年も前とはいえ、お笑い実業団の中では唯一、ブレイクを経験した芸人だ。

「あ、そろそろライブ開始十分前だ。店内放送入れとかなきゃ」

亜樹は急いでサービスカウンター内のマイクに向かっていった。

〈ご来店の皆様、まもなく十七時より、一階サービスカウンター前、アキチーナにて、エブリお笑い実業団によるライブをお届けします。皆様、ぜひお立ち寄りください〉

いつ聞いても堂に入った見事なアナウンスだ。

栄治は舞台袖でピンマイクとスピーカーの音響をチェックする。

準備は整ったが、開始五分前になっても最前列のベンチに若い女性が一人だけ。

「あの子、ここのところ、いつも来てくれとるなあ」

えもやんが舞台袖から客席を見ながら呟いた。

「そうそう、ちょっと前から毎回一番前で観てくれてますよね。私と笑梨の間では密かに『ヒメ様』って呼んでます。なんか、すごい癒されるんですよね」

フリーターズの真理が興奮気味に言った。

「確かに、ほんわかしたオーラがあるけど、何をもって『ヒメ様』なんだろう」

ピカソーメンがスケッチブックに鉛筆でデッサンをしながら言った。

「守りたくなる感じかな。クラスにひとりいる、守りたくなる友達みたいな」

笑梨の言葉に真理が同意する。確かに、ヒメ様という呼び名は的を射ていると思った。

栄治も気付いていた。彼女は、いつも最前列でネタを観ながら、ただ微笑んでいるのだ。

最初は不思議な人だと思ったが、だんだん彼女がいることに安心感を抱くようになった。

舞台袖でヒメ様の噂話をしている間に、開演時間の十七時を迎えようとしていた。客席には相変わらずヒメ様ひとりだけ。シフト上がりによく観に来てくれる咲子さんも、今日は夕方ピーク対応で売場に張り付いている。

「よし、時間だ！　始めるっきゃないな。賑やかしに行ってくるぜ」

春山が覚悟を決めたかのように自らを鼓舞《こぶ》し、観客一人の前へ躍り出ていった。

「どうも！　超満員の大観衆、サンキュー！」

春山のシャウトとともに、プレスリーの『ハウンド・ドッグ』が流れ出す。

春山が前説で場を温めてから、のらえもんのコント漫才『はみ出し和尚』へと繋ぐ段取りだ。春山はツイストを踊りながら自虐トークを繰り出すが、客席にはヒメ様一人のまま。

春山の前説が続く中、年配の男性が一人、よろよろと舞台の前に歩み出てきた。

「おい、お前！　つまらん話をベラベラと！　うるせえから止めろ」

源氏の末裔を自称し、従業員の間で〝源《げん》ジイ〟と呼ばれる、常連クレーマーだ。

「おっと、ロックなお客さんの乱入ですか。おとうさん、俺とツイスト踊るかい？」

「止めろと言ってるのが分からんか。お前、昔テレビで見たことがある気がするなあ」

「お？　おとうさん、思い出してくれた？　嬉しいなあ！」

「少しぐらいテレビに出てたぐらいでのぼせるな！　過去のちっぽけな栄光にすがりつくだけで何の価値もない人間だ！　ワシは源氏の末裔《まつえい》だぞ」

源ジイは手が届きそうな距離で、「今すぐ止めろ」とライブの中止を主張する。

もはや看過できない。栄治は、舞台袖から客席へ降りて「お客様」と声を掛けた。

「他のお客様がいらっしゃいますので、お静かにお願いします」

「他の客？　この暇そうな女一人だけだろう！　こいつ一人のために騒音をまき散らすな」

源ジイは最前列に座るヒメ様を指差し、ますます激昂する。

警備員を呼ぶべきか。栄治が判断をしかけたその時だった。

亜樹がサービスカウンターから駆け寄ってきて「お客様」と源ジイに声を掛けた。

「サービスカウンターでお話を伺いますので、こちらへどうぞ」

「誰だ、あんた。下《した》っ端《ぱ》か」

「お客様からのご意見、ご要望をお聞きする部門の統括をしております」

嘘ではない。亜樹はサービスカウンターに届いたご意見を、店長へ報告する立場だ。

「よおし、じゃあ、あんたに話を聞いてもらおうじゃないか」

源ジイは心なしか相好を崩しながら、亜樹に連れられていった。

春山の前説が終わり、一番手はのらえもんだ。出囃子のBGMとともに舞台へ飛び出す。

「どうも、のらえもんと申しますー！　よろしくお願いしますー！」

観客一人のライブ本番が始まった。ヒメ様は舞台に上がった二人に、静かに拍手を送る。

のらえもんの漫才『はみ出し和尚』は冴えに冴え渡っていた。猫市扮する和尚が弟子の前で次々と戒律を破り、暴走するネタだ。

二番手のピカソーメンは、

「前世は売れないコメディアン、前々世は画家、前々々世は宮廷料理人のピカソーメンです、現世ではスーパーの惣菜売場で働きながら絵描き芸人をやってまーす」

とシュールな挨拶で『変顔紙芝居』のネタを始める。「桃から生まれた……桃太郎」「お椀に乗った……一寸法師」と、おかしな顔をした主人公の絵を電光石火の筆運びで描く。そして「竹から生まれた……かぐや姫」と言いながら描き上げた絵を、客席に向かって掲げてみせた。脅威的な速さで描かれた絵は、ヒメ様の似顔絵。そっくりだった。

ヒメ様は微笑んだまま、拍手を送る。ピカソーメンが舞台から降りて「どうぞ」と似顔絵をスケッチブックから切り取って手渡すと、ヒメ様は何度も頭を下げて受け取った。

三番手はフリーターズ。ピカソーメンが緩めた空気を、正統派漫才で締め直す。

「生まれは新潟、米どころ、コシヒカリみたいに顔面蒼白の笑梨です」

「ゴムまりみたいに柔らかい、軟体人間の真理です。エリマリ二人でフリーターズです」

真理は右足を高々と上げ、V字バランスをしてみせた。登場時の自己紹介から少しでも印象に残りやすいようにしようと、二人が考えた自己紹介だ。

今回のネタは、自称時給三千円のカリスマコンビニ店員と強盗の対決。

真理扮する強盗に対し、笑梨扮するカリスマコンビニ店員は「この店で働きたいって気持ちを、素直に表現できないんだね」と勝手に受け止め、面接を始めてしまう。

笑いの中にも少し心温まるネタだ。

最後にロック春山が『ヘイ・ジュード』の替え歌『米寿《べいじゅ》』で締めくくった。当初は『イマジン』の替え歌『ひまじん』の予定だったが、ヒメ様が源ジイに「暇人」と罵《ののし》られるアクシデントがあり、急きょ変更した。ヒメ様はずっと、微笑んだまま拍手を送っていた。

終演後、席を立とうとするヒメ様を芸人たちが呼び止めた。

フリーターズの二人が、まるでファンのようにヒメ様に握手を求める。

「いつもありがとうございます！　ヒメ様って呼んでいいですか？」

ヒメ様は戸惑いながら握手に応じた。

「同年代のお二人が頑張ってるのを見て励まされて、それからいつも観に来てます」

フリーターズの二人は「ほんとに？」「泣きそう」と目を潤ませている。

「舞台袖でも、ユーの噂で持ち切りだったぜい！」

「恐縮です。私の他にお客さんが入らなくて、私は疫病神《やくびょうがみ》なんじゃないかなと……」

「こちらこそ、すんません。もっとお客さんに来てもらえるよう、頑張りますんで」

えもやんはそう言って客席を見渡した。

「先程はご不快な思いをさせてしまい、申し訳ございませんでした」

栄治はヒメ様の前に立ち、頭を下げた。ヒメ様は「大丈夫です」と笑顔で答える。

騒ぎ立てていた源ジイはサービスカウンターに肘を突いて、亜樹と上機嫌で喋っている。

「ヒメ様は、この近くに住んではるんですか？」

えもやんが訊くとヒメ様は「はい、よく買い物に来ます」と答えた。

「身体を壊して会社を辞めてしまい、自宅療養中です。外に出るのは買い物の時ぐらいで」

買い物の帰りにたまたまお笑い実業団のライブを観て、それ以来、ほぼ毎回ライブに立ち寄ってくれているという。

「少しずつ元に戻れるよう、今、再起動中です」

「再起動しなきゃならないぐらい、大変なことがあったんだね」

春山が優しい口調でヒメ様を労る。

「皆さんのライブを観ていると、元気になれそうな気がします」

そう言ってもらえると、たとえ観客が一人のライブでも意味があるように思える。

それからヒメ様は、ここ最近のライブで特に好きだと思ったネタについて話してくれた。フリーターズの通行量調査ネタ、ピカソーメンのモナリザ七変化ネタ、ロック春山のゑびす・プレスリーネタ、など、それぞれに好きなネタがあるという。

「のらえもんさんは、名前のネタが大好きです。お二人が出会った場面がほっこりして」

「ほっこり……。嬉しいけど、ドカーンて笑ってもろてええんやで」

えもやんは苦笑いする。すると、それまで少し離れて黙ったまま皆のやりとりを聞いていた猫市が、ヒメ様の前に進み出た。

「おもろいは正義や。自分のペースで楽しんでくれたらそれでええ」

猫市はそう言って、ヒメ様の前にしゃがみ込み、目の高さを同じくした。

まずい。猫市が失礼なことを言ったりしたら、すぐに止めなければ。

「名前、訊いてもええか？」

「あ、はい。ナカハシです」

「下の名前も訊いてええか」

「リカです。ナカハシリカと申します」

ヒメ様は漢字で書くと「中橋理香」になることを、猫市に丁寧に説明した。

「いつも来てくれてありがとう。名前、忘れへんで」

猫市はそう言うと、静かにその場を離れ、照れ隠しなのか、一人で舞台の端に腰掛けた。

「樫村さん、あいつ今『ありがとう』て言うてましたよね……」えもやんが栄治に訊ねた。

「はい、言ってましたね」

「奇跡や……。あいつは『ありがとう』と『ごめんなさい』が言えへん奴ですねん」

栄治は「はい？」と呆れ返る。絶対にスーパーでは働けないタイプの人間だ。

「みんな、あいつが『ありがとう』言うたで！」

「六月だけど、雪とか降りませんかね」とピカソーメンがシニカルな笑みを浮かべる。

「ありがとう！　一人でも観てくれて、おかげで相方が感謝の気持ちを覚えましてん」

皆で大事に、大事に、今日のたった一人のお客様を見送った。

観客一人のお笑いライブ。数字の上では最悪の興行成績だが、お笑い実業団の面々は昂揚感に包まれていた。一人の観客がお笑い実業団を心の励みにして、「再起動」のきっかけのように思ってくれていることを知った。

「本当に、おもろいは正義なんだなあ！　猫市」

春山がはしゃぎ、猫市は神妙な顔で「ホンマやな」と呟いた。

「ただ、今のままでは、あかん。ただの綺麗事で終わってまう」

えもやんが我に返ったように冷静な声で言った。

「おもろいは正義や。せやけど、力のない正義は無力や。客席にヒメ様一人だけのライブが続けば、お笑い実業団を続けられへんようになる。そうですよね、樫村さん」

「はい。社内にはお笑い実業団を良く思っていない人たちがいます。ただ、自分はそれに負けたくないという気持ちばかりで、戦っていました」

栄治は「人が変わったような」負けじ魂で突き進もうとしていた。

「でも、もっと大切なことがあると、思い直しました。ヒメ様みたいなお客さんで、アキチーナの客席をいっぱいにする。そのために何をするか考えませんか」

スーパーに買い物に来る人たちに、笑いと幸せを一緒に持って帰ってもらうのだ。

「おもろいは正義。証明しましょう。ヒメ様の心の支えになれているという素敵な事を、ただの綺麗事で終わらせたくない。そのためにも、お笑い実業団を成功させましょう」

栄治は、皆がヒメ様一人のためだけに演じた今日のライブを決して忘れないだろう。

「おつかれさま、今日のは今まで観た中で一番良かったわよ」

声の主は、一階専門店街のカバン店『カンガルーハウス』のパートのおばちゃんだ。

「いつも観てるわよ。うちの店からよく見えるから。頑張ってね」

おばちゃんは「夕飯の買い物して帰るわ」と言って手を振り、売場へ向かっていった。

亜樹やカバン店のおばちゃんのように、アキチーナを見守ってくれている従業員もいる。

そうだ、店の中でも、応援してくれる人を増やそう。

元来、寂しがり屋なのだ。だから、騒がしいのが好きなのだろう。

＊

ロック春山、四十歳。本名は春山隆良《たかよし》。自他ともに認める一発屋のピン芸人だ。

今夜は栄治が〝再起動集会〟をやりたいと言うので「俺の家でやろうぜ」と申し出た。

「お邪魔します」

ピカソーメンを先頭に、遅番を終えたお笑い実業団の面々がぞろぞろと入ってくる。えもやんと猫市、フリーターズの笑梨と真理、そしてマネージャーを務める栄治だ。

咲子さんと亜樹と弥生も来てくれた。六畳間では手狭だが、座卓を囲んで詰め合って座る、にぎやかなパーティーだ。十四インチの小型テレビは点けっ放し。誰も観ていないニュース番組が流れている。テレビを点けていないと落ち着かない性分なのだ。

「ロックさん、お惣菜ぎょうさん持ってきましたよ」

「さすがえもやん、スペシャル・オードブルにしちゃうぜ！」

春山は皆が持ち寄ったエブリの残り惣菜を手早く大皿にぶちまけた。

「さあ、みんな、毎度恒例、高級ウイスキーの飲み放題だ！　存分に飲みやがれ」

座卓にウイスキーの瓶を三本、ずらりと並べる。エブリで買った格安のウイスキーだ。

「弥生ちゃんは、妊婦さんだから、これを飲んでて」

弥生の前にもウイスキーの瓶を置く。中身は麦茶だ。

「今日は栄ちゃんの声掛けで『再起動集会』らしいから、栄ちゃん、乾杯を頼む」

一杯目は皆それぞれ缶のチューハイを、弥生は麦茶を手に取った。栄治が、缶を掲げた。

「お客さん一人一人のライブが、忘れられないライブになりました。自分も再起動します。お笑い実業団も、再起動しましょう。目標をみんなで共有し、正々堂々戦いましょう」

それから栄治は、お笑い実業団の五つの目標を読み上げた。

〈お笑い実業団　目標
一　アキチーナのライブを満員にする
二　地域に愛されるお笑い実業団になる
三　エブリの従業員や家族に愛されるお笑い実業団になる
四　全組オーディション合格→テレビ出演→全国区の芸人集団になる
五　オモワングランプリ決勝進出→優勝〉

少し前まで四つだった目標に「エブリの従業員や家族に愛されるお笑い実業団になる」が加わった。

春山は元甲子園球児かつ元プロ野球選手という異色の経歴をもつこの若手社員に、勝手な親近感を抱いていた。かつて大観衆の前で輝き、そして姿を消した経歴が自分と重なる。

「お笑い実業団の再起動に向かって、乾杯」

栄治の声に続いて皆が缶やグラスを掲げた。フリーターズの笑梨と真理は、缶チューハイをひと口だけ飲むと、ペンとノートを取り出した。

えもやんが「何してんねん」と訊ねる。

「すみません、あと少しで今日のひとネタを書き終えるので」

二人は、一日に一本ネタを書くノルマを自らに課している。どんな拙《つたな》いネタでも、とにかく書く。訓練を重ね、電車の中でも、飲み会の合間でも、どこでもネタを書けるようになったという。春山は、この二人を見るにつけ、努力も才能のうちだと思い知らされる。

「よし、じゃあ、笑梨と真理がネタを仕上げる間に、俺も一品仕上げてくるぜ」

春山は席を立ち、キッチンのガスコンロに向かった。

皆をもてなすために、一品だけ、趣向を凝らした料理を用意しておくのが春山流。

「へい、今日はシェフ、ロック春山のスプリング春巻！」

惣菜オードブルの隣に、春巻を置いた。

「スプリング春巻だぜ。名前の意味はナッシング」と自分でツッコんだ。

「ロックさん、腕を上げましたね」

ピカソーメンが上から目線で言った。彼はお笑い実業団一の料理上手だ。

皆がひとつずつ春巻を取って、口に運ぶ。たちまち賞賛の声が上がる。ピカソーメンほどではないが、料理はスベり知らず。お笑いのほうもそうでありたいものだ。

「それにしても春ちゃん、部屋の中めっちゃきれいじゃない？」

亜樹がキョロキョロと室内を見渡す。

「いや、物が少ねえからなあ！　貧乏過ぎて物を買う金ナッシング！」

整理整頓と掃除をしておかないと気が済まない性分だ。ハンガーラックにはステージ衣装の黒い革パンとタンクトップ、革ジャンが三セット、整然と吊るしてある。

「春ちゃんはすごく几帳面で綺麗好き。本当はロックじゃないところが面白いのよねえ」

咲子さんが豪快に笑う。

中野《なかの》のマンションから吉祥寺の安アパートに引っ越してきたのは十年前。急激に収入が減った頃だ。エブリ吉祥寺店で働いていた先輩芸人に紹介され、アルバイトを始めた。他に四人のピン芸人がいたが、当時のメンバーはみんな引退してしまった。

六年前に、小劇場のライブでえもやんと出会い、エブリのアルバイトの話をした。その後えもやんが後輩で、吉祥寺に住んでいるピカソーメンとフリーターズの二人を連れてきた。

「春山さんは、どうしてお笑いを始めたんですか」

栄治が唐突に訊ねてきた。他意はなく、純粋に知りたいのだろう。

「ちょっと面白にいちゃんが、おだてられて芸人になっちゃったってところだなあ」

芸歴十九年目の春山は、博多生まれの博多育ち。小さな頃からお調子者キャラで通してきた。春山は全力でふざけて友達を増やし、寂しがり屋の気質を紛らしてきた。

高校卒業後に入社した地元福岡市の食品会社で、宴会係に任命され、毎回余興をやらされた。それが面白いほどウケた。いわゆるハイテンション芸というやつだ。振り切れたテンションで筋トレを続けるだけで、社員たちが窒息するほど笑い転げてくれた。

おだてられ、軽い気持ちで地元テレビ局の素人オーディションを受けたら合格してしまった。素人のにいちゃんが暴れ回る様子に、ドッカンドッカン笑いが起きた。

その瞬間、春山はお笑いのステージに取りつかれていた。

そのまま、あれよ、あれよという間に会社を辞め、芸人の道を歩んでいた。

ハイテンション芸はそのままに、半裸で身体を叩いて真っ赤《まっか》にしながら日常の怒りを叫ぶキャラを作って上京し、「スプマンテ」という芸名で東京の事務所に所属した。ただの面白にいちゃんから、真の芸人を志したのだが、それからが伸び悩んだ。

ピンのネタには、漫才やコントのように型の縛りがない。漫談、一人コント、フリップ芸、歌ネタ、何でもありだからこそ、一層芸人の発想力が試される。

「甘かったよ。自由っていうのは、不自由なんだな。何やってもいいって言われると、かえって行き詰まるもんだ」

キャラを固め、ネタを作り込んでも一向にウケない。いつしか、春山にはスべり芸というジャンルでしか活躍の場が回ってこなくなった。豪快なスべりっぷりで一周回って面白さが生まれる。笑わせるのではなく、笑われるばかり。虚しさばかりが残った。

三十歳になり、あと一年頑張って芽が出なかったら、芸人を辞めて再就職しようと心に決めた。最後の悪あがきのつもりで、オーディションを受けまくった。

そんな折、かすかなチャンスが春山の目の前に舞い降りた。お笑いブームをけん引したネタ番組『エンタの芽』の「微妙過ぎるピン芸人」というコーナーの出演依頼が来た。

これが最後のチャンスと決めて臨んだ収録。スタジオの舞台に立つと、足が震えた。敗れたら、お笑いを辞めることになる。緊張と重圧で、吐き気を催《もよお》した。

ネタの序盤で豪快にスべり、救いようのない沈黙が流れた。『エンタの芽』では、つまらない部分は容赦なくカットされる。序盤でスべればオンエアされない。

静寂の中で苦し紛れに絶叫した一言が、春山の運命を変えた。

〈ロケンローーーール!〉

スタジオを揺るがすような笑いが沸き起こった。何が起きているか分からなかった。その後は無我夢中で、ネタの切れ目に「ロケンローーーール!」と絶叫する度、観客の笑い声でスタジオが地響きを立てるかのように揺れた。

ロケンロール漫談の誕生だった。

プロデューサーの助言で、オンエアに向けて芸名を急きょ『ロック春山』と改めた。

オンエアも大反響だった。次回の出演も即刻決まり『エンタの芽』の常連芸人となった。

それからロケンロール着ボイス、CD、DVD、グッズなどが次々と当たり、多くのネタ番組から引っ張りだことなった。

上昇気流に乗せられ、あっという間に雲の上まで噴き上げられた。雲の上の高みで舞い踊り、いや、舞い踊らされた。

春山は、心のどこかで自覚していた。

〈こんなもの、長く続くわけはない〉

名だたる番組に呼ばれ、錚々《そうそう》たる芸人たちに交じってネタを披露した。実力の差を思い知り、内心愕然《がくぜん》とするばかりだった。ロケンロールと絶叫すれば笑いは取れたが、春山にはそれしかなかった。バラエティのひな壇で何か喋ろうとしてもスタッフからは〈春山、ロケンロール叫べ〉とカンペが出る。それしか求められていなかった。

そんな中、春山の人気にたかる有象無象《うぞうむぞう》の輩《やから》が寄ってきた。春山を囲む名目で大勢集まり、よく分からない高級酒を浴びるほど飲んで、金だけ払わされることもあった。

上昇気流が止んだ後は、自力で飛び続けられる者だけが生き残る。自覚していた通り、自分にはその力がなかった。すぐにまっさかさまに落ちていった。

落ちた後には、地獄が待っていた。春山の側に寄ってきた人間たちは潮が引くようにいなくなった。遠巻きに、時には面と向かって浴びせられる嘲笑や冷笑。掌を返したように春山を冷遇する事務所のスタッフ。人間不信に陥った。

仕事も収入も激減。たまに来る仕事といえば、最盛期の月収を明かしてスタジオのゲストや観客が仰天するという、一発屋イジりの企画ばかり。

「いやあ、久々に語っちゃったねえ。栄ちゃん、聞き上手だから」

この中で、「雲の上の世界」を知っている芸人は、自分だけだ。雲の上になど二度と行きたくないと言い聞かせていた。

だがお笑い実業団を始めてから、思うようになった。

もう一度、こいつらと一緒に売れたい。引き立て役でもいい。お笑い実業団の皆と一緒にテレビで、全国の大劇場で、数多《あまた》のお笑いファンを笑わせてみたい。

「雲の上からどん底に落ちてもずっと芸人を続けているのは、どうしてですか」

栄治の真っ直ぐな問いを受け、春山は、自分の心に耳を傾けた。

「ベタだけど、辞められないんだ」

口に出してみて、はっきりと分かった。辞められないのだ。

「一度でも客席を揺るがすような笑いを取ると、病みつきになっちまう。ロックンローラーがスタンディングオベーションに酔いしれるようにね」

「客席から、ごっつい音が聞こえるんですよ。ホンマに『ドッカーン』いうて。あれを一度聞くと、病みつきになってまうんですわ」

えもやんが言うと、フリーターズの二人が「うん、うん」としきりに頷く。ピカソーメンも、シニカルな笑みを浮かべた。ここにいる芸人たちは、たとえ今は売れていなくても、それぞれ「ドッカーン」という魔法の音を聞いたことがあるのだ。

「春山さん、もう一度、ロケンロール漫談をやってみませんか」

栄治がまた真っ直ぐな目で言った。自分の部屋の空気が凍りつくのが分かった。

「樫村、それは禁句や。言うたらアカンことになってんねん」

猫市にすら気遣われるぐらい、春山のトラウマは深い。

「分かってます。それでも言います。復活のロケンロール漫談、どうでしょう。春山さんの再起動のきっかけにならないでしょうか」

栄治は身を乗り出してくる。一発屋イジりのために、冷笑や嘲笑を求めてロケンロール漫談をリクエストしてきた連中とは、全く違う目をしている。

お笑い実業団みんなで売れたい。自分は引き立て役でもいい。その気持ちは強くなるばかりだ。だがロケンロール漫談の封印を解くのは、全く別の話だ。

「悪いね、ロケンロール恐怖症なもんでさ。ロックじゃないよなあ」

舞台の上で「ロケンロール」を叫ぶ自分を想像しただけで身の毛がよだつ。

「俺は『ロケンロール』って言葉で地獄に落ちたんだよ。あの頃すり寄って来た人間たちとの忌わしい思い出と一緒に、封印したんだ」

二十三時過ぎ、これまで誰も観ていなかったテレビに、皆の視線が集まった。

〈爆笑ホットプレート!〉

タイトルコールを合図に、皆の目の色が変わった。この番組は今やブレイク前芸人の登竜門。かつて春山が『エンタの芽』から雲の上へと昇っていったように、最近はこの番組から多くの芸人がブレイクしている。

四代目の話が本当なら、放送作家・名島卓とのパイプを使って、自分たちにもこの番組のオーディションのチャンスが巡ってくるかもしれない。

「一ヵ月後ぐらいには、この中の誰かが出ちゃってるかもしれないぜ!」

春山は景気のいい声で皆を鼓舞し、ウイスキーの水割りをぐいと呷った。

「これに出られるようになったら、のらえもんもブレイクしちゃうんじゃない!」

弥生がえもやんの肩をバシバシと叩く。

フリーターズの二人は食い入るように画面を見つめ、ピカソーメンは「稼げるようになって画材をいっぱい買いたいなあ」とのん気に呟く。

〈そろそろ弾けそうないぶし銀芸人特集ううう!〉

一番手は、芸歴十八年の漫才コンビ『オムライス』だった。いつも通り、ツッコミの芝原は黄色、ボケの早川は赤のスーツで登場した。卵の黄色とケチャップの赤だ。オムライスのネタが進むに連れ、皆いつの間にかテレビに見入っていた。

「このネタおもろいな」

笑い声を立てながら言ったのは、猫市だった。

「お前、芝原さんと大喧嘩しといて、どの口が言うてんねん……」

えもやんがツッコむ。春山は「芝原と何かあったのかよ」と訊ねた。

えもやんが言うには、ライブ後の打ち上げで口論になり、芝原の頭に残飯入りの丼を被せたという。

感心できる話ではないが、春山は猫市の破天荒な気質にある種の憧れと嫉妬を感じる。

「お前は、ロックを通り越して滅茶苦茶だな……」

オムライスの後にも、芸人たちが選ぶ若手技巧派コンビが次々にネタを披露した。芸歴十五年以内のコンビも多く、次のオモワンで勝ち上がってきそうなコンビもいる。

「江本、ネタ合わせやるで」

「ネタ合わせ？　これからか」

「せや。今年は絶対に負けられへん。オモワンが終わるまで酒も止めや」

猫市は水割りのグラスを座卓の隅へと押しやった。

「なんや突然、これまた極端な奴やなあ。お前が断酒なんかできるわけあれへん」

「お前も止めたらええ。なんや、止められへんのか？」

「……ああ、俺も止めたるわ。断酒宣言や。ロックさん、証人になってください」

えもやんまで、勢いで断酒宣言してしまった。

「おお、修行僧みたいにストイックなのらえもんってのも、面白えなあ」

この二人が大好きな酒を断つ覚悟で漫才に打ち込めば、すごいことになるかもしれない。

でも、らしくねえ。ロックじゃねえなあ。春山は口にしかけた言葉を飲み込んだ。

＊

栄治は、バックヤードの小会議室に芸人たちを集めて集客の戦略について話し合った。

「皆さん、ＳＮＳでの情報発信を引き続きお願いします」

観客が入らなければ存続できないという危機感のもと、えもやんも、フリーターズも、ロック春山も、各自がＳＮＳでライブの告知や活動レポートを毎日何らか発信するようになった。

ピカソーメンにはイラストなどの投稿を期待していたが、何を思ったのか動画サイトのエブリチャンネルで料理のレシピ動画を始めてしまった。スナック菓子などを使ったジャンクな料理を週に二～三回のペースで投稿している。職人気質《かたぎ》の彼が作る動画の構成や編集は驚くほど質が高い。一方で、本業のネタ磨きに支障を来《きた》さないか心配だ。

猫市もＳＮＳを始めると言い出したが、皆で止めた。暴言で炎上するに決まっている。ネットでの発信を強化する一方、新聞折込チラシの枠を当初の大きさに縮小した。お笑い実業団のライブ告知に紙面を大きく割いても、効果は低かった。それに他部門の反発を押し切って広告枠を分捕るなんて、逆効果だと思い直したのだ。店の従業員にも応援してもらえるような芸人集団を作りたい。

部門間会議で栄治は頭を下げて謝り、新聞折込チラシの広告枠縮小を申し出た。

スーパーのプロモーションは、二つに大別される。ひとつはチラシやネット広告などで外から店舗に足を運んでもらうためのプロモーション。そしてもうひとつは、店舗に足を運んでくれたお客に対する「インストア・プロモーション」。栄治は、この「インプロ」でお笑い実業団を育てるアイデアを説明し、従業員の協力と応援をお願いした。

手始めに、グッズ販売に乗り出した。とはいえ、ＴシャツやＤＶＤなどではない。

えもやんの自家製たこ焼き弁当、フリーターズのまかない弁当、ロック春山のスプリング春巻、ピカソーメンのポテチサラダ。芸人たちの特製惣菜メニューを提案した。

「うちら無名ですやん。えもやんの自家製たこ焼き弁当いうたかて、売れますやろか」

えもやんは訝しがった。だが、芸人の名前で惣菜を売るのが目的ではない。来店客に

「何だこれは」と目を留めてもらい、お笑い実業団に関心を持ってもらう作戦だ。

本部の商品管理部に栄治本人が直談判《じかだんぱん》して掛け合い、決裁を得た。

不気味なぐらい、易々と話が通った。小田島の「泳がせて、こければよい」という思惑が背後にちらつく。それでも構わない。打てるだけの手を打ちたかった。

もうひとつ、栄治が思い付いたのは、従業員向けの告知だ。近所に住むパート社員にお笑い実業団ライブの招待状を渡し、家族と一緒に来てもらえるように告知した。

すると、たくさんのパート社員が親子連れや夫婦連れで観に来てくれた。

身内への営業は浅ましいというブレーキが心のどこかにあったが「従業員にも愛されるお笑い実業団になる」という目標も掲げた今、むしろ必要なことだった。

六月半ば頃には、アキチーナの客席は半分以上埋まり、笑い声が弾けるようになった。

ヒメ様は変わらずにいつも最前列の席で微笑みながらライブを見守ってくれた。

特製惣菜メニューの効果も少しずつ現われ始めた。のらえもんはライブの時に『えもやんの自家製たこ焼き弁当』を掲げたりしている。

栄治は多忙を極めた。だが、芸人社員たちが店舗業務をより頑張って助けてくれた。咲子さんもフル回転で、お笑い実業団の活動をサポートしてくれる。

笑っている観客の顔、笑っている従業員や家族の顔は、掛け値なしに幸せそうだった。

物を売れないアキチーナで、笑顔を売っている。照れくさいけれど、そう言い聞かせることで、いつしか栄治はあれほど嫌だったお笑い実業団に愛着を感じ始めていた。

第四章　雲の上へ

ライブの観客が少しずつ増え、梅雨空とは裏腹に、お笑い実業団には明るい兆《きざ》しが見えてきた。そんな折、ついに名島卓から「打合せをしたい」との連絡があった。

雨が降りしきる日の夕方、アキチーナでのライブを終え、栄治とお笑い実業団メンバーは、バックヤードの小会議室で名島の到着を待った。

間もなく、咲子さんに連れられ、中年の男性が小会議室に姿を現した。

「お待たせしました、名島です」

歳は四十代後半といったところか、拍子抜けするほど地味で冴えないおじさんだ。

栄治が名刺入れを出す間もなく、名島が用件を切り出した。

「来週、『爆笑ホットプレート』のオーディションがあるから、来てください。フリーターズの二人だけ、来てください。他は不要です」

名島は低く、かつよく通る声で言った。「不要」という言葉がひと際冷たく聞こえた。

栄治は「待ってください。なぜフリーターズだけなんですか」と名島に問うた。

「うちらを不要と言わはる前に、一度ネタを見てもらえんでしょうか」

えもやんが名島に懇願する。名島は「さっきライブを観てたよ」と即答した。

笑梨と真理は、ポカンとした表情で名島の言葉を聞いていた。

「フリーターズ。君たちは養成所で習うような基本をほぼ完璧に押さえてるし、とにかく上手い。きっかけさえ巡ってくれれば、すぐに売れるよ」

「こりゃロックだね！　笑梨ちゃん、真理ちゃん、スター街道を爆走だぜ」

「私たちばかり申し訳ないです……。のらえもんさんと比べたら、実力もないし……」

笑梨が遠慮がちに言うのを、猫市が「アホか！」と怒鳴りつけた。

「そんな遠慮なんぞ、クソの価値もあれへんわ。意地でも売れたれ！」

「十分ぐらい、二階の喫茶店で」

名島はフリーターズの二人に告げ、小会議室を出て行った。二人は皆に「すみません」と頭を下げ、名島の後を追った。

待ち望んでいた『爆笑ホットプレート』への挑戦権を、フリーターズは手に入れた。

「あいつら、雲の上に行っちまうのかなあ」

ロック春山が呟いた一言が印象的だった。

翌週、フリーターズの二人は江戸テレビへオーディションを受けに行った。オーディションの翌日、二人は皆に「合格しました」と申し訳なさそうに告げた。

＊

『爆笑ホットプレート』のオンエア当日、フリーターズの二人は別のオーディションがあるため不在。閉店後、えもやんの部屋に集まって、オンエアを観ることになった。

座卓にエブリの惣菜を並べて食べながら、テレビの前で二人を見守った。

妊婦の弥生と断酒宣言中のえもやん、猫市は麦茶を飲んでいる。

〈今週は四組の芸人がネタを披露します！　果たして、次にブレイクするのは誰でしょう〉

司会の女性アナウンサーが煽りのＭＣで盛り上げる。

〈早速トップバッターに登場してもらいましょう。豊富なバイト経験から繰り出されるしゃべくり漫才。笑いの時給百万ドル！　フリーターズ！〉

出囃子と共に笑梨と真理が勢いよく飛び出してきた。

〈どうもー！　フリーターズでーす〉

画面に映った二人の姿を見て、皆が一様に驚きの声を上げた。

猫市が「なんや、あいつら。色気づいとるなあ」と笑う。

笑梨はショートボブに水色のヘアバンド、真理はお団子ヘアに赤のヘアバンドを付けていつも通りのヘアスタイルだが、スタイリストの手が入っているだけあり、嫌味なく垢抜《あかぬ》けた雰囲気を醸し出している。

えもやんの隣で麦茶を飲みながら観ていた弥生が「可愛い……」と呟いた。

〈私たち、昔から色々なバイトやってきてるんですけど〉

最初の台詞はボケの笑梨。普通の会話を始めるような、シンプルな滑り出しだ。

〈そうそう、学生の頃なんか二つ三つ掛け持ちしながら短期バイトもやったり〉

〈中でも大変だったのがね、居酒屋のバイトですよ〉

〈ああ、あれは確かに大変ね〉

〈どんなバイトでもそうですけど、まず大変なのが初出勤の日〉

〈そうね。接客業だと尚更、初出勤の日はすごく不安よね〉

真理が合いの手を入れる。緊張のせいか、テンポが早くなっている。

〈居酒屋だと更に大変。何が大変かって、まずお客さんが酔っ払ってるでしょう。で、男性のお客さんからたくさん声を掛けられるんですよ〉

〈え？　そんなことあったっけ。まあ、制服も可愛いし〉

〈居酒屋で働き始めたその日から急にモテ期が来ちゃって、あちこちから『店員さん』『生ひとつ！』『枝豆』『シェフの気まぐれサラダ』とかどんどんアタックされて〉

〈声掛けられるって、注文のことね！〉

真理が鋭くツッコむが、笑梨は無視してボケ続ける。

〈私、モテ過ぎてもう、お断りするのが大変で。『ごめんなさい！』『ごめんなさい！』〉

〈帰ってよし！　注文断って回る店員？　ありえないから〉

〈流行らないかな。その気にさせられ声を掛ければ『ごめんなさい』と袖にする。フラれ居酒屋『その気茶屋』〉

笑梨が演歌の曲紹介のような節回しで架空の居酒屋をでっち上げる。

〈誰が行くか〉

どんどんテンポが早くなっていく。普通なら悪い流れだが、二人は加速しながらも懸命に息を合わせる。その様子も相まってか、爆笑が沸き起こった。

〈いいから、注文したものをちゃんと持ってきて！〉

〈お待たせしました、その気茶屋特製、小悪魔店員の思わせぶりサラダです〉

〈シェフの気まぐれサラダでしょう！　ほんとふざけたお店ね〉

〈でね、居酒屋だからお客さん、飲むといい気分になってくるでしょう。で、時々ね、帰り際にそっと紙を手渡してくる男の人がいるの〉

〈来た！　それはマジのやつだね。で、何て書いてあるの？〉

〈一〇パーセント割引、お会計の際にご提示ください〉

〈クーポン券！〉

注文に続く勘違いのボケで、より大きな笑い声が弾けた。

「これ、あいつらが書いたネタとちゃうで……」

えもやんが呟くと、猫市が「せやな」と応じた。

春山が渋い表情で「名島が書いたネタか」と呟いた。

〈その店、店長がまたイケメンだったんですよ。三十歳ぐらいの独身で〉

〈確かにイケメンでしたね。バイトの女子みんなの憧れの的〉

〈その店長にもね、アタックされたの。笑梨ちゃん、明日の深夜、空いてるかな〉

〈嘘、いきなり大胆ね〉

〈で、真剣な顔で『君しかいない……ホールが一人足りないから、入って欲しい』って〉

〈シフトの調整！　それなら、私だって言われたことあるわよ〉

その後は、店長にどんな言葉を掛けられたか、マウンティング合戦で爆笑をさらった。

〈それにしてもあの店長、いま元気かなあ……〉

〈バイトの子と何人か付き合った後、バイトの子の弟の彼女と結婚したらしいよ〉

〈ゲス店長め、解雇されちゃえ！　上がらせてもらいます〉

「なんか、ちょうど良過ぎ感がヤバい……」

弥生が隣で呟いた。その言葉は、今日のフリーターズを端的に言い表している。

フリーターズの地道な努力が、名島の演出で一気に開花しようとしている。喜ぶべきことなのになぜか、えもやんの胸に沸き起こったのは、怒りだった。

「あかんぞ。こんなんで売れても、自分の芸やあれへん。あかん！」

「どうした、えもやんよお、後先考えていらぬ心配するのは、ロックじゃないぜ」

「ロックさん、痛い目を見はったでしょう？　あの子ら、番組の思惑に操られてまっせ」

爆笑ホットプレートは、若手芸人が名だたるベテランたちの前でネタを披露し、発掘される構成で、スター芸人を世に送り出してきた。軌道に乗って活躍を続ける芸人もいるが、すぐに飽きられた芸人もいる。番組が求めるキャラを演じ、自分の芸を失くしてしまった者も多い。時に〝ゴリ押し〟とも言われる強引なプロモーションも取り沙汰される。

〈フリーターズのお二人、こちらへどうぞ〉

テレビ画面の中では、ネタ終わり後の二人を、一線級の芸人たちがイジり始める。

〈さあ、権田《ごんだ》さん。初登場のお二人、いかがでしたか〉

司会のアナウンサーが、大物コンビ・テンカウントの権田啓次《けいじ》にコメントを求める。

〈いやあ……自分ら、めっちゃ普通やな〉

権田は興奮気味にコメントする。二十年以上お笑い界のトップを走り続ける権田は、爆笑ホットプレートの〝料理長〟という設定。オモワンの審査委員長も務めている。

憧れのレジェンドのコメントをもらってガチガチに緊張している真理が〈はい、よく言われます〉と消え入るような声で返すと権田から〈声張れや！〉とツッコミが入る。

ひとしきり笑いが起きた後、アシスタントの芸人たちが話を展開する。

〈実はこの二人、普段はスーパーで働いてるんです〉

黙って観ていた栄治が「おお、来ましたよ！」とテレビ画面に向かって身を乗り出した。

〈ほお、スーパーでバイトしてるん？　フリーターズ、だけに〉

〈あ、正確に言うとバイトしてたんですけど、二ヵ月前から社員になりました。半日はスーパーの仕事をして、あと半日は芸人として活動してます。私たちの他にも何組か芸人がいて、お笑い実業団っていいます〉

真理が言うと、他の芸人たちの表情に疑問の色が浮かぶ。社員？　お笑い実業団？

〈フリーターちゃうやんけ！〉

権田がツッコみ、スタジオでまた笑いが起きる。

事務所には入っているのかと訊かれれば、スーパーが事務所も兼ねていますと答え、聴き手のほうは「何じゃそれは」と、謎の深みにはまっていく。さすが一流芸人たちのイジりだ。笑梨と真理が何か言う度に笑いが起きるよう、仕向けられている。

〈権田さんも興味津々《しんしん》のお二人、今後が楽しみですね。初登場、フリーターズでした！〉

拍手の中、二人は丁寧にお辞儀して去ってゆく。

〈あの子ら、異常なぐらい普通やけど、漫才は達者やなあ。売れそうやで〉

権田のお墨付きが出て、観覧客がどよめく。

「なあネコ、お前はどない思う？　あかんやろ、こんなん。あいつらのためになれへん」

「おもろければええやん。権田のおっさんもおもろい言うてる。他の奴らも従うやろ」

「あいつらのこと思ったら、それじゃあかんやろ！」

一緒に頑張ってきた後輩二人の晴れ姿を祝福できず、後ろ向きな言葉ばかり出て来る。

「えもやんが怒ってるのって、たぶん……笑梨ちゃんや真理ちゃんのためではないよね」

弥生が、えもやんの胸中を言い当てた。

「そうかもしれんな。羨ましいのかもしれへん。ちっさい男や」

えもやんは今までも、同期や後輩が売れてゆくのを見届けてきた。羨ましい気持ちはあれど、素直に「よかった」「俺も頑張ろう」と思えたのもまた事実だ。

それなのになぜか、今度ばかりは負の感情が渦巻いている。

自分だって努力はしてきた。何度か、もう一歩のところまでいったこともある。

初めてのチャンスをモノにして、売れていこうとしている二人と、幾度となくチャンスを台無しにして十五年もくすぶり続けている自分たちは、何が違うというのだ。つい先週まで同じ境遇で一緒にやってきた後輩二人が、全く別の世界へ行ってしまった気がした。

「やっかみもあるかもしれんけど、あいつらの先々のことを心配してんねや」

えもやんが語気を強めたその時、栄治が「おおっ！」と大声を上げた。

猫市が「なんや、樫村」と訊き、栄治は「これです」とスマホの画面を差し出した。

「エブリチャンネルの動画再生数、一万五千……ケタが二つ増えてます」

昨日までの再生回数は百五十回だったという。爆笑ホットプレートでフリーターズを見た視聴者が、コンビ名で検索をかけたのだろう。

「ひと晩にして、百倍増ですよ！」

栄治が興奮を抑えきれぬ様子でスマホに見入っている。オンエアでフリーターズがお笑い実業団のことを話した反響で、ホームページにもアクセスが殺到していた。ピカソーメンの格安料理動画が普段の十倍以上のアクセス数を叩き出すオマケもついた。

「やった……ぼくの動画が、こんなに再生されてる」

ピカソーメンが珍しく感情を露わにして喜んだ。

「のん気に喜んでる場合か。ネットの反応いうのは、現金なもんやで」

えもやんはスマホでSNSを起動させ、検索欄に「フリーターズ」と入力する。

面白い。可愛くて、漫才もじょうず。応援したくなる。正統派漫才。ブレイクの予感。

好意的な言葉が並んでいる。えもやんは目を凝らして画面をスクロールさせてゆく。

〈つまんない。何の捻《ひね》りもないお上手なだけの漫才だね。また番組を挙げて偽物をゴリ押ししようとしてんのか？〉

称賛の言葉に交じっていたこの投稿を見付けて、安堵した自分が嫌になる。

「笑梨と真理は稽古で叩き上げてきた秀才タイプやからな。売れるには放送作家のおっさんに見出されるみたいな、運やきっかけが必要や。それに巡り合えて、めでたいことや」

猫市の言外には、自分は天才だという傲岸不遜な自信が見え隠れしている。

「せやけど俺らはな、誰の力も借りへん。オモワンで優勝するだけや」

「おう、せやな」

皆が帰った後、えもやんは気持ちを切り替えるべく、ネタ帳を開いた。

だが別世界へといざなわれてゆくフリーターズの姿が脳裏にチラつき、ネタ帳を開いても何も思い浮かばない。むしゃくしゃして「ロケンローーーーーール！」と書き殴り、ボールペンを座卓の上に放り出した。

「なに焦ってるの」

シャワーを浴び終えた弥生が、濡れた髪を乾かしながら居間に入ってきた。

弥生は徐《おもむろ》に部屋の隅に据え付けてあるキーボードの前に座った。それから小さく絞った音量で、自分の曲の伴奏を弾いた。ライブでよく歌っている、友の門出を祝う曲だ。

「笑梨ちゃんと真理ちゃん、よかったじゃん。頑張ってたもんね」

「先輩として、祝ってやらんといかんのになあ。なんや自分、こんなに器のちっさい奴やったんかって、恥ずかしうなったわ」

「今年のオモワンで優勝する人が、これぐらいでウジウジしてる場合じゃないでしょう」

そうだ。オモワンで優勝。度々口に出してきたが、まだまだ本気ではなかったと思い知る。

遥か遠い夢を口にして、気持ちよくなっていただけではないか。

「せやな。オモワン優勝や」

えもやんは自分にも言い聞かせながら、弥生の激励に応えた。

フリーターズ初登場の爆笑ホットプレートが放送された翌日、ネットニュースに彼女たちの運命を大きく変える記事が載った。権田啓次ことゴンちゃんのコメント記事だ。

〈ゴンちゃんが激賞した『異常なほど普通な二人』の漫才。フリーターズ〉

〈爆笑ホットプレートから新たなスターか。ゴンちゃんもイチオシのフリーターズ〉

〈ゴンちゃんも惚れ込んだフリーターズはスーパーの社員⁉〉

エブリ吉祥寺店には栄治宛ての電話が頻繁に入るようになり、深夜のネタ番組などのオーディション情報が続々と集まってきた。お笑い情報サイト『ゲラリー』や、エンタメ情報誌からのインタビュー依頼も来た。

爆笑ホットプレートでは三週連続でフリーターズのネタがオンエアされ、二人の漫才はゴンちゃんを唸らせた。

そして初オンエアから三週間が経った頃、番組の制作チームがエブリ吉祥寺店に取材にやってきた。紹介ＶＴＲで、彼女たちがスーパーで働く映像を流すという。

開店準備前の朝六時、お笑い実業団と栄治と稲毛店長だけ出勤し、取材を受ける。

栄治は、お笑い実業団の責任者として、江戸テレビの制作チームを出迎えた。

エブリとしてはフリーターズのみならず、お笑い実業団の存在を全国のお笑いファンに知らしめるチャンスでもある。

笑梨と真理が出勤すると、真っ先にロック春山が駆け寄った。

「すげえな、二人とも！　ホットプレートで特集かよ。ロックだね」

「ありがとうございます」

笑梨と真理は恐縮する。ひと息つく暇もなく打合せが始まった。

「じゃあ笑梨ちゃん、真理ちゃん、早速だけど最初のシーンね。白衣を着けて、その後に帽子、マスクの順に着けて。だんだんスーパーの従業員に変身していく感じで」

「はい、分かりました！」

ディレクターに元気よく返事をする二人。見るからにスタッフ受けが良さそうだ。

「で、他の芸人仲間は、あのあたりで備品の補充するとか、作業してもらえますか」

フリーターズの背景という扱いだ。カメラが回り始め、笑梨と真理が白衣を着けた。

「ちょっと、そこの店員さん、カメラ見ないで！」

ディレクターの怒号が飛んだ。怒鳴られたのは春山だ。

「あの、こちらはロック春山さんです。ロケンロール漫談の」

真理がディレクターに紹介した。

帽子とマスクで素顔がほとんど隠れたまま、春山は「どうも」と頭を下げた。

「VTRの中でお笑い実業団のメンバーをちょっと紹介するとか、どうですか」

笑梨がディレクターに提案する。

「ロック春山なら面白いかも。じゃあ、あれやってよ。『ロケンローーール！』って」

「いや、結構です」

「そんな遠慮しないで。昔のファンも喜ぶと思うよ」

ディレクターの言葉に悪意はなさそうだったが、春山は「うるせえよ」と突っぱねた。

ディレクターは「嫌ならいいや」と軽く諦めた。

バックヤードの場面を撮り終えると、制作クルーは次の場面の準備に取り掛かった。

すると、春山は笑梨と真理の前につかつかと歩み寄った。

「おい、お前ら、余計なこと言うなよ」

フリーターズの二人は慌てて「すみません」「よかれと思って、つい」と弁明する。

「何様のつもりだよ。ロックじゃねえな」

春山はそう言って加工室へと戻って行った。

栄治は、次の場面の撮影準備を進めるスタッフの中に、名島の姿を見つけた。

「名島さん、おつかれさまです。お忙しいんじゃないんですか」

皮肉っぽく呼び掛けた。先日は五分程度の打合せでフリーターズを連れ去ったのだ。

「家が近くだから覗きに来た」

名島は感情のない声で素っ気なく答えた。

「名島さんはなぜ、フリーターズに目を付けたんですか」

「立ち話もなんだから、場所を移ろうか」

開店前の人気のない店内、アキチーナの木製ベンチに腰掛けると、名島は「ここだけは変わってないな」と誰にともなく呟いた。それから、淡々と栄治の問いに答えた。

「野球選手のスカウトも、伸びしろのある選手に目を付けるだろう」

「そうとは限らないと思いますが、まあ、伸びしろは大事ですね」

名島は誰から聞いたのか、栄治が元プロ野球選手であることを知っているようだ。

「彼女たちは伸びしろがあるし、いい意味で染まっていない。すぐ近くに居そうな普通の女の子が、舞台に上がって達者な漫才を披露して颯爽《さっそう》と去ってゆく」

自然体の格好よさと面白さを兼ね備えた、新時代の女性漫才コンビだと名島は説いた。

「個性がひしめいて飽和する中、異常なぐらい普通。それが彼女たちのキャラだ」

異常なぐらい普通というフレーズは、爆笑ホットプレートで権田啓次も言っていた。

「それに、彼女たちの漫才には、圧倒的な稽古量がネタの随所に垣間見える」

「あの、自分が言うのも恐縮ですが、漫才は、稽古量が見えないほうがよいのでは？」

栄治は、雑談の中でえもやんから聞いたことがある。稽古は大事だが、ネタの最中にその努力が見えてしまうとお客さんは笑い辛くなるのだと。

「普通ならそうだけど、彼女たちは、ひたむきさを笑いに変える力を持っている。むしろ応援したいという欲求をくすぐる。漫才が大好きな二人組が、努力で駆け上がったサクセスストーリーっていう演出が違和感なく成り立つよ」

次のシーンの撮影が始まろうとしている。二人がアキチーナでネタ合わせをする設定だ。メイクの女性が笑梨と真理に手際よく化粧を施す。

「メッキを塗りたくって輝かせてみせることなら、簡単にできる」

「名島さんは、フリーターズにメッキを塗って世に出そうとしているということですか」

「使い捨てにするつもりか。そう言いたいんだろう」

「……端的に言えば、そういうことです」

「よく言われるよ。名島は視聴率のために芸人を消耗品のように使い捨てるってね」

名島は諦めの滲んだ自嘲《じちょう》とともに笑った。

「でもね、メッキが本物の金や銀に変わることがある。変えられるのは当の本人たちだけだ」

フリーターズにはその力がある、という名島の期待が、言外に見え隠れする。

「じゃあ、のらえもんはどうですか？　自分は、のらえもんの漫才は本物だと思います」

「のらえもんには、メッキは塗れないだろう」

栄治は思わず「確かに」と頷いた。猫市が放送作家の演出を受け入れないだろう。

「彼らは極めて扱いにくい素材だ。俺にはどうしようもない」

名島曰く、素質はあるのに、猫市の悪名ばかりが業界関係者の間で広まっているという。

「扱いにくいということは、のらえもんは、売れないっていうことですか」

「オモワンの決勝にでも進めば、話は違ってくるけどね」

やはり、そのぐらい突き抜けなければ、のらえもんには勝ち目はないのか。

翌週の『爆笑ホットプレート』でフリーターズの特集が放送され、エブリに勤める二人の映像が流れた。放送翌日、アキチーナのライブには二百人を超えるお客が駆け付けた。観客がヒメ様一人だったライブから、たったの一ヵ月。アキチーナをお客さんでいっぱいにするという目標は、あっけなく達成された。

「なんやろ、双六《すごろく》で『百マス進む』が出てもうたみたいな、このなんとも言えん感じ」

えもやんのぼやきが、一ヵ月足らずの間に起きた激変を物語っていた。

そんな激動の中、いよいよオモワングランプリのエントリー受付が始まった。エブリお笑い実業団からは、のらえもんと、人気急上昇のフリーターズの二組がエントリーした。

＊

フリーターズに対する『爆笑ホットプレート』の後押しは強力だった。

アキチーナのライブでは、フリーターズ目当ての観客で黒山の人だかりができた。

自信をつけたフリーターズには、早くも人気芸人の風格が漂い始めていた。立ち見が出る盛況の中、狙い通りにしっかりと笑いを取る。

変わったのは、彼女たちだけではない。むしろ観客のほうがより大きく変わった。皆、彼女たちのネタで笑いに来ていた。栄治は、世間の評価の移ろいやすさを思い知った。

お笑い実業団の公式動画サイト『エブリチャンネル』の登録者数は三万人を超え、フリーターズのネタ動画は軒並み数万回も再生されていた。

今回の〝フリーターズバブル〟の到来で、栄治はパソコンのスケジュール管理画面に予定を次々と入力していく。

■七月二十八日　十八時〜　江戸テレビ　『芸人ハイスクール』収録
■七月二十九日　西東京文化ホール　夏のお笑い玉手箱ライブ　出演
■七月三十日　『爆笑ホットプレート』　出前ライブ　名古屋夏の陣　出演

フリーターズが多忙になっていく中、惣菜売場のシフト調整が日に日に難しくなっていった。二人の穴を埋めながら、店舗業務の人手を確保しなければならない。

シフト表を前にして頭を抱えていると、背後から咲子さんの声がした。

「栄ちゃん、アタシ今日も二時間なら延長勤務できるわよ」

「すみません、ここのところ毎日ですが、大丈夫ですか」

「大丈夫よ。笑梨ちゃんと真理ちゃんの応援しながら、稼がせてもらうから」

そう言って咲子さんはガハハと笑った。

もともと惣菜売場のパート社員は皆、芸人たちを応援してくれている。だからシフトの延長や早出などにも快く協力してくれる。とはいえ、好意に甘えてばかりはいられない。

シフト表を書き換えていると「はあ、忙しい」とぼやきながら、稲毛店長がやって来る。

「樫村君、お笑い実業団のほう、急に忙しくなったね。大丈夫？」

「自分はまだ大丈夫ですが、売場が……」

先月までの二ヵ月間、惣菜部門は売上も粗利益も前年比を二％前後下回ってしまった。同じ商圏内に、弁当を扱う大型ドラッグストアが開店したことも大きく響いている。

「パートさんの増員募集をかけるかねえ。フリーターズがギャラを稼いできてくれれば、トントンになるでしょう」

稲毛店長も、惣菜売場の苦境に頭を抱える。

「お笑い実業団の芸人を増やすというのはどうでしょう。よその芸人さんから何件か、お笑い実業団に入りたいという問合せが入っています」

昨日はマネダ・エアポートという女性モノマネ芸人が電話をかけてきた。

マネダ・エアポートは、ピン芸人の頂点を決める『ピンワン・グランプリ』で準決勝まで進んだ実績を持つ。今の所属事務所に不満を抱き、エブリの待遇を知って自らを売り込んできたのだ。栄治は「改めてご連絡します」と返事をしていた。

「マネダ・エアポートは知名度が高いので、お笑い実業団の大きな戦力になります」

「樫村君、お笑い芸人に詳しくなったねえ」

稲毛店長は感心した後に「もしや、四代目の秘策って、こういうことかな」と呟いた。

「今回の件と四代目の秘策に、何か関係が？」

「樫村君が立てた目標に『全国区の芸人集団になる』っていうのがあるよね」

自分で立てた目標だ。加工室の皆が見える場所に貼り出してあるし、忘れるはずもない。

「今ならフリーターズを出した実績がある。その上ギャラの配分はなんと九対一だもんな。芸人を募集すれば、いい人材が集まって全国区の芸人集団になれるかも」

夢が膨らむ。アキチーナに日替わりで色々な人気芸人が出演すれば、店も活気づく。

「実業団芸人の数を増やせば、売場の人手も増えますし、他にもフリーターズみたいに売れる芸人を出して、ちゃんと利益を上げられます」

「四代目、実はやり手かもよ。織田信長《おだのぶなが》も『うつけ』って呼ばれてたんだから。四代目も案外、うつけの振りして周りを油断させてるだけだったりして」

冗談交じりの咲子さんの言葉も、あながち外れていないように思えてくる。

「よし、お笑い実業団の追加採用、上に相談してみよう。じゃあ、企画よろしく」

稲毛店長が丸投げを炸裂《さくれつ》させたその時、忙しない足音と喋り声が聞こえてきた。

噂をすれば、四代目のお出ましだ。

「あのさ、フリーターズが忙しくなって、人手不足でしょ。なんとかしなくちゃね。ぼく、昼ピークが終わるまで揚げ物やるから」

「人手不足をなんとかするって、社長がシフトに入るっていうことですか？」

栄治は思わず素《す》っ頓狂《とんきょう》な声を上げた。

「そうだよ。あのさ、ぼくね、何でも揚げちゃうよ、揚げまくっちゃうよ」

「社長が揚げたコロッケなんて単価が高過ぎて、何百個売っても儲けになりませんよ」

咲子さんが笑いながらツッコむ。ごもっともだ。

小田島に経営を仕切られ、暇を持て余しているのだろうか。栄治は歯がみする。

いや、うつけの振りをした凄腕のリーダーかもしれないと、見直したばかりだった。

「お笑い実業団のことで、四代目にひとつご相談があるのですが」

社長の本分は重要な経営判断。いい機会だ。この際、ここで重要な判断をしてもらおう。

「何、何、面白い話？」

「ここのところ、芸人から何件か問合せが来ています」

四代目は急に真面目な表情になった。なかなか良い手応えだ。

「四代目の秘策というのは、これだったのではないですか。フリーターズをブレイクさせ、まず実績を作り、お笑い実業団に才能ある芸人さんを集める」

そうですよね。心の中で念じながら社長の反応を窺う。

「今こそ、お笑い実業団の採用募集とオーディションをして、メンバーを増員し……」

「ダメ！　それは絶対にダメ」

四代目は栄治の言葉を遮り、頭ごなしに否定してくる。栄治は強引に話を続ける。

「ピンワン・グランプリ準決勝クラスの芸人が入団希望しています。今がチャンスです」

「今がチャンスって、通販番組の煽り文句みたいなことを言ってもダメ！」

「じゃあ、社長がおっしゃる秘策って、一体何ですか。教えてくださいよ」

四代目は「うるさい、うるさい」と駄々っ子のように首を振る。

「待遇に釣られた有名芸人を入れて、お手軽にパワーアップだなんて、全然違うよ！」

「いま何も仕掛けないで、いつ仕掛けるんですか。フリーターズだけが売れればそれで満足なんですか。自分は現場の責任者としてこのチャンスを見逃すわけにはいきません」

「ダメ！　話は終わり！　今日は揚げ物を作りに来たの！」

悔しさと焦燥感で全身が熱くなる。


売上不振が続いていた惣菜売場にも、フリーターズバブルが到来した。

〈フリーターズのまかない弁当　七十個〉

七月最後の水曜特売の朝、栄治は加工室に貼り出す今日の製造計画書に、恐る恐る書き込んだ。一種類の弁当を七十個も作るなど、通常はあり得ないことだ。

「栄ちゃん、七十個で足りる？　アタシの直感だともうひと声って感じだけど」

咲子さんが不安を口にしながら、ちくわの磯辺揚げをどんどんフライヤーに投入する。

先週の爆笑ホットプレートで、二人が休憩室でフリーターズのまかない弁当を食べる場面が流れ、翌日から飛ぶように売れた。昨日は五十個並べたが、すぐに売り切れた。

「よし。じゃあ、八十個、いきましょうか」

笑梨のスペシャル海苔弁当を四十個、真理のナポリタン入りオムライス弁当を四十個。他の通常商品も製造しながら、増産態勢に入る。惣菜加工室は戦場のようになった。

加工室の中の一部は、ガラスを隔てて売場から見える。笑梨と真理が作業台で弁当の盛り付けをしていると、目ざとくみつけたファンたちがどっと集まってくる。

「ひえぇ！　忙しいねぇ」

今日ばかりは稲毛店長も嬉しい悲鳴を上げながら加工室の陣頭指揮にあたる。

「売場とアキチーナは樫村君に任せた」

稲毛店長の指示を受け、栄治はフリーターズの二人を連れて売場に出た。

正午過ぎ、近くの会社や大学が休憩時間になると、ピークが佳境に入る。会社員や学生たちが来店し、惣菜売場は普段の昼ピークの倍はあろうかという混み具合だ。

〈本日も、エブリ吉祥寺店にご来店頂き、誠にありがとうございます。十二時十五分より、一階サービスカウンター前、アキチーナにて、お笑い実業団ランチタイムショーを開催します。皆様、お弁当などをお求めの上、ぜひお楽しみください〉

店内に流れる亜樹のアナウンスも、心なしか昂揚しているように聞こえる。フリーターズのスケジュールに合わせ、今日のライブはランチタイムに設定した。

「フリーターズのまかない弁当、いかがですか。笑梨のスペシャル海苔弁当と、真理のナポリタン入りオムライス弁当、二種類用意しております」

特別陳列台を前にして、笑梨と真理が売り子になって呼び掛ける。

「栄ちゃん、そろそろライブの準備に行ったほうがいいわよ」

咲子さんに売場をバトンタッチして、栄治はアキチーナへ向かった。

アキチーナの設営はピカソーメンと猫市の二人で進めていた。木製のベンチでは十四脚で五十六人しか座れないため、急きょ発注したプラスチック製の長椅子を追加し、間隔を詰めて並べ、なんとか百名ほど収容できるようにする。

「ネコさん、ピカソさん、すみません。売場が忙しくて、遅くなりました」

「おう樫村、気い遣わんでくれ。大丈夫やで」

ここのところ猫市は、率先して設営作業をしている。

一番乗りで現われた観客は、ヒメ様だ。サービスカウンターで亜樹と談笑を始めた。いつもアキチーナを近くで見守る亜樹と、ライブ常連客のヒメ様はすっかり仲良しだ。

「おーい、リカ、席の準備できたで」

猫市がヒメ様を呼びに行き、最前列中央の席に連れてきた。最近いつもこうしてヒメ様を席に案内するのだ。猫市が設営を率先して買って出るようになったのは、このためだ。

栄治は亜樹とアイコンタクトを取り、警戒態勢に入る。最近、猫市がヒメ様にちょっかいをかけているから十分気を付けるようにと、亜樹から釘《くぎ》を刺されているのだ。

栄治は音響のチェックをする振りをしながら、ヒメ様と話す猫市を盗み見た。

「いやあ、フリーターズ人気で客席大増設やで」

「お二人とも、すごい人気ですね」

ヒメ様は、いつも通りの、陽だまりのような柔らかな笑みを浮かべて言った。

猫市は「ほな、楽しんでってな」と席を立って舞台袖へスタンバイに行った。

栄治は無事を見届け、いったんサービスカウンターへ行き、亜樹に耳打ちする。

「見張ってきたけど、特に失礼な言動とかはなかったよ」

「ホントに大丈夫？　毎回席まで案内するとか、下心見え見えでしょう」

「ネコさんなりに、ファンとして大切に思っているんじゃないかな」

「甘いよ。あの男がヒメ様に変なことしないように、気を付けよう」

栄治は、亜樹とは全く別の懸念を抱いていた。急に「酒を止める」と言い出したあたりから、猫市の様子がおかしい。時間を守るし、暴言を吐かない。それらは喜ぶべきことなのに、栄治にはなぜか心配なのだ。

客席には弁当を手にした人たちが続々と入り、あっという間に満席になった。

フリーターズはトップバッターでネタを披露し、最後のフリートークでもう一度舞台に上がってもらうプログラムにしてある。昼休みに来ている勤め人や学生のために、合計三十分弱に収めて十二時四十五分に終わらせる、ショートライブだ。

前説はロック春山。フリーターズに対する複雑な感情もあるはずだが、舞台に上がればおくびにも出さず、一躍人気者になった彼女たちの登場を盛り上げる。

「ライブは撮影大歓迎、SNSにロックな写真をどんどんアップしてOKベイベー」

弁当を食べていた観客が箸を休め、こぞってスマホを手に取る。

「レディス、エンド、ジェントルメン！　皆さんお待ちかね、フリーターズ！」

ステージにフリーターズが飛び出すと、超満員の客席から大歓声が上がった。

「どうもー！　フリーターズです、よろしくお願いしますー」

　二人はタピオカ店のアルバイト面接のネタを披露した。店長のもとに、異常なタピオカ愛を持つ女子が面接に来る。設定から名島の緻密《ちみつ》な計算が感じられる。

　笑梨扮するタピオカ女子が店長への自己PRで、タピオカへの愛を力説する。

「私、小豆枕の中身を全部タピオカに入れ替えたら、モテ期が到来したんです」

「それ、関係あるかな。モテ期自慢したいだけ？」

「節分には、豆の代わりにタピオカをまきます」

「タピオカの弾力性で鬼は追い払えないでしょう」

「世界中の銃弾をタピオカに変えたいです。タピオカに撃たれると、人は笑顔になります。タピオカでミサイルを迎え撃つと、空にきれいな花が咲きます」

「頭の中お花畑だわ」

「タピオカ、発射！」

　笑梨がタピオカのマシンガンを撃つ。栄治はあまり笑えなかったが、会場は違った。どっかんどっかんと立て続けに爆笑が沸き起こる。

　芸人たちが、笑いの起きにくい日の客席を「重い」、笑いの起きやすい日の客席を「軽い」というが、今日の客席は実に軽やかだ。

　その後、フリーターズの漫才は目に見えて勢いがついた。本当に面白い。

メッキが本物の金に変わることがある。名島の言葉が栄治の胸に蘇る。

「あなた、タピオカの使い方おかしいですよね。鬼に投げつけたり、ミサイルを撃ち落としたり。ちゃんと食べましょうよ。もっと、メニューのアイデアとか、ないんですか」

「すみません、食べるのはちょっと……苦手です」

「帰ってよし！　上がらせてもらいます」

割れんばかりの拍手に見送られ、二人は舞台袖へとはけてきた。

次にステージに上がったのは、のらえもん。冒頭、猫市が額に手をかざして超満員の客席を見渡してから「いやあ、俺たちすごい人気やなあ」とボケる。

「アホか、めでたい奴やな。訊いてみよか。フリーターズを観に来た人ー？」

えもやんが挙手を求めると、一斉に手が上がった。

「どえらい人気や。弁当もぎょうさん売れとるで。フリーターズのまかない弁当」

「せや、八十個作って全部売れてもうた」

えもやんが両手で「八」の数を表しながら言うと、お客がどよめく。

「えもやんの自家製たこ焼き弁当とは大違いやな。よし、俺がお前の弁当を考えたる」

猫市が、えもやんにちなんだ珍メニューを発案し、次々とボケを繰り出す。ダメなメニューにえもやんが高速でツッコむ。のらえもんはオモワングランプリの予選に向け、短時間に多くのボケを詰め込んでいる。猫市のボケのスピードに対し、えもやんも被せるようにツッコむ。スピード感、テンポとも圧倒的だった。

大好きな酒を断って芸を磨き続ける二人。ぐんぐんと高みに上っているように見える。

しかし、客席の反応は思ったほど良くはない。

その後のロック春山とピカソーメンのネタも、そこそこの笑いは取れたが、観客は明らかに、フリーターズを観に来ており、他の芸人はついでに観ているに過ぎないようだ。

発足後たったの三ヵ月で、アキチーナの客席から溢れるほどのお客さんが来ている。

ガラガラのアキチーナでライブを続けてきたお笑い実業団にとって、これはきっと奇跡のようなことなのだろう。

だが、栄治には、今のままでは何かが違うような気がしてならなかった。

ライブの後、フリーターズは深夜のバラエティ番組の収録のため、すぐに店を出ていった。この日結局、フリーターズと他の三組はほとんど言葉を交わしていなかった。

午後二時過ぎ、客足も落ち着き、芸人たちはネタ合わせを始めた。

休憩室で、ピカソーメンがノートパソコンを取り出し、作業に没頭していた。

「ピカソさん、何しているんですか？」

「動画の編集作業です」

「ピカソさん、ネタの稽古は最近どうしているんですか」

思わず険のある口調になってしまった。

「ぼくは人生そのものがネタですから」

「話がかみ合ってません。百歩譲って、ピカソさんが絵描きの動画を一生懸命やるならまだ分かります。なんで料理の動画なんですか？」

「自分は前世が売れないコメディアン、前々世が絵描き、前々々世は料理人なので」

答えになっていない。

「栄治さんには感謝してます。毎月の給料で生活が安定して、いい動画ができてます」

「感謝してくれるなら、動画よりもお笑いを頑張りましょうよ」

「ぼくは料理、絵画、お笑いの三刀流で、現世での人生を前世までの集大成にします」

もはや理屈では話が通じない。ピカソーメンの迷走ぶりは度を越してきている。

その日の夜、栄治はバックヤード裏の搬入口近くのスペースで、のらえもんのネタ合わせを見せてもらった。二人の漫才に異変を感じ、胸騒ぎがしたのだ。

今回のネタ合わせでも猫市はある種の「ゾーン」に入っていた。最近、ネタを始めるとずっとこんな状態で、テンポ、ボケ数とも圧倒的だ。

「ネコ、台詞回しも間の取り方も、完璧やな」

「おお、お前もや。なんや最近、しゃべりが達者になったな」

ネタを一回通し終えた後、珍しくお互いを褒め合った。だがその後、えもやんが「せやけど……」と口ごもり、何か言いたそうにしている。

「何や、何かまずいところあったんちゃうか。言えや」

「ほな、ひとつだけ言ってええか」

「おお、何でも言えや」

「おもんないねん」

　えもやんは抑揚のない声で、はっきりと告げた。

　栄治は耳を疑った。猫市にとって最も屈辱的な言葉だろう。これは殴り合いになる。栄治は横から「自分は面白かったですよ」とその場を取り繕おうとする。

　だがえもやんは意に介す様子もなく、続ける。

「最近、お前と漫才やってても、ひとつもおもんないわ。なんでやろ、全く笑えへん」

「まあ、まあ、まあ。二人とも、最近ちょっと稽古のし過ぎじゃないですかね」

　栄治は、身体ごと二人の間に割って入ってきた。

「見抜かれとったか。ほんま、おもんないな」

　猫市は溜息交じりに言った。栄治は拍子抜けして、二人の顔を交互に眺めた。

「今日は、稽古終わりにしとこか。なんぼやっても、おもろならへん」

　栄治は、殴り合いにならなかったことに安堵した。そしてすぐに、安堵している場合ではないと思い直した。

　おもんないと言われて猫市が納得してしまう。これは重症だ。

そんな不安の中、オモワングランプリの予選一回戦が開幕した。プロアマ五千組超が参加し、約二ヵ月にわたって全国各地で開催される一回戦。

のらえもんとフリーターズは八月中旬の新宿・シアターフォレストでの選考に出場した。フリーターズは危な気なく通過。のらえもんは定番ネタの『憤死』を短くアレンジし、ひとまず一回戦を通過することはできた。

第五章　選ばれた人間

スーパーの店内には、四季がある。

八月も終わりを迎え、残暑が厳しい中、店内は夏から秋の装いに変わってゆく。

閉店後の店内で、栄治は陳列ケースに赤と黄色の紅葉《もみじ》の装飾を施し、鮭《さけ》やきのこなどを前面に出した『弁当で秋を先取り』というのぼり旗を掲示した。

冷やしそばの陳列ケースからのぼり旗を外し、栄治はバックヤードに戻った。休憩室のテレビの前に、遅番を終えた従業員が集まっている。バラエティ番組がＣＭに入った。

「栄ちゃん、そろそろよ」

咲子さんが栄治をテレビの前へと手招きする。栄治は急いでテレビの前に駆け寄った。

〈バイトも勉強も一生懸命！〉

〈バイトもスポーツも一生懸命〉

色々なバイトの制服を着た笑梨と真理が合成映像で何人も出てきて、ポーズを取る。

〈一生懸命なあなたに、バイト探しの『マッチバイト』〉

〈仕事とあなたのマリアージュ〉

〈ところで、マリアージュって何？〉

〈帰ってよし！〉

フリーターズは、バイト求人情報サイトのＣＭに起用された。

ギャラは六百万円。実績のあるタレントに比べればかなり安いが、長らく芸人としての収入がほとんどなかった二人には異次元の金額だ。エブリの取り分は六十万円で、会社の売上としては微々たるものとはいえ、ＣＭ出演でフリーターズの知名度がぐっと上がる。

ＣＭが終わると、皆から拍手が沸き起こった。

笑梨と真理が、はにかみながら「ありがとうございます」と、皆に頭を下げて応える。

フリーターズのブレイクを機に、店内のお笑い実業団に対する空気は急速に温かくなった。

「ほな、お先に失礼しますわ」

えもやんが、テレビの前ではしゃぐ従業員たちを横目に、従業員用出口へ歩いてゆく。

「のらえもん、オモワンの一回戦通過おめでとうございます！」

栄治は帰ろうとするえもやんに声を掛けた。他の従業員たちが「おめでとう」と拍手を送った。過去に準々決勝まで進んだのらえもんに対して、一回戦通過ぐらいで喜ぶのは失礼にあたるかもしれない。それでも、栄治は朗報として皆に知らせたかった。

えもやんは「おおきに」と力なく笑い、フリーターズの二人に歩み寄ってきた。

「お前ら、頼むわ。今年は俺らに譲ってくれや」

笑梨が「そんな……」と笑って流そうとしたところ、真理が一歩前に進み出た。

「譲れません。オモワンは真剣勝負ですから」

真理のあまりにも強い語気に、皆の表情が一瞬強張った。

えもやんは苦笑いを浮かべながら「冗談や。ほな、また明日」と休憩室を出て行った。

「えもやん、元気ないわねえ」

咲子さんが心配そうにえもやんを見送る。春山とピカソーメンも「お先に」と続く。

「ロックさん、ピカソさん、待ってください」

栄治は呼びとめ、ためらいながらも「実は……」と切り出した。

「のらえもんの二人、スランプのようです。特に、ネコさんが」

ネタ合わせ後にえもやんが猫市に向けて呟いた言葉が、栄治の耳に焼き付いている。

〈おもんないねん〉

猫市は最も屈辱的な言葉をあっさりと受け入れた。栄治は「スランプだ」と直感した。

「マジ？　ぱっと見じゃ分からないし、そもそもあの人、悩んだりするわけ？」

亜樹が信じられないといった様子で首を傾げた。

「言われてみれば、ネコちゃんは力が入り過ぎかもしれないわね」と、咲子さん。

今日のアキチーナのライブでは、ボケとツッコミを交換する奇策に出た。そこそこ笑いは起きたが、二人は舞台袖に戻るなり「あかんな」と嘆いた。

「二人を助けられないでしょうか」

「助けるっていってもねえ、アタシができることは、客席で笑うことぐらいだわ」

咲子さんは自分で言いながら、もう笑っている。

「プロの目から見て、のらえもんの漫才のどこが不調だと思いますか」

栄治はフリーターズの二人に話を振った。笑梨は「不調ですか？」と首を傾げる。

「スピードと技術に全パワーを振ってますよね。それはそれで、アリじゃないですか？」

真理の言い方は、肯定しているようで、突き放した感じがする。

「ピカソさん、ネコさんに最近、何か変わったこととかありませんか」

栄治は訊ねた。猫市は、一ヵ月ほど前からピカソーメンの家に転がり込んでいる。

「色々な女性としょっちゅう電話で話してました」

「そんなの、いつものことじゃないの？」

亜樹が笑うが、ピカソーメンは首を横に振った。

「今までお世話になった女性たちとは全て関係を切ったみたいです」

「おい、ネコの奴が酒の次は女を断ったってことか。大変なこった。ピカソはずっとあいつの世話しなきゃいけないってこと？　ロックな生活だな」

「いいえ。ネコさん、オモワングランプリで優勝して年明けには出て行くと言ってます」

「最後のオモワンに懸ける気合いが空回りして、調子が狂ってるってことかい？」

春山が推察する。だが、そう単純なこととも思えない。

「笑梨も真理も、のらえもんさんのスランプは嬉しいでしょ。ライバルが一組減って」

ピカソーメンが皮肉を言う。

「私は特に何も思いません。ライバルでもないですし」

冷たい声が響いた。真理だ。どうしたのだろう。人が変わったみたいだ。

咲子さんが「真理ちゃん、今日は戦闘モードねえ」と割って入り、笑ってみせる。

「栄ちゃんよ、厳しいかもしれねえけど、芸人は、自分の芸は自分でなんとかするしかないんじゃねえかなあ。あいつらも、誰かに助けてもらおうなんて思っちゃいないだろう」

春山が諭すように言った。

「しかし……真理、ものの言い方がロック過ぎねえか。のらえもんも一応、先輩だぜ」

真理は春山の目を真っ直ぐに見返したまま、何も言わない。

栄治は芸人たちの険悪な空気をどうすることもできなかった。フリーターズだけが飛躍する一方で、のらえもんはスランプ、ピカソーメンは料理動画にのめり込んで迷走、春山もフリーターズへの不信感で苛立っている。

このままでは、お笑い実業団はまた元の低空飛行に逆戻りしてしまうのではないか。

＊

久々の休養日、五十嵐笑梨はインターホンのチャイムで目覚めた。

相方で同居人の百瀬真理が応答し、玄関へ出て行った。

「笑梨、荷物が届いたよ。置いとくね」

差出人は新潟の実家の父。今月もまた米だ。新潟産コシヒカリ十キロ。

笑梨は米農家の次女。三十歳までに売れなかったら、実家に戻る約束で活動してきた。

「どうしよう。米、まだたくさん残ってるよね」

笑梨は段ボールの中を覗きながら、真理に言った。

少し前までは笑梨の実家から毎月届く米と、エブリの惣菜が二人の食生活を支えていた。

最近は番組の収録や営業で忙しくて外食が多くなり、米を消費しきれない。

「もう米の仕送り断ったら？　お父さんも、さすがに笑梨の活躍は認めてるでしょう」

真理が、コシヒカリの入った段ボールに目を遣りながら言った。

「そうだね、少しは認めてくれてると思うけどね……」

笑梨はしみじみと壁を眺めた。ネタがびっしり張り巡らされ、まるで壁紙みたいだ。

「改めて見ると、この壁って、めちゃくちゃ気持ち悪いよね」

「今頃気付いたの？」

真理も壁を眺めながらツッコむ。二人で壁を見上げた。

九年前、女子大で一年生の時に同じクラスになった二人は、インカレのお笑いサークルにスタッフ志望で入会した。

サークルライブの会場手配や設営、チケットの販売管理、受付、音響など、ひと通りのスタッフ業務をこなした。学生芸人たちのライブを裏方で支えながらネタを観る毎日。飲み会も楽しかった。二人とも、サークルの中で彼氏もできた。

笑梨にとって、お笑いは観て楽しむものだった。

ところが、秋の学園祭を間近に控えたある日、真理から誘いを受けた。

〈自分も漫才をやってみたい。一緒にやろう〉

学園祭限定でもいいからと言われ、じゃあ、一回だけやってみようかと承諾した。

真理が作ってきたネタは、ひいき目なしに面白かった。コンビニをネタにしたしゃべり漫才だった。子供の頃からお笑い番組を観てきただけあり、サマになっていた。

まずは間違えずにやり遂げよう。最低限の目標を自らに課し、二人で何度も練習し、一人の時は脳内でイメージトレーニングを繰り返した。

即席コンビ『えりまり』の初舞台は学園祭の大教室でのステージ。友人たちが大勢来てくれた。他の大学からもたくさんの学生が観に来て、客席はほぼ満席だった。

途中で緊張のあまり、真理のツッコミの台詞をつい同時に口走ってしまった。

〈一緒にツッコんでどうすんのよ！〉

〈ごめん、やっちゃった！〉

次の瞬間、何かが爆発するような炸裂音がした。その音が、客席から起きた笑い声だと気付くまで、少しの間があった。ビギナーズ・ラックとしかいいようがなかった。

ネタを終えた後、笑梨から真理に告げた。「次は、狙い通りに笑わせたい」と。

こうして、学園祭限りのはずだった『えりまり』は、正式にコンビとなった。

二人は、あの時の爆発するような笑い声を求めて、一日一本ずつネタを作り続け、ネタ合わせを繰り返した。どんどん上達してゆくのが分かり、ただただ楽しかった。

バイトも、どうせなら二人で一緒の仕事をしてネタに活かそうということになり、バイト漫才のスタイルが生まれた。バイト、ネタ作り、稽古に明け暮れる毎日。二人とも彼氏とは自然消滅し、漫才中心の学生生活になっていった。関東の大学お笑いサークルが集う漫才コンテストでも、何度か入賞した。

笑梨にとって、お笑いは学生時代の思い出の一ページであり、卒業したら就職するつもりだった。一方の真理は就職活動をせず、家業の蕎麦屋を手伝うと言っていた。

就職活動を始めた笑梨は、漫然と採用面接を受け、落ち続けた。そんな中、インターネットメディアの新興企業の一芸採用枠の面接で、笑梨はボケとツッコミを一人でこなす、一人漫才を披露した。結果は、内定だった。喉から手が出るほど欲しかった内定。しかも皆が羨む優良企業だ。しかしなぜか、これでいいのかと迷いが生じた。

真理に内定の報告をし、ありのままの気持ちを聞いてもらった。話を聞き終わった真理は、短期バイトに誘う時のような気軽な口調で言った。

〈芸人やってみない？〉

笑梨も心のどこかでこの言葉を待っていた。

コンビ名を『フリーターズ』に改名し、大江戸エンタのオーディションに合格。プロ芸人の道を歩み始めた。いつでも漫才の稽古ができるように、二人で吉祥寺にアパートを借りた。それぞれのネタ帳から、選りすぐりのネタをコピーして壁に貼り出していった。

この部屋の壁には、二人の歴史が詰まっている。

「壁のネタ、剝がしちゃおうか」

壁を見上げていた真理が呟いた。笑梨は思わず「そうだね」と言いかけて、はっとする。

「剝がすって、どうして……」

「もう要らないでしょう。最近使ってないし」

つい三ヵ月ほど前までは、二人で壁のネタを見て、気まぐれにネタ合わせをした。笑梨はこの〝ネタの壁〟が好きだった。確かに最近は使う暇もないが、剝がすのは惜しい。

「私たち、後ろを振り返ってる暇はないよ」

真理が言った。次の仕事は、毎週水曜のゴールデンタイムに放送されている動物番組『ゴンちゃん動物相談所』のロケだ。

人気モデルのカノンが海外での撮影に出る一ヵ月間、ペットのオウムのピー助を動物相談所がウィークリーマンションの一室で預かる。フリーターズはバイトの臨時相談員という設定で、ピー助の世話をする。他の収録と並行で一ヵ月間の長期ロケに入る。

「一ヵ月、エブリに出勤できないね……。ライブにもシフトにも穴を開けちゃう」

「大丈夫だよ。芸人の仕事を優先できる契約だし、エブリのためにもなるんだから」

四年前にえもやんの紹介でエブリの惣菜売場で働き始めた。その縁が、今に繋がっている。エブリがなければ、今の自分たちはなかった。

「あの社長も、見る目がないよね。『君たち、全然印象に残ってない』とか言ってさ。結局うちらは普通を逆手にとって、売れたんだよ。謝って欲しいよね」

真理は根に持っていたのか。それにしても恩知らずな言い草だ。笑梨は話題を変える。

「私たち、最近あまりちゃんとネタ合わせできてないよね」

「ネタばかりにこだわってたら、のらえもんさんみたいになるよ」

「真理、それって、どういうこと？」

「のらえもんさんみたいに、ネタしかできない芸人になるよ。上を目指すには、ネタ以外の部分で認められないと。それに私たち、ネタは今までの貯金でやっていけるよ」

笑梨は耳を疑った。本当に真理の言葉だろうか。

「いや、私たち未熟だし、そもそも漫才師って、ネタをやってなんぼじゃないのかな」

「え？　テンカウントさんとか、トップクラスの芸人を見てごらんよ。ネタなんかやってないでしょう。上を目指すには、番組のMCとかできるようにならなきゃ」

勘違いも甚だしい。二人の間で何かがズレ始めている。

その時、二人のスマホが同時に鳴った。栄治からのメッセージだった。

〈今日の閉店後、亜樹の誕生日祝いで、みんなで飲みに行きます。二人とも忙しいと思うけど、よかったら顔出してください〉

笑梨はスマホの画面を真理に見せた。

「いやいや、今夜は園田萌《そのだもえ》ちゃんの誕生日パーティーでしょう」

すっかり忘れていた。爆笑ホットカーペットのゲストで来ていた俳優の園田萌と真理が連絡先を交換し、パーティーに呼ばれていたのだった。真理は最近「人脈作り」に熱を上げ、俳優やモデルとよく飲みに行っている。今夜もその一環だ。

「その誕生日パーティーって、私たちがいなくても大勢来るんでしょう？」

「そりゃ大勢来るだろうけど、私たちだって行くって約束したんだから行かないと」

「じゃあ、真理だけ行ってきたら？　私は亜樹ちゃんの誕生祝いに行ってくるから」

「だめよ。笑梨も来るって言ってあるんだから」

気乗りしないし、エブリの皆と飲むほうが楽しい。

「笑梨、今日のパーティーは半分仕事。そう割り切れば、迷わず行けるでしょう」

結局、真理に押し切られた。

その夜、西麻布《にしあざぶ》のレストランで開かれた園田萌の誕生パーティーには大勢の芸能人が駆け付けた。立食形式の広間で、テレビの中の人だと思っていたモデルや俳優が談笑している。真理は会話の輪に入り、周囲の人を笑わせていた。笑梨は取り残され、ブッフェの料理をちびちびと食べ続けた。有名なレストランらしいが、味など分からなかった。


翌日、衣類などの荷物を持って、テレビ局のロケ車両でウィークリーマンションに移動した。都内でも数少ない、ペット飼育可能のウィークリーマンション。定点カメラが設置されたリビングで、放送作家の名島やスタッフと打合せをした。

はじめに、依頼主であるモデルのカノンのメッセージVTRを確認する。

〈笑梨さん、真理さん、カノンです。お二人の漫才、大好きでーす。今回はピー助に楽しくお留守番して欲しいなーって思って、ゴンちゃん動物相談所にお願いしました〉

小さな顔に二重《ふたえ》の大きな瞳、スラリと細く長い手足、隅々まで可愛く洗練された仕草や喋り方。きっと学校の同じクラスにいても、ほとんど話すことはないタイプの女の子だ。

「今回の仕事は、ゴンちゃんの指名だ。オウムに漫才を教えるという企画が出た瞬間『フリーターズがええやろ』ってね」

名島の語気に熱がこもる。権田が本気でフリーターズに目をかけている証拠だ。

「今更ですけど、なんで私たちなんですか？」

「君たちは面白いからだ」

笑梨の問いに、名島は即答した。どんな言葉にも勝る、魔法の言葉のはずだった。でも今はそれを素直に信じられない。釈然としない気持ちのまま、打合せは進んだ。

定点カメラの枠に収まるよう、立ち位置に注意すること、二〜三日に一度、カメラクルーを入れて撮影をすることなど、注意事項や段取りを一通り説明された。

「真っ直ぐ、懸命にやることで、好感度と可笑《おか》しみが生まれる。頑張って欲しい」

撮影初日は、ピー助に挨拶を教える。センサーカメラのテストも兼ねた撮影だ。

「どうも、フリーターズでーす！」

試しに真理がカゴの前へ飛び出して叫ぶと、オウムのピー助は驚いてカゴの中で暴れた。

挨拶を教える場面を撮り終え、カメラのない部屋に移って休憩する。笑梨はスマホを手に取り、検索窓に「フリーターズ　評判」と入力した。

〈こいつら、そんなに面白いか？〉

〈爆笑ホットプレートの使い捨て芸人〉

〈権田にゴマをすって仕事を取りまくってるな〉

〈あとどのぐらいで消えるか賭けようぜ〉

〈半年、いや、三ヵ月もつかな〉

急な上昇気流に吹き上げられた二人の運命は、二つにひとつ。そのまま飛び続けるか、まっさかさまに落ちるか。今は落ちないように未熟な羽を必死に羽ばたかせるだけだ。

〈ドウモー、フリーターズデース、ドウモー、フリーターズデース〉

隣のリビングから、オウムのピー助が覚えたばかりの挨拶を繰り返すのが聞こえた。

*

今日のライブは十八時開始だった。

フリーターズが不在になってから、観客は日に日に減っている。

栄治は舞台袖から客席をじっと観察していた。最後列の席の後ろに、濃紺のスーツに身を包んだ中年の男が現われた。明らかに買い物客とは違う雰囲気を放っている。

小田島だ。立ったまま腕を組み、じっと舞台を見据えている。

この日のトップバッターはのらえもんで、ネタは『犯人捜し』。学校内で一人の生徒の財布が盗まれ、えもやん扮する生活指導の教師が、猫市扮する男子生徒を疑う。最後に大どんでん返しを仕掛ける巧妙なコント漫才だ。上手い。速い。勢いがある。

栄治は舞台袖で二人の上手さに感心すればするほど、不安になってゆく。

五十人程の観客がいるにもかかわらず、まとまった笑いが起きない。

エコバッグを持った初老の女性が席を立ち、それを小田島がさりげなく目で追った。

ライブを終えて撤収作業を始めると、最前列に座っていたヒメ様が席を立った。栄治が声を掛けるより早く、猫市が駆け寄って呼び止め「リカ、どうやった？」と訊ねた。

ヒメ様は柔らかな笑みを浮かべたまま「すごく鮮やかでした」と答えた。

「そうか、鮮やかやったか……。ほな、俺、片付けがあるから」

猫市はそそくさと撤収作業に取り掛かった。撤収を終えてバックヤードの休憩室に戻ると、猫市が円卓に頬づえを突き、うつろな目をしていた。

「樫村、リカに鮮やかやったって言われたわ。たぶん、おもんないねんな」

栄治は言葉に窮していると、えもやんが「おもんないな」と代わりに答えた。

「ネコ、お前、ヒメ様に惚れとんのやろ」

猫市は汗を拭いながら、少しの間えもやんを見つめ返した。

「何でもお見通しやな。腐ってもコンビいうことか」

「恋煩いする柄やないやろうけど、惚れたなら、ええ方向の力に変えんと」

「それとこれとは、関係ないわ」

栄治は割って入れない空気を感じ、ただ横で二人の会話を聞いていた。

そこへ空気を読まない男、ピカソーメンがヌッと現われ、スマホを事務机の上に置いた。

「栄治さん、今度、動画をリニューアルします。意見をもらえませんか」

ジャンク料理を作る動画の途中に、イラストで描いたレシピと完成した料理の絵をはさみ、料理と絵画をコラボレーションさせたと説明する。

栄治はその絵を見て感動し、すぐに悲しくなった。絵は写真と見紛うほど精巧で、見る者を圧倒する力がある。その力を、ネタ作りに使ってほしい。

「正直に言います。才能の無駄遣いです」

「才能の無駄遣い。なるほど、ありがとうございます」

決して褒めていないのだが、ピカソーメンはどういう受け止め方をしたのだろうか。

「特売の牛乳を切らしてるのはまずいなあ」

嫌味ったらしい声と共に、小田島が、稲毛店長や他の従業員たちを引き連れてバックヤードに入ってきた。

「申し訳ございません。すぐに補充させますので」

稲毛店長が強張った表情で弁明している。

日配品《にっぱいひん》と呼ばれる冷蔵品の中でも、牛乳は主力商品だ。

「勝代さん、特売のマキバ牛乳、売れちゃってるので補充お願いします」

「あら店長、ごめんなさいね。すぐ行ってくるわ」

グロッサリーの品出しで売場から戻ってきたばかりの勝代さんが、慌てて牛乳の補充に向かった。牛乳のように回転率の高い商品を欠品させるのは大きな販売機会損失だ。稲毛店長は、小田島の後ろに控えながら何度も頭を下げている。

「惣菜売場は十六時の温度管理表が未記入、揚げ物バイキングのタイムセールの掲示漏れ」

小田島が淡々と稲毛店長に指摘する。栄治は背筋が凍る思いがした。笑梨と真理が抜けたシフトの穴を埋め切れていなかった。小さなミスも見逃さない小田島の眼力。栄治は慌てて売場へ戻ろうとした。

「これはこれは、樫村娯楽事業開発室長どの」

小田島は芝居がかった口調で、栄治を呼び止めた。

「惣菜売場もありのままを見せてもらったよ。抜き打ちといったら聞こえが悪いが」

「売場に行って、すぐに対応してきます」

小田島は再び呼び止めるかのように「お笑い実業団」とひと際大きな声で言った。金縛りに遭ったかのように、栄治はぴたりと足を止めた。

「ライブを後ろから、こっそり拝見したよ。大盛況だったようだね。つい最近までは」

「はい、おかげさまで」

稲毛店長が横から答えると、小田島は「君には聞いていない」と遮った。

「今日は、あまり盛り上がっていないようだったけど気のせいかな、室長どの」

「フリーターズが長期のロケで出演できないもので、少し客数が落ちました」

フリーターズがいなければ成り立たないと言っているようなものだ。

「別に責めているつもりはないんだよ。売上に貢献していれば、何も言うことはない」

「お笑い実業団弁当がなかなか好調でして」

アピールする稲毛店長を、小田島は眼光で射すくめ、栄治のほうに顔を寄せた。

「もし失敗したとしても、それでいい。失敗は成功の母だ」

休憩スペースに座っていたのらえもんが席を立った。ネタ合わせの時間だ。

「君たちは、お笑い実業団のメンバーだね」

小田島が、のらえもんの二人を呼び止めた。

「おっさん、どこの誰や」

猫市が無気力な目で小田島を見返した。稲毛店長やその他の社員が絶句する中、小田島はへの字口で「どこの誰……」と呟き、それから大きな声で笑った。

「小田島と申します。お見知りおきを」

＊

蒸し暑い中にも、夜風に秋の気配が漂う。

栄治は二人の芸人を連れ、久しぶりにこの場所に帰ってきた。

神宮球場の人工芝の緑が、照明塔の光に鮮やかに映える。五回の表、選手たちが守備位置へと散ってゆく。

レフトスタンドの外野席で、栄治の左隣にえもやん、右隣に猫市が座る。

「野球観戦なんて、ガキの頃に甲子園で観て以来ですわ」

「樫村は、よう観に来るんか」

猫市が、コーラを飲みながら言った。

「いいえ、クビになってからは、一度も球場に来たことはありませんでした」

早番のシフトを終えた後、ネタ合わせをする二人を強引に連れ出した。

担当する芸人がスランプに陥った時、世のマネージャーらはどう接しているのだろう。

素人の栄治には、芸人のためになる策も経験値もない。

ただ、伝えたいことならあった。元プロスポーツ選手と現役芸人という垣根を越えて、選ばれなかった人間にしか伝えられないことがある。

それを伝えるために、この場所で話をしようと決めた。

「毎日のように試合やってんのに、ようこんなにぎょうさん客が入りよるなあ」

猫市がほぼ満員のスタンドを見渡しながら感心する。

バッターボックスには怪我から復帰したベテランのホームランバッター。レフトスタンドの期待は最高潮に達し、トランペットの演奏と応援歌、打楽器代わりのメガホンの音が鳴り響く。マウンドには、期待のルーキーが上がっている。

ルーキーが鋭く落ちるフォークボールで往年の名選手を空振り三振に打ち取った。ライトスタンドの観客から大歓声が上がる。

「あーあ、自分も、一度でいいからこういう舞台で、やりたかったなあ……」

栄治は冗談めかしてぼやいたつもりなのに、びっくりするぐらい涙ぐんでしまった。

「なんや樫村、わざわざ野球場まで、恨み言ぼやきに来たんか」猫市が投げやりに言う。

「うちらなんぞでええなら、聞きますよ」えもやんが続く。このやりとりひとつにも、二人の対照的な性格がそのまま表れて面白い。

「今グラウンドに立っているのは、野球の神様に選ばれた人たちです」

栄治は、躍動する選手たちを見つめながら、改めて実感する。

「えもやんさん、この選手、知ってますか」

栄治は、膝の上に置いていたリュックサックを開けて、スポーツ新聞を取り出した。一面には、メジャーリーグで投打の二刀流で活躍する日本人選手の記事が躍っている。

「そら当然、知ってますわ」

「野球に興味なくても、さすがに知っとるわ」

「二刀流でメジャーリーグって……すご過ぎて笑っちゃいますよ」

栄治は投手から野手への転向を命じられた時のことを語った。生き残れるのは、野球の神様に選ばれた一流の選手だけ。その中でも二刀流の彼は、選りすぐりの逸材だ。

「自分は、野球の神様に選ばれなかった人間です」

ずっと胸にしまい込んできた言葉を、やっと口に出して言えた。

「でも……えもやんさんとネコさんは、まだまだ選ばれるチャンスがあります」

「おお、確かになあ。あと一回だけやけどな」

猫市はオモワングランプリの挑戦権のことを言っているのだろう。

「いいえ、芸人を続けている限り、選ばれるチャンスは決して消えないと思います」

「そんな悠長なことも言ってられへんのですわ」

えもやんが、グラウンドに目を遣ったまま言った。

「少なくとも、お互いを選び続けている限り、コンビは終わりません。笑いの神様に見捨てられはしない。のらえもんは、そうやって十五年も続いているじゃないですか」

不遇のまま十五年間も互いの人生を懸け合うのは、決して生易しいことではない。

「共依存いうやつですわ。ガキの頃から一緒で、切っても切れへん腐れ縁になってもうた」

憎らしげな語気とは裏腹に、えもやんは口元に穏やかな笑みを浮かべている。

「ちょうどマネージャーがおるから、話しとくわ」

猫市はそう言ってストローでコーラを吸い上げた。

「今回のオモワンであかんかったら、のらえもんは解散や」

コンビにとって重大な意味を持つその言葉をよそに、トランペットと応援歌が鳴り響く。

「やぶから棒に戦力外通告か？　どういうつもりなんか、聞かせてもらおか」

「お前には弥生ちゃんと生まれてくる子供がおる。いつまでもお前の人生を振り回せん」

「今更、まともな人間みたいなこと言わんといてくれ……怒る気もせんわ」

「俺かて、ここで終わらすつもりはない。負けたら最後の覚悟で、勝てばええだけや」

えもやんはしばし黙った後「背水の陣か。言いたいことは分かった」と呟いた。

勝手に話を進める二人に、栄治は「冗談じゃないですよ」と割って入った。

「聞いてしまったからには口出しする権利もありますよね。自分も、お笑い実業団に少なからず人生を狂わされてますんで、簡単に終わるとか言われても困ります」

「コンビの話や、口出しすな」

「じゃあ、ネコさんはなぜ今、自分がいる前で話したんですか」

猫市は「なんでやろう」と視線を宙に漂わせた。

「樫村が腹割って俺らをここに連れてきたからやろか。せやから今、お前がおるところで話すのがええと思うてん」

「ではこの話、自分に預からせてください」

「どう預かるか知らんけど、勝手にせい。せやけど決めるのは俺らや」

試合は終盤に入り、点差が大きく開いた。負けているチームのピッチャーが交代した。

えもやんが「敗戦処理投手や」と呟いた。

「でもあのピッチャーは、きっと敗戦処理だとは思ってませんよ」

大差の負け試合でも、マウンドに立てば全力で目の前の打者を打ち取るだけ。

「あーあ、客がえげつないぐらい帰っていきよる」

えもやんが観客席を見渡して呟いた。負けているチームの観客が席を立ち始めている。

「そういや、うちらのライブも、フリーターズがおらんくなってから客席が埋まらんなあ」

猫市がぼやく。

「三組やと正直、きついですわ。寄席として成り立たん状態です」

ピッチャーが、ストレートで空振りの三振を取った。続いて、勝っているほうのチームが代打を送り出す。今季初出場の選手だ。勝負は決しているから、お試しの起用だろう。

栄治には投手とバッター、両方の気持ちが分かる。投手はマウンドに上がってなんぼ、打者はバッターボックスに立ってなんぼだ。

「ぼくに、前説をやらせてください」

えもやんが「またまた、冗談を」と笑う。

「いえ、本気です」

思い付きで言ったわけではない。プレイしたことのない人間がマネジメントをして良いのかという後ろめたさが、ずっと心の奥底でくすぶっていた。

そして何より、自分も芸人と同じく舞台に立ち、彼らと同じ目線になってみたい。

「さあ笑わせてくれ、と期待して観ているお客さんの前で、面白いことを喋って笑わせるって、すごいことだと思うんです」

「樫村、そら当たり前やろ。芸人いうのは、それが仕事や」

「当たり前じゃないと思います。それを実感するために自分も、舞台に立ちたいです」

彼らの人生に深入りしてしまった。ならば同じ舞台に立って、彼らの見る景色や彼らが人生を懸けて追い求めているものを、わずかでもいいから確かめてみたかった。

「その話、なんで今このタイミングで言うんですか？」

えもやんの問いに、栄治は「なんででしょう」と視線を宙に漂わせた。

「お二人が、自分の前でコンビの一大事を話してくれたからです」

猫市が「それ、俺の真似やろ」とツッコみ、えもやんが「下手なツッコミや」と笑う。

ビールタンクを背負った売り子が「ビールいかがですか」と呼び掛けながら外野席の通路を巡回している。栄治は売り子を呼び止めた。

「ビール三つお願いします」

猫市が「なんで三つやねん」と訝しがる。

「よかったら一杯どうですか？　いらないなら、自分が全部飲みますけど。断酒した後、のらえもんの漫才は面白くなりましたか？」

「せやなあ……我慢してる分、おもんない気がする。少しは飲んだほうがええかなあ」

猫市は自らに言い訳するようにブツブツ言いながら、栄治の手からコップを受け取った。

えもやんも「ほな、便乗して少しだけ頂きます」と、同じくコップを受け取った。

「酒を解禁する口実ができましたね」

冷やかす栄治に「やかましいわ」と猫市がツッコミを入れる。

初秋の夜空の下、外野席のトランペットの音と応援歌の中、三人でささやかに乾杯した。

「一時解禁、ですね」

「いや……俺はもう、解禁でええわ。我慢はおもんない。酒もほどほどならええやろ」

猫市はそう言ってぐいとビールを喉に流し込み「ふーっ」と美味そうに息を吐いた。

スランプの二人に伝えたいことは伝えられた。

ここは栄治の夢の跡地。その場所で、今なお夢の舞台を目指す二人が自分を挟んで笑い合うひと時は、悪くないと思った。

＊

夕方ピークが落ち着き始めた十八時半、売場には保育園や学童保育から帰る途中の親子連れや、仕事帰りの勤め人の姿も見え始める。

栄治は芸人らと一緒にアキナの設営を終え、舞台袖のパーティションの裏で、バッグから衣裳を取り出した。量販店のコスチューム売場で買った、野球のユニフォームだ。

栄治の前説デビューに、芸人たちは心配そうな表情をしている。

「ロックな気持ちは嬉しいけどよ、板の上に一人で立つって、想像以上におっかないぞ」

「生半可な気持ちでいくと、痛い目に遭いますよ」

ピカソーメンが珍しく厳しいことを言ってくる。

恥をかいてもいい。スべったらどんな痛みを伴うか、願わくは、ほんの少しでも笑ってもらえたらどんな心地がするのか、自分で確かめたい。

えもやんが「樫村さん、ホンマに前説やる気ですか」と心配そうに言う。

猫市がつかつかと歩み寄ってくる。

「出るからには稽古したんやろうな」

「時間の許す限り、一人で稽古してあります」

「よし、行ってこい！　ゴッド・ブレス・ユー。健闘を祈る」

春山に背中を押され、栄治は舞台に飛び出した。マイクの前に立って客席を見渡す。

「どうもー、みなさん、こんにちは。本日、前説を務めます、ストライク栄治と申します。元甲子園球児で元プロ野球選手。今はエブリの惣菜売場で働いてます！」

拍手を受ける間を作ったが、まとまった拍手にはならないまま消えた。

「えー、注意事項をお話しします」

一分程度のエピソードトークを入れる予定で練習してきたが、飛ばしてしまった。

「ライブ中に、携帯電話でお話ししちゃう。判定は……アウトー！」

イメージトレーニングでは、少し笑いが起きる想定だったが、反応はゼロ。

「では、写真を撮ってネットにアップしちゃう。判定は……セーフ！　写真も動画もネットで拡散ＯＫです。お客さんの力でエブリお笑い実業団が大ヒット、カッキーン！」

誰一人笑っていない。店内のＢＧＭがやけにはっきりと聴こえてきた。

足がすくみ、視界が急に狭くなり、顔が熱くなった。次の言葉が出て来ない。

「えー、ストライク栄治、台詞を飛ばしてしまいました。判定は……戦力外通告！」

捨て身の自虐ネタだった。戦力外通告。身を削る思いだ。しかし相変わらず、誰も笑っていない。突っ立ったまま黙り込んでしまった。頭の中が真っ白になった。

その時……のらえもんの二人が舞台に飛び出してきた。

猫市が「ストライク栄治、えげつないぐらいスべっとったな」と、溜息交じりに言う。

「ここからは、トリオでお送りしましょう」

えもやんが宣言すると、猫市が「せやな」と応じる。

「トリオ名は『スリーアウト・チェンジ』でどうや」

「絶対売れへん名前やろ。笑いの三振王みたいな」

「実は俺も子供の頃、野球に救われてんで。命がけでバットを振り回してたんや」

「お前、野球しとったっけ」

「バット持っていじめっこの家を一軒ずつ訪ね回って、渾身のフルスイングでガーンと一人ド突き、二人ド突き」

「止めや！　皆さん、この話、ネタやと言いたいところですけど、ホンマですねん」

「ただド突きに行ったわけやなくて、一応、事情がありますねん」

「このおっさん、小学一年の時にごっついいじめられて、バットで仕返しして出席停止処分を食らいましてん」

「今の俺があるのも、バットのおかげや」

「ストライク栄治さん、バットの使い方、合ってますか。判定は？」

えもやんが話を振ってくる。

「えーと……。アウト、ですね」

流れに沿って、そのまま答えただけなのに、少し笑いが起きた。

「聞いたか、甲子園球児の言葉は重いで。バットをそんな風に使う奴は……戦力外通告！」

えもやんが猫市を指差して叫ぶと、また少し笑いが起きた。

三人で舞台袖へ戻り、栄治はえもやんと猫市に礼を言った。

「ありがとうございます。助けてもらって」

「グダグダやったけど、ある意味新鮮でおもろかったな」と笑う猫市に、えもやんも「あ、おもろかったわ」と同意した。

栄治は楽しげな二人に便乗して「この先、トリオでやりましょうか」と軽口を叩いた。

猫市が「調子に乗んな」とツッコみ、えもやんが「下手なツッコミや」と笑った。

舞台では、一人目のピカソーメンが、変顔紙芝居のネタを始める。昔話って、あまり知られてないけど、意外と残酷なんですよね、云々《うんぬん》。普段は何気なく聞いているピン芸人のトークだが、今なら、どれだけすごいか痛いほど分かる。

「ストライク栄治はん、初舞台の感想はどないでしたか」

えもやんが笑顔で訊ねてくる。

「怖かったです。捨て身の『戦力外通告』でスベった時は、逃げ出したくなりました」

「ピン芸はむずいで。型がなくて何でもありな分、センスが試される。ネタを飛ばした時のごまかしもきかへんし、スベった痛みも全部ひとりで被らなあかん」

猫市に言われ、栄治は深く納得する。実際にステージに立ったからこそよく分かる。

「でも、二人が助けに来てくれた後は、ひと言発しただけで、お客さんが少し笑ってくれました。あれ、どうしてでしょう」

「フリオチいうやつや。オチだけ考えても、フリがなければオチになれへん。樫村がいくら『戦力外通告』言うて捨て身のオチをぶつけても、フリがあれへんから客はどう反応してええか分からへんのや。せやから、俺ら二人でバットの滅茶苦茶な使い方で話を繋いで、元甲子園球児のお前に振った」

「元甲子園球児のストライク栄治が普通に喋るだけで、オチになる仕掛けですわ」

えもやんが、満足げな表情で言う。

「栄ちゃん、俺はしびれたぜ。ぜんぜん笑えなかったけど、感動しちまったよ」

春山が寄ってきて、肩をバンバン叩いてくる。目が真っ赤だ。

「栄ちゃん、頑張ったね。立派なスベりっぷりだったよ」

サービスカウンターから見ていた亜樹が、悪態交じりに健闘を讃《たた》えてくれた。

「店のみんなが栄ちゃんを応援してる。ホームグラウンドに救われたな。ロックだね」

ホームグラウンド。

そうか、ここは、お笑い実業団のホームグラウンドだ。

「樫村さん、なんで最近のうちらがおもんなかったか、少し分かった気がしますわ」

えもやんは、ステージを睨みながら言った。

「ネコが楽しんでへんかった。自分もそれに引っ張られてましてん」

「それだけやないけど、それもデカいかもなあ」

数日後、渋谷のサンダーシアターで開催されたオモワングランプリ二回戦、のらえもんもフリーターズも順当に通過した。

＊

オモワン三回戦を半月後に控えた十月下旬の土曜、えもやんは朝七時半に店に入った。栄治から、開店前にオモワンの作戦会議をやるので必ず来るように言われていたのだ。

猫市も、ピカソーメンに引きずられるようにして、寝惚《ねぼ》け眼《まなこ》で店に現われた。

「さあ、二人とも、アキチーナに来てください。作戦会議です」

栄治に急かされ、バックヤードを出ると、アキチーナから大勢の拍手が聞こえてくる。

「これ、なんやねん……」

猫市は一気に目を覚ました様子で呟いた。

「エブリの社員、パート社員の人たち、それにその家族の皆さんです」

制服を着た従業員たちと、それに交じって私服姿の人もいる。アキチーナの客席から溢れ、専門店街の通路にはみ出すほど、立ち見の人で埋まっている。

「朝礼前の勤務時間外ですし、シフトに入っていない人もいますので、任意で参加を募りました。それで集まったのが、ここにいる二百五十人超の人たちです」

えもやんは客席を見渡した。最前列には弥生が座っていた。

「なんでここにおんねん」

弥生が「ご招待されたのよ！」と、悪戯っぽく笑う。今日はバイトのシフトが早いからと言って、朝早く家を出ていったが、それはサプライズのための方便だった。

その隣には、ヒメ様の姿まであった。

「リカ、どないしてん」

猫市が問うと、亜樹が代わりに「特別ご招待で私が呼んだの」と答える。

「それでは本日の、特別朝礼を始めます」

稲毛店長が、メガホンを持って宣言した。栄治が続く。

「見てください、客席に集まった人たちを。これは、お二人が築いてきたものです。スーパーでお笑い？　そんな余裕がどこにある。初めはみんな、冷ややかな目で見ていました。でも、お笑い実業団がアキチーナのステージに立ち続けるのを、みんな仕事をしながら、時にはシフトの前、シフト上がりに観てきました」

えもやんは、舞台の上から呆然と客席を見渡した。横断幕には「がんばれ　のらえもん」と書かれている。エブリの社旗を振っている人もいる。

「これがエブリのお笑い実業団です。のらえもんは、選ばれてこの場所に立っています」

「今日は、オモワングランプリ三回戦を前にした、のらえもんの壮行会です。みんな、のらえもんの漫才、見たいかー！」

稲毛店長が問うと、従業員とその家族たちから歓声が湧いた。

「フリーターズは放っておいてもファンがたくさんいるでしょう。二人は心細いだろうから、アタシたちが応援してあげる」

咲子さんがそう言って、ガハハと笑い、皆もそれに釣られて笑い、拍手をした。

「オモワンの会場にはみんなで応援には行けないので、今日、思い切り応援しましょう！」

栄治が音頭を取る。稲毛店長がホイッスルを鳴らし、イベント用の大太鼓を打ち鳴らす。

ぶちかませ、ぶちかませ、のらえもん！

ぶちかませ、ぶちかませ、のらえもん！

どこからか、トランペットの音が聞こえてきた。サービスカウンターからだ。元ブラスバンド部の亜樹が、トランペットを吹いていた。

〈笑いの神に選ばれて　降り立つその地は吉祥寺
さあ我らの魂乗せて　飛び立てのらえもん〉
ぶちかませー、のらえもん！　オモワン優勝、オー！

「樫村さん、これ、野球の応援ですやん……」
突然始まった応援歌に心震わせながら、ツッコむ。

〈笑いの神に選ばれて　降り立つその地は吉祥寺
さあ我らの魂乗せて　飛び立てのらえもん〉
ぶちかませー、のらえもん！　オモワン優勝、オー！

「ありがとうございます。準備しますんで、少し待っとってください」
えもやんは舞台袖へ駆け込んだ。先に舞台袖へ入っていた猫市が、うずくまっている。
「おい、どないした」
「江本、なんやこれ……。あいつらアホやな」

「アホやなってお前、泣いとるやんけ」

「訳分からん。そう言うお前も泣いてんで」

うずくまる二人の隣に栄治が寄り添ってきた。

「ここは、お笑い実業団のホームグラウンドです」

またトランペットが鳴り始め、応援歌が始まった。

「樫村、あの歌、止めさしてくれ。なんや、もう、あかんわ……」

栄治は「お二人のために練習した応援歌です。もう少し歌わせてください」と返す。

「これがお笑い実業団のホームグラウンドのパワー、応援団のパワーです」

「よう分かりました。ネタ合わせに少しだけ時間をもらえんでしょうか」

えもやんは、気持ちを落ち着かせる。

「了解です。では、自分が前説でつなぎますので、その間にネタ合わせをお願いします」

栄治はそう言ってステージへと出て行った。

どうしたら、今朝ここに集まってくれた人たちが一番喜んでくれるか。考えた。

「ネコ、あれやろうで。『スーパーマーケット』や」

「それ、内輪ネタはあかん言うて、ボツにしたやつやぞ」

猫市が顔をしかめる。パート社員がたくさん観に来てくれるようになった一ヵ月前頃にえもやんが書いたネタだが、「内輪ネタは格好悪い」と猫市がボツにしたのだった。

「ええねん、今日はええやろ。内輪ネタ上等や。スーパーで仕事してはるみんなとその家族に、スーパーのネタで笑うてもらおう。これしかない」

「分かった。ほな、ネタ合わせや」

栄治が前説で間を繋いでくれている。二人は静かにネタ合わせを始めた。一回通してみると、今やるべきネタはこれだと確信できた。

えもやんは、舞台袖から栄治に向かってOKの合図を出した。

「準備が整ったようですが、もう少し、話をさせてください。自分は、鳥取県にある小さな町で、地元の工務店を営む家に生まれました」

「なんや樫村の奴、自分語り始めたで」

今にも舞台へ飛び出そうと構えていた猫市が、脱力した様子で笑う。

「自分の名前は、沢村栄治という伝説の名投手にちなんで、父親が付けたものです」

小学校から帰ると野球漬けの生活。リトルリーグの練習と、家では父親による特訓。町内では『平成版　巨人の星』の異名をとる有名な親子だった。

中学校時代には地元のクラブチームで名を馳せ、父親が監督を務める白兎《はくと》学園高校に入学。エースで四番として三年の夏にチームを甲子園出場へと導く。

一回戦で十四奪三振の快投、打っては試合を決めるホームランで話題をさらった。

三回戦敗退ながら、白兎学園による〝ラビット旋風〟に、小さな町は沸いた。

その後ドラフト五位で関西の球団に入団。わが町からプロ野球選手が誕生。町はお祭り騒ぎとなり、栄治には町民栄誉賞が授けられた。

「すごいですよね。十八歳で自分の人生、ピークを迎えました」

町の期待を一身に浴びて練習に励み、二軍で結果を積み重ねたが、二年目に疲労骨折のため右ひじを負傷。リハビリを続けながらマウンドに立つが結果を残せず。

プロ三年目で、打撃センスを活かすため打者への転向を言い渡されるが結果が出ず、二軍での出番すら年々減っていった。

「そしてとうとう、八年目に戦力外通告。一軍での出場機会は一度もありませんでした」

父親は栄治に野球を続けろと命じるが、もう自分の人生を歩みたいと思った。上京してエブリに入社し、吉祥寺店のグロッサリー担当となる。持ち場を任され、役目を果たし、戦力として活躍しながら給料をもらう。自分の人生を歩んでいる手応えを感じていた。

しかし突然、惣菜部門への異動を言い渡され、四代目に新規事業を押し付けられた。

「惣菜売場でバイトしている芸人さんたちを束ねて、お笑い実業団なるものを作れという無茶ブリでした」

客席から笑いが起きる。

「冗談じゃないと思いました。皆さんも、そう思ったでしょう。毎日店を回して売上を上げるために手一杯なのに、なぜのん気にお笑いライブなんかやってるんだと」

栄治は両手を広げ、怒りをぶちまける仕草で言った。

「でも、そんな気持ちは変わっていきました。芸人さんたちが人を笑わせるのに一生懸命で。嫌でたまらなかったお笑い実業団を、いつの間にか応援するようになっていました」

続いて栄治は、舞台袖にちらりと視線を投げてくる。

「コンビ結成十五年目ののらえもんは、最後のオモワングランプリに懸けて、このアキナでネタを磨いてきました。絶対負けない、どんなコンビもぶちのめしてやると。強過ぎる思いの余り空回りしてしまったこともあります」

えもやんは目を閉じて栄治の言葉を聞く。彼はのらえもんをずっと見守っていてくれた。

「だけど、自分は今ここではっきりと言いたい。あなたたちの漫才は、敵をぶちのめす漫才じゃない。こんなにたくさんの人を味方にできる、仲間にできる漫才なのだと」

敵をぶちのめす漫才ではなく味方に、仲間にできる。考えたこともなかった。だが栄治が言葉で示してくれた瞬間、えもやんの心のど真ん中にストンと落ちた。

「それでは皆さん、お楽しみください。のらえもん！」

栄治が舞台の下手へとはけていき、ロック春山が出囃子の音楽をかける。

「大演説やったな……あいつ、やればできるやんけ」

「ネコ、いくで！」

再び込み上げてくるものを振り払うかのように、ダッシュで舞台へと飛び出した。

「どうも、のらえもんです！　よろしくお願いします！」

「人生ドラマを聞かされた後に漫才て……。めちゃめちゃやりづらいわ」

「やりづらいですわ。でも自分らのためにみんな朝早くから来てくれたんでね、頑張って漫才やっていきたいと思います」

えもやんが拳を振り上げると、客席から温かな拍手が沸き起こる。

「いやあ、このエブリ吉祥寺店っていうのはすごいですよ。何でも揃うてる」

「せやな。何でも揃うてる。美男美女もこんなに揃うてる」

「棒読みで言うのやめい。俺な、この店がどんだけすごいか、みんなに伝えたいねん」

「ええやんか。ほな練習してみるか。俺が案内人やったるから江本が客な。じゃあ、正面入口から店に入っていくで」

「よっしゃ、分かった。ウイーン。あー、ここがエブリ吉祥寺店か、すごいなあ、でっかいなあ、何でも揃ってるなあ」

「そうです、ここに来れば生活に必要なものは何でも手に入ってまいますよ。でも江本さん、さすがにパンツぐらい穿いて来てもらわんと」

「おい待て、俺、全裸か！　全裸で『あー、ここがエブリ吉祥寺店か』て、どんな客や」

ベタベタの叙述トリックでつかみ、しっかりと笑いが起きた。

「江本さん、何でも揃ってるからって、生まれたまんまの姿で来るのはやり過ぎですね」

「パンツ現地調達するつもりで素っ裸で来る奴がおるか。よう店まで捕まらず来れたわ」

「さあ江本さん、四の五の言わんと、まずは二階の衣料品売場へ。パンツを買ってください、早く、早く。あ、警備員さん、この人、全裸やけど決して怪しい者じゃないんで」

「怪しいわ！　はいはい、買いますよ。パンツだけやあかんやろ。シャツとズボンと、一式買うてくわ。服買うたらなんか、腹減ってきたわ」

「ほな、江本さん、家電売場がありまっせ」

「腹減った言うてんのに何で家電売場やねん」

「なんでって、江本さんの大好きな炊飯器がありますよ」

「食品売場に連れてってくれ！　飯炊くところから始めんのか」

「おっと失礼、米洗うところから始めなあかん。まずは洗濯機やな」

「洗濯機で米とぐやつおるか」

「ところで江本さん、いつになったらパンツを穿くんでしょうか」

「俺、まだ穿いてなかったんか！　今度こそ穿いたで。ホンマに皆さん、すんません」

「しかしすごいわ。食品、衣料品、生活雑貨、家電、生活に必要なもん何でもあるわな」

「ホンマ。いっそのこと、ここで生活さしてくれんかな」

「江本さん、生活できますよ。寝具売場で寝起きして、試食コーナーで飯食ってやな、暑い時は冷蔵庫に入ってご機嫌な記念写真をネットに公開！」

「やったらあかんやつやろ！　炎上間違いなしのパターンや」

それから、客席の各売場の人たちを、アドリブで少しずつイジってゆく。

「惣菜売場におる、ぎょうさん笑うパートのおばはん、大好きや」

「君のお母ちゃんは、野菜売場？　いつも美味しい野菜切ってんで」

「おっちゃんの名前、猫市いうんや。ネコやで。エブリにゃんと一緒や」

「サービスカウンターいうのもすごいで。俺この前、匿名で『カップ焼きそばメガ盛り入荷してください』ってご意見コーナーに書いたら、すぐに『入荷致します』て貼り出してくれてなあ、ホンマに置いてくれたんで」

亜樹が客席の最後方から「ちょっと待って！　あのご意見、えもやんさんだったの⁉」と思わず声を上げ「バレてもうたで」と猫市がツッコむ。

笑い声とともに「のらえもん　頑張れ」の横断幕やエブリの社旗が揺れている。

ホームグラウンドか……。こういう温かい笑いもまた、いいものだ。

「レディース、エンド、ジェントルにゃん！　エブリにゃん！」

猫市が渾身の変顔でポーズを決めると、子供たちが大口を開けて笑いだした。

これ、オモワンやらの賞レースや外のハコのライブでやってもきっとウケへんネタや。

でもネコ、この人らの顔見てみい。めっちゃ楽しそうやなあ。

ホンマに俺らの漫才、こんなにたくさんの人を味方にできんねんな。
俺ら、選ばれてこの場所に立ってんねんな。

第六章　風雲、アキチーナ

十一月の初旬、栄治は稲毛店長から臨時の店長会議への同席を求められた。本店の吉祥寺店をはじめ八店舗を擁《よう》する西東京地区の店長会議は、社長を交えて開催される。

バックヤードで稲毛店長に説明を受けた栄治は「なんで自分が……」とぼやいた。

「小田島専務のご指名なんだ。吉祥寺店は樫村君も同席しろって。お笑い実業団の上半期の実績報告を求められている」

「小田島専務から、への字口でネチネチと嫌味を言われるんでしょうかね……」

「嫌味で済めばいいけど。冗談抜きで吊るし上げを食うと思っておいたほうがいい。ここは正念場だよ。会議まであと二日しかない。急いでお笑い実業団の報告資料を作ろう」

昼ピークが終わって売場が落ち着いたのを見計らい、資料作りに取り掛かった。

稲毛店長からの指示は明確だった。まずは色々な数値データを悪い部分も隠さず示し、その後に数値では表せない現状報告を盛り込む。

栄治は『エブリチャンネル』登録者数と再生回数、芸人プロデュース弁当の売上、フリーターズのギャラなど、数値データを集めた。

稲毛店長は小一時間ほどで資料のラフな全体像を組み立ててしまった。現場の業務を従業員に任せる一方、普段からこうして、本部との折衝など厄介な仕事に腐心しているのだ。

「店長はお笑い実業団のこと、どう思いますか。面倒臭いとか思ってます？」

「それはもう、なんて面倒な時にここの店長になっちまったんだろう、って思ったよ」

「ですよね」

下の立場の自分が「冗談じゃない」と思ったのだ。店長はもっと嫌だっただろう。

「正直、店を無難に運営して、前年並みの数字を出すのが自分の役目だと思ってたから」

インターネット通販の普及などで、総合スーパーの立場は年々苦しくなっている。

「でもお笑い実業団っていう看板でやり続けているうちに、なんでだか分からないけど、段々意地になってきて、気が付けばこうしてせっせと説明資料を作ってる」

やはり、お笑い実業団には人を味方につける力があるのだ。

臨時店長会議の日がやってきた。会議の開始時刻は十五時。

吉祥寺店から徒歩五分程の場所にある本部は、オフィスビルの三フロアを借り切って、一番上の階に大会議室が設けられている。

会議机の左右にそれぞれ十人程、各店舗の店長や地区のスーパーバイザーやマネージャーが続々と席に着く。栄治は稲毛店長の後ろに控え、補足説明のために待機する。

　小田島が「ご苦労さま」と会議室に入ってきた。談笑していた店長たちがさっと居住まいを正し「よろしくお願いします」と口々に言った。

「社長がお見えになりました」

　秘書が一同に告げると皆立ち上がり、四代目を出迎えた。四代目は「立たなくていいってば！」と笑いながら、座長の席に座る。

「あのさ、テレビ会議とかでなんとかならないのかな。みんな、面倒臭いでしょう」

　各店舗の店長は八王子《はちおうじ》や立川など、遠方から会議のために出向いてきている。

「四代目の前で有意義な議論ができれば、店長たちの労も報われます。では早速、最初の議題は、各店舗の売上と営業利益の報告です。資料は、西東京地区の店舗別データの一覧です。エリアマネージャーから説明を」

　小田島が説明を求める。エリアマネージャーの高橋《たかはし》という男は旧ツキミマート出身で、コストカットの急先鋒《きゅうせんぽう》だ。高橋が説明を進める。どの店舗も苦戦を強いられている。

「営業利益ワーストは吉祥寺本店の前年同月比一・三％減です。稲毛店長、状況説明を」

　早くも吉祥寺店に矛先が向けられ、稲毛店長が「ご説明致します」と応じる。

「まず売上減の最大の要因は商圏内に大型のドラッグストアが開店したことです。更にネットスーパーからの撤退も響いています」

要因を説明する稲毛店長を、小田島が冷徹な目で見据えている。

「稲毛君、売上減の言い訳は不要だ。コスト圧縮は、やり切っていると言えるのか」

「昨年八月の棚卸の後からバックヤードの在庫整理と数量の把握を徹底したところ、過剰発注と過剰在庫が抑えられ、その効果で、商品のロスを一％削減しています」

発注の最適化による仕入れ値の圧縮や、品出しの動線見直し、値下げシール貼り付け作業の効率化……。稲毛店長は作業ロスの削減を中心に、地道な取組を説明してゆく。

「稲毛君、細かい話はいいから。人件費だよ、人件費はどれぐらい減っている？」

「……二％の増です」

「増えた？　それはおかしい。チェッカーの人時数《にんじすう》を相当減らしたんだから」

一年前からエブリ全店舗でセミセルフレジが導入されている。チェッカーが商品のバーコードをスキャンし、支払いは顧客が自動精算機で済ませる方式だ。

「稲毛君、吉祥寺店の人件費増加の原因は？」

「……惣菜売場のパート社員五名を準社員に登用し、パート社員を増員したためです」

「惣菜売場のパート社員五名を準社員に……？」

小田島は何のことやらといった体で視線を宙に漂わせた。

「お笑い実業団の五名です」

「それがあったか……。利益は減りました、人件費は増えましたでは、まずいだろう」

栄治は「ちょっと待ってください」と言いながら思わず立ち上がっていた。

「おや、娯楽事業開発室長どの」小田島は芝居がかった口調で言うと、栄治を見据えた。

「お笑い実業団の人件費は、承認いただいたはずです。なぜ今更そこを責めるんですか」

「専務に向かってそういう口のきき方は失礼だろうが」

声を荒らげたのは、立川店の横松だ。月見会の宴会で、小田島が稲毛店長の顔に日本酒を浴びせる様を笑って眺めていた。あの後、青果部門長から店長に昇進したのだ。

「まったく、言い訳がましい言動だな。スポーツマンとは思えないね」

「自分がスポーツ選手だった過去と、今の議論と、何か関係があるんでしょうか」

栄治はすかさず切り返した。横松は「もののたとえだよ」としどろもどろにごまかす。

「専務はなにも、人件費が増えたこと自体を責めていらっしゃる訳じゃないんだよ」

諭すように言う横松を、小田島は「代弁してもらわなくて結構」と冷たく制した。

「室長どの、残念ながら、本店の営業利益は一・三%の減だ。その事実は理解できるね」

小田島は否定し得ない事実で詰めてくる。

「はい、理解しています」

「せっかく有望な若手が来てくれているから、当たり前だけど大事な話をしておこう。会社には予算があって、それを達成するための計画がある」

全社の年間売上予算と利益予算が各店舗に配分され、店舗の各部門に割り振られた後、月別、日別に細分化される。それらの予算達成に向け、販売計画、人員計画を作る。

「月別、日別の計画は予算と連動する。予算が達成できずに人件費は増えているなら、理論上、人員計画が過剰ということだ。惣菜部門の対前年比はどうなの？」

小田島が切り込んでくる。稲毛店長が「端的に申しますと」と助け舟を出してくれた。

「三月～八月期を平均すると、売上はプラスながら、粗利は若干のマイナスです」

芸人プロデュース弁当の健闘で売上は増えたが、お笑い実業団の人件費が惣菜部門で計上されているため、粗利はマイナスになっている。

「芸人プロデュース弁当とか、勝手なお遊びみたいな企画をやってる場合かな」

苦言を呈したのは国分寺《こくぶんじ》店の店長だ。二重顎のこの男も、五月の月見会の場にいた。

「芸人プロデュース弁当は、本部の商品部に申請して決裁をもらいましたけど」

栄治が反論したところで、四代目が「あのさ」と初めて口を開いた。

「一店舗ずつの細かいこと話してたらさ、時間がいくらあっても足りないよ」

小田島が「お言葉ではありますが」と四代目のほうへ向き直る。

「吉祥寺店は要の本店です。本店が崩れれば、エブリは総崩れになります」

「おっかないなあ、オダさんは。分かったよ。でもさ、夢を売ってるんだよ」

また四代目の主語がない話が始まった。

「先代の頃からずっと、夢を追いかける人たちを応援してきたでしょう。本店のパートは今まで、芸人さんや、劇団員、バンドマン、マジシャン、色んな人が働いてくれてた」

どうやら本店のことを語っているようだ。

「それに本店の惣菜売場はね、大丈夫。ぼくが大ヒット商品を考えるから」

四代目が高笑いすると、店長たちは引きつった愛想笑いを浮かべた。

「次の議題は、本店催事場アキチーナの活用です。四代目、進めてよろしいでしょうか」

「いいよ、どんどん進めて、早く終わらせよう」

小田島は表向きは四代目の顔を立てながら、会議を進める。

「本件については株主様から再三ご指摘を受けており、五月の株主総会では、株主様にお笑い実業団でアキチーナを活用し、来店者数と売上・利益の増加に繋げてゆくことをご説明差し上げました。四代目のご人徳により、なんとか理解を頂いたところです」

小田島は三月～八月の半期決算報告にあたり、活動成果を株主に報告したいという。

「それでは、お笑い実業団の活動成果について、吉祥寺店から説明を。せっかくだから、娯楽事業開発室長どのに説明してもらおう」

皆の視線が栄治に集まる。稲毛店長が「樫村君は説明の補助で同席してもらっているので」と弁明する。その時「いいね！　やってもらおう」と声が上がった。四代目だった。

「あのさ、お笑い実業団のことを一番よく分かってるのは樫村君だからさ」

栄治は「分かりました」と受けて立ち、会議室のスクリーンに、稲毛店長と作った資料を映し出した。不思議と、緊張はしなかった。

「お笑い実業団は文字通り、お笑い芸人さんたちで構成する実業団で、半日を店舗業務に、残りの半日をネタ合わせやアキチーナでのライブなど芸人としての活動に充《あ》てています」

喋り始めてから、平常心でいられる理由がすぐに分かった。

笑わせる必要がないからだ。ライブの前説でアキチーナのステージに立った時の緊張感に比べれば、なんともない。

「これまでの活動実績です。グラフを使って説明します」

栄治はアキチーナライブの客数、芸人プロデュース弁当の売上推移などを説明していく。

「お笑い実業団には、スターダムを駆け上がっているコンビがいます。フリーターズです。アキチーナでライブを始めた当初、半年足らずで全国区のコンビが出るなんて誰が予想したでしょうか。そしてこの写真は、のらえもんのオモワングランプリ壮行会です」

壮行会の写真に、居合せる店長たちの顔色が少し変わったのを、栄治は見逃さなかった。

「開店前に従業員やその家族がこんなにたくさん集まりました。従業員が皆で応援し、誇りに思えるもの。これが、お笑い実業団です」

続いて、保育園との交流などの地域活動もスライドで次々と紹介してゆく。

「お笑い実業団はその活動を通じて今や、地域の方々にも愛されるようになりました。お笑いによって、アキチーナは地域とつながる場になっています」

説明を終えると、四代目が「いい報告だったねえ！」と叫び、拍手した。

それから「じゃ、今日はこれでおしまい！」と会議を終了させようとする。

そこへ小田島が「お待ちください」と割って入った。

「樫村室長どの、素晴らしい報告だが、残念だ。ここで議論しているのは、会社として利益をどう生み出すかだ。金額に換算できないものは利益とは呼ばないよ」

確かに、ビジネスは利益があって成り立つものだ。その点については反論できない。

「アキチーナの活用は、株主の皆様から突きつけられた重要課題です。現在お笑い実業団でアキチーナの活用を図っていますが、目に見える形で利益が出ていない以上、別の道を考えなければなりません」

小田島はそう言うと、エリアマネージャーに目で何やら合図を送った。

「商品部を中心に考案した、打開策を提案します」

スクリーンの表示が、お笑い実業団の説明資料から別の資料に切り替わる。

〈アキチーナ　マンスリー屋台プロジェクト〉

月極《つきぎ》めで、うまいものの屋台を入れ替わりで展開しようという企画だった。

「いま、アキチーナ由来の収入はゼロ。マンスリー屋台を展開すれば、少なくとも出店料が入ってきます。のみならず、本店の催事場でトライ&エラーを繰り返すことで実験場の役割を果たし、成功した商品は他店に展開できます」

小田島が力説する中、四代目が怒声を上げた。

「ダメ！　オダさんには任せっきりで頭上がんないけどね、これだけは絶対にダメ」

「四代目のお手は煩わせませんので」

「オダさんね、アキチーナでは物を売っちゃダメなの。知ってるでしょう！　万が一ぼくが許したって、先代が許さないよ。ああ、そうだよ、みんなの大好きな先代がね」

激昂する四代目。小田島は「ご安心ください」とひと際大きな声を発した。

それから、口の両端をぐにゃりと下げながら言った。

「先代は生前、この小田島に『アキチーナのことは任せる』と言い残されました」

エブリの理念ともいうべきアキチーナ。町のスーパーマーケットを一代で総合スーパーに育て上げたカリスマ経営者の意向は重かった。

「嘘だ！　死人に口なしだからって、でたらめを言うな！」

「確かに先代のお言葉なのですが……私ごときの口からでは、お疑いでしょうか」

小田島はへりくだりながらも、表情に不遜の色を滲ませている。

四代目は「もういやだ！」と叫んで猛然と立ち上がり、地団駄を踏んだ。

「あのさ、ぼくはね、社長なんてやりたくなかったの！　辞めたい、辞めたい！」

突然の錯乱に、居合せた店長たちは凍りついた。

「みんながぼくのこと何て呼んでるか、知ってるよ。はい、君、何て呼んでる？」

いきなり指を差されたのは立川店の店長、横松だ。強張った表情で「四代目とお呼びしておりますが……」と答えた。

「とぼけるなよ！」

四代目は「君、何て呼んでる？」「君は？」「君は？」と次々に店長たちを指差す。みな嵐が過ぎ去るのを待つかのように、下を向いてやり過ごす。

「うつけ……でしょうか」

栄治はいたたまれなくなり、申し出た。言えるのは多分、自分しかいないだろう。

「正解！　うつけです」

全員が凍り付いていた。ある者は下を向き、ある者はとぼけた表情で首を傾げている。

「邪魔だったらすぐにでも喜んで社長を降りるよ。でもね、アキチーナだけは誰が何と言おうと譲らない。アキチーナはずっと空き地なの！　そういうものなの！　帰る」

四代目は顔を真っ赤にし、肩を怒らせながら会議室を出て行ってしまった。

「どうしてあれほど頑なにこだわっておられるのだろうねえ……まずは、こうした活用策も検討していることを、承知おき願いたい。では、今日はこれにて」

小田島は店長たちに向かって解散を宣言する。

「クビにする気ですか。お笑い実業団を」

咄嗟に栄治の口を衝いた言葉が、小田島を引き留めた。

「まさか、クビにするなんて、そんな乱暴なことはできないよ」

小田島はへの字口の両端をひと際下にねじ曲げ、言葉を継いだ。

「正社員への登用を打診すればいいじゃないか。フルタイムで働いてもらったらいい」

「それは、辞めろと言っているのと同じです。エブリか芸人のどちらかを辞めろと」

気色ばむ栄治を店長の一人が「おい」と注意するが、栄治は無視して続ける。

「彼らはプロの芸人です。フルタイムの店舗業務との掛け持ちは極めて困難です」

ライブや営業の仕事、オーディションなどのチャンスはいつ入るか分からないのだ。

「ならばパート社員に戻って、うちで仕事を続けながら、前と同じように芸人としての活動を続けることだってできるじゃないか」

物事を自分の都合のよいほうへ引きずり込んでゆく。蟻地獄のような男だ。

「専務は最初からアキチーナを潰したくて、お笑い実業団の活動を黙認し、泳がせていたんですね。人の夢を弄ぶような真似は許せません」

「弄んでなどいないよ。うちで働きながら、芸人でも何でも続ければいい。夢だけで飯は食えないだろう」

「そんなことは分かっています。あなたたちよりよっぽど分かっているつもりです」

「じゃあ尚更、甘いと思わないかね。夢を追い続けます、フルタイムで働きながらでは無理です、でも社員並みの固定給をくださいっていうのは」

「自分も最初はそう思っていました」

特にのらえもんやロック春山など、夢にしがみつくあまちゃんだと思っていた。

「でも、生半可なことではありません。ものになるか分からない不安の中で、夢に人生を懸け続ける。皆さん、できますか？」

叶わないもどかしさ、仲間が成功した時の焦りや妬《ねた》み。栄治には痛いほど分かる。

「立派だと思うよ。芸人や歌手のような芸事の第一人者はみんな、売れない頃にバイト暮らしの貧乏暮らしで苦労して、その末に成功をつかんでいるだろう」

「貧乏暮らしは付き物というわけですか。それは思い込みです。エブリは本店で働く芸人たちを応援するためにお笑い実業団を始め、彼らの夢と生活を預かった責任があります」

だから、こんなパワーゲームの道具にされて、投げ出す訳にはいかない。

「意見は聞いておく。だがアキチーナの活用の問題とは切り離して考えねばならない。三代目の頃は聖域だった。今はもう聖域を設けている余裕はないんだよ」

空白が新たな価値を生み出す。カリスマ経営者だった三代目が掲げたこの理念は、右肩上がりの時代だったからこそ株主からも美談として受け入れられていた。

「今のご時世、売上も利益も右肩下がりです、でも催事場で物は売りません、なんて説明がつかない。あらゆる面で合理化をやり尽くして、初めて対外的な説明がつく。催事場で物を売らないというのは、常識的に考えれば非常に不合理だ」

「合理的であることが全てなのでしょうか」

これは、不合理の塊みたいなアキチーナという場所で戦ってきた栄治の実感だ。

「ひと昔前とは違って、三代目の神通力はもう頼れないんだ。アキチーナを空き地のままにしておきたいなら、数字で説明がつくようにするしかないよ、室長どの」

小田島は言い放つと改めて解散を宣言し、席を立った。他の店長たちも会議室から去っていった。

「いやあ樫村君、小田島専務にあんなに物を言うとは、すごい度胸だね」

稲毛店長と栄治だけが、会議室に取り残されていた。

「すみません、かっとなってしまいました。でもお笑い実業団には、芸人さんたちの人生を左右する選択をさせた責任があります」

「人間、変われば変わるもんだねえ。樫村君、最初はあんなに嫌がってたのに？」

稲毛店長は少し冗談めかして冷やかすように笑う。

「今の話、みんなにはどう伝えればいいでしょうかね……」

「そのまま話したほうがいい。人生を左右することだからこそ、ありのまま話そう」

夕方十八時過ぎ、栄治は稲毛店長と重い足取りで本部から店に戻った。

芸人たちは店舗業務を終え、バックヤードで稽古をしていた。

閉店後、稲毛店長がバックヤードの休憩室に皆を集めた。

「お笑い実業団のみんな、ちょっと聞いて欲しい」

猫市はエブリにゃんの着ぐるみに入ってふざけていた。両手で顔の部分を外してテーブルについた。

栄治も腹を決めて椅子に腰掛けた。

「今日の臨時店長会議で、アキチーナのことが議題に出ました」

「オーイエイ！　お笑い実業団のロックな大活躍で話題沸騰べイべーってところか！」

稲毛店長は「そうだったらいいんだけど」と前置きをしてから言った。

「このままだと、アキチーナもお笑い実業団も近いうちに、なくなります」

お笑い実業団の面々は、突然の話に困惑の表情を浮かべる。

「なんでですか。フリーターズが売れ始めて、これからですやん」

えもやんがもどかしそうに説明を求める。

「樫村君、説明を」

「丸投げ君やな」と猫市が笑う。

栄治はありのままを伝えつつも、余計な心配はかけないよう、言葉を選んで説明した。

「苦しい状況なのは事実ですが、店舗の売上や利益は、自分たちが店長と策を考えてなんとかします。皆さんは、芸人としての本分に軸足を置いて頑張ってください」

栄治は鼓舞しようと思って言ったのだが、みんな黙ってしまった。

「皆さんの本分はお笑いです。店のことは気にせず、自分や他の社員に任せて……」

「樫村さん、それは違いまっせ」

えもやんが栄治の言葉を遮った。

「うちらはエブリお笑い実業団です。芸人の仕事と同じく、店の仕事も本分や思てます」

「えもやんさん……」

「よく、芸人は居心地のええバイトに安住したらあかんとか言われます。せやけど、うちらはお笑い実業団。会社の仕事も全力でやってこそ、芸にも打ち込ませてもらえる」

えもやんは熱っぽく語った。

「次は、俺らの番や。いつも店のみんなに助けられて、お笑いを続けさせてもろてる。今度は俺らがこの店を助けなあかん。どうやろう」

「そりゃそうだよ。俺たち自身、ここがなくなっちまったら困るしな」

春山の言葉に、ピカソーメンも「はい、困ります」と頷いた。

「よっしゃ、どうやったら売上や利益に貢献できるか、考えようや」

えもやんが意気込む。栄治は胸がいっぱいになる一方、本当にこれでよいのか迷う。

「俺はそういうの、ごめんや。会社のためやとか、俺には関係ない」

猫市がきっぱりと言い切った。

「ネコ、お前、どんだけ不義理なこと言うてるか分かってるんか」

立ち上がらんばかりのえもやんを、栄治はなだめた。

「いや、ネコさんはエブリの社員ではないので、気にせず芸に専念してください」

「樫村、そういう話やあれへんぞ」

「え？」

「会社のためやなくて、応援してくれてる人らのためや。俺にも、何かさせてくれ」

猫市はいつになく真剣な眼差しで言った。

その時、売場から戻ってきた亜樹が「おつかれさま」と休憩室を覗き込んできた。

「ちょっと、そんな格好でなに深刻な顔してんの」

亜樹は猫市を見るなり吹き出した。クビから下だけエブリにゃんの着ぐるみをまとって座る猫市の姿をスマホで撮り、大笑いを始めた。

「まじウケるんだけど！　ヒメ様に見せちゃおうかな」

「なんでリカに見せんねん」

「好きな人に面白いところ見せたくない？」

「何言うてんねん」

皆、猫市と亜樹の掛け合いを苦笑いで聞いている。

「バレてないと思ってたの？　気があるのバレバレだし、咲子さんがみんなに喋ってるよ」

猫市は「あのおばはん……」と忌々しげに呟いた。

「ちゃんと好きになった人には下品なこと言ったりしないんだね。少しだけ見直したよ」

「はよどっか行けや。何しに来てん」

「そうそう、四代目が来てるよ、ほら見て」

亜樹が店内の防犯カメラのモニター画面を指差す。警備員の男性に連れられ、閉店後の売場をキョロキョロ見て回る四代目の姿が映し出されている。

「不審人物やな」

猫市がモニター画面を見ながら笑う。間もなく四代目がバックヤードに入ってきた。

「あのさ、いまピンチだからさ、今日はみんなに秘策を明かそうと思ってさ」

開口一番、秘策の発表を宣言するなり、リュックサックをテーブルの上に下ろした。

「秘策いうたかて、どうせロクなもんやないやろう」と流そうとする猫市。

「教えてください。お願いします」

栄治は懇願した。すると四代目はリュックサックから小包サイズの段ボール箱を取り出した。

「じゃーん」

四代目は段ボール箱の封を開けた。中には銀色の四角いマイクがひとつ入っていた。

「おおっ、サンパチや」

　えもやんが段ボール箱の中を覗き込み、驚いた様子で呟いた。

　栄治は何のことか分からず「サンパチ？」と訊ねた。

「テレビで漫才見ると、四角いマイクが立っとるやろ。あれ、サンパチマイクいうねん」

　猫市の説明にピカソーメンが「ソニー製C-38Bで、サンパチです」と補足する。

　一本二十万円近くする高性能のマイクで、離れた音も拾うので漫才で広く使われる。テレビのネタ番組などではおなじみのマイクで、漫才のアイコン的存在となっている。高額なので、大手の劇場ならば買えるが、普通のライブハウスではなかなか見られない。

「で、四代目、秘策を教えてください」

　四代目は「だからこれが秘策だよ。大型設備投資」とサンパチマイクを指す。

　皆、目が点になった。えもやんは「そりゃあ、サンパチマイクは嬉しいですけど、半年も引っ張った秘策が、これですか？」と困惑する。

「サンパチマイクでアキチーナの価値が一気に上がって、お客さんがドンドン増えるからね。マンスリー屋台企画なんて言わせない。サンパチマイクがアキチーナを守る！」

　的外れだが、アキチーナを守りたいという情熱だけは伝わってくる。

「四代目は、なぜそんなにアキチーナにこだわるんですか」

　素朴な疑問が栄治の口を衝いて出た。本来ならばスーパーの催事場で物を売るのは当然のことだ。空き地であることにこれほど執着するのはなぜだろう。

「なぜって……好きだからだよ」

四代目はポツリと言った。

役員の集まる会議などで口にすれば、失笑を買うような言葉かもしれない。そう思いながらも栄治は「好きだから」というシンプルな理由を心の中で反芻《はんすう》していた。

「ぼくが小さい頃からさ、アキチーナって、あのまんまなんだ。それでさ、昔は仮面ライダーとか戦隊ヒーローのショーが来たり、ピエロが来たりさ、ぼくは時々、エブリにゃんの横で風船を配るのを手伝ったりね」

吉祥寺で生まれ育った四代目は、小学校に上がるや、沢渡マーケットのおぼっちゃんだとからかわれた。七歳の時に今の吉祥寺本店が完成し、総合スーパーの『エブリ』としてスタートした。

「親父はさ、みんなから尊敬される人間でさ、『空白が新たな価値を生み出す』なんて理念でアキチーナを作ったけど、ぼくにとっては子供の遊び場だったんだ」

小学校からの帰りに店に寄っては仕事を手伝うのが楽しかった。パートのおばちゃんたちは、何か手伝う度に「そうちゃん、ありがとうね」とほめてくれた。

「それでね、手伝いに飽きたらさ、アキチーナで遊ぶんだ。あの頃は近所の子供がいっぱい来て遊んでた。けん玉やったりべーゴマ回したり」

小学校で「おぼっちゃん」とからかわれていた四代目は、遊び場のガキ大将になった。

「休みの日になると家族連れがいっぱい来るからさ、親が買い物してる間、子供はアキチーナで遊ぶんだ。小さな子から大きな子まで、一緒になって」

中学、高校と進むにつれて店にはあまり行かなくなったが、吉祥寺本店が四代目の育った場所であることに変わりはなかった。その間、エブリは店舗数を増やしていった。

四代目は後継ぎ修業として、三代目の命により店でアルバイトをさせられた。

その後も陰でうつけの四代目と言われながら、経営を勉強する名目で海外に留学し、取引先の食品卸会社でも働いた。創業家の御曹司《おんぞうし》として、武者修行に出されたのだ。

「いつも進む道は親父が決めた。親父もバカ息子に箔を付けるのは大変だったろうね」

本店の副店長からエブリでのキャリアをスタートした四代目は、箔付けの修業から戻ってくる度に店長、エリアマネージャー、取締役、専務と昇格していったという。

「ぼくね、社長になるの嫌だったし今も嫌だけど、吉祥寺本店は子供の頃から好きなんだ」

栄治は四代目の言葉に自分を重ねた。父親が敷いたレールの上を歩かされているのは嫌だった。でも、自分も、野球が好きだった。確かに好きだったのだ。

「今も社長なんてすぐにでも投げ出したいよ。ああ、戦力外通告して欲しいよ」

四代目は栄治のほうを見ながら、疲れたような笑みを浮かべた。

「でもさ、アキチーナが潰されるならさ、もう少し居座ってたほうがいいかな。とにかくぼくは空き地のアキチーナが好きなんだ。あそこに屋台を置いたらお金は入るかもしれないけど、それじゃもう、アキチーナじゃなくなっちゃうから」

結局四代目がアキチーナを残したい理由は「好きだから」の一言に集約されていた。

猫市が「ええやんか」と呟いた。

「好きやから。十分理由になっとるやないか。俺かて、もし『なんで芸人やってるん』て聞かれたら、好きやからとしか答えようないわ」

えもやんが「もしかすると、先代も同じやったのかもな」と口を開いた。

「先代も前の店が好きやっただけちゃうかな。古きよき八百屋の頃から店を手伝うてきて、店が大きくなってからも、この場所を残したい思うたのかな」

えもやんが想像を広げる。なるほど、アキチーナは創業家四代の夢の空き地なのだ。

「ほな、みんなで店の売上を回復させようや」

「おお、俺も参加するで。ただし、雇われへん。俺はこれを着て客寄せキャットやるわ」

猫市はエブリにゃんの着ぐるみを指差して豪快に笑った。

「せや、サンパチマイク、せっかくやからアキチーナにセットしてみいへんか?」

えもやんの提案で、皆でアキチーナへ繰り出した。

誰もいない閉店後の売場は、広く見える。アキチーナのステージの真ん中に、サンパチマイクを立ててみた。皆で客席から、サンパチマイクのあるステージを眺める。

「いいじゃんか。サンパチマイクのあるスーパーって、なかなかロックだね。ネコとえもやんで、飛び出しやってみなよ」

「どうも、のらえもんですー！」

えもやんと猫市は、サンパチマイクの両側に立った。

スーパーの催事場のステージで、サンパチマイクを挟んで立つ漫才師二人。

栄治は、二人がサンパチの前に立つ姿を、過去のライブ映像で何度か観てきた。しかし、アキチーナでその姿を目にすると特別なものに感じた。

「やっぱ、サンパチがあるとステージがビシッと締まるなあ！　ボルテージ上がるぜ」

春山が興奮を抑えきれず大はしゃぎしている。

「織田信長っておるやろ。あいつ若い頃『うつけ』って呼ばれててんな。アホやってたてん」

猫市が徐にネタを始めた。四代目の前で、きわどいネタを選択する。

「敵も味方も油断させるためにアホの振りしとってんな」とえもやんが続く。

「そんな、うつけの信長がキレ者やと判明するのが、なんと言っても桶狭間《おけはざま》の戦いや」

「出た、桶狭間の戦い。敵の大将今川義元《いまがわよしもと》が攻めてきて大ピンチやってんな」

「せや、その時、信長はこう言うた」

「おお！　なんや」

「一発逆転！　桶狭間どえええす！」

「ただのアホやないか」

白目を剝いて叫ぶ猫市に、えもやんがツッコむ。栄治はハラハラしながら見ていたが、四代目は声を上げて笑っている。

「かっこいい……」

亜樹が呟いた。閉店後のスーパーの真ん中でサンパチマイクを挟んで漫才をする二人は颯爽としていた。

のらえもんのネタを観ている間、栄治のズボンのポケットで、スマホの通知音が何度も鳴った。ネタが終わり、スマホを確認すると、SNS『ツブヤイター』からの通知が百件以上入っていた。栄治は目を疑う一方で思わず叫んでいた。

「ピカソさん！　動画がすごいことになってます」

〈料理はアート！『絵描き芸人ピカソーメンのジャンク料理レシピ』〉

テレビで人気の女性料理研究家がSNSで紹介し、急速に拡散されたらしい。ネットのコメントは総じてピカソーメンのちぐはぐな創作活動を面白がっている。なぜスナック菓子料理とアート？　無駄に絵が上手い。才能の無駄遣い……。

「栄治さんに『才能の無駄遣い』と言われてから、それが自分の芸風なんだと思ったんです」

ピカソーメンは動画の反響に浮かれる様子もなく、淡々と振り返る。

「すごいなピカソ！　お祝いに、サンパチの前で俺と漫才やってみようぜ」

「なんでロックさんとやらなきゃなんないんですか」

ピカソーメンは嫌々の体《てい》で答えるが、まんざらでもなさそうにステージへ上がった。

「どうも、ロックンピカソです！　おい、ピカソ、才能の無駄遣いだー！」

春山がいきなりベタなツッコミを入れた。

「やっぱ二人とも漫才師には見えへんなあ。生粋《きっすい》のピン芸人や」

猫市にツッコまれ、春山が「桶狭間どえええええす」とのらえもんのネタでおどけてみせる。四代目もステージに上がってサンパチマイクの前で「桶狭間どえええええす」と叫んだ。

「本物のうつけは貫禄がちゃうねんなあ」と笑う猫市。それから代わる代わるサンパチの前に立って「桶挟間どえええええす」と叫ぶ謎の遊びが始まった。

指差し合って笑い合う芸人たち。

いい大人が何をやっているんだろう。いい歳をして、いつまで何にしがみついているんだろう。そんな風に思っていた。

でも彼らはただ、今を思い切り面白がっているだけだ。

過去の失敗も笑いに変え、将来への不安は笑い飛ばし、その時々の「今」を清々《すがすが》しいまでに面白がって生きている。

栄治が彼らに心を許し、だんだん惹かれていった理由は、そこにあるのかもしれない。

＊

エブリ恒例、水曜特売の朝。

今週の水曜特売は、エブリ吉祥寺店にとっていつにも増して特別な日だ。

八月までの半期決算の低迷を受け、各部門でテコ入れの作戦を開始することになった。

朝礼で、稲毛店長から「アキチーナでの屋台出店の計画が浮上している」「次の半期の売上と利益が、お笑い実業団の存続に関わる」旨が伝えられた。

「みんなで一丸となって、アキチーナとお笑い実業団を守りましょう！」

稲毛店長が全体朝礼を締めくくった。

えもやんは惣菜売場の持ち場についた。芸人を続けていられるのは、エブリの皆のおかげだ。いつも店舗業務を途中で抜ける自分たちを快く送り出してくれる。毎月の固定収入ができ、芸に打ち込めるようになった。次は、自分たちが栄治やエブリの皆のために力を尽くす番だ。

開店を前に、稲毛店長が惣菜売場を訪ねてきた。

「店のみんなの顔つきが変わったね。今うちの店は、共通の目的で結束してる」

稲毛店長と栄治で「好きな物を全力でお勧めして売りまくろう」という方針を立てた。

「ぼくは昼食時に、サイコロカツ丼を売りまくります」

えもやんは、ピンマイクを着けての実演販売を試みることにした。

「サイコロカツの卵とじ、いっぱい仕込んであるわよ！」

咲子さんが声を上げた。エブリのカツ丼は今月から進化した。一口大に切った肉を揚げて卵と煮ることで、カツが柔らかく、ジューシーになる。子供からお年寄りまで食べやすいサイコロカツ丼は、全国のスーパーが競い合う惣菜コンテストに出品が決まっている。

えもやんは初めてサイコロカツ丼を食べた時、これは売れると直感した。

「あー、眠たいわ」

猫市扮するエブリにゃんがくぐもった声でぼやきながら入ってきた。

「おいネコ、お前、お客さんが入ってきたら、喋ったらあかんで。お前は今、野良猫市やなくてエブリにゃんなんやから」

「おお、まかせとけ。客寄せキャットや」

猫市は遊撃部隊として、エブリにゃんの着ぐるみに入って店内を巡回する。本人は張り切っているようだ。着ぐるみに入って遊んでいるうちに、気に入ってしまったらしい。

「レディース・エンド・ジェントルにゃん、エブリにゃん！」

叫びながらポーズを決める猫市。

「喋んなって言うとるやろ」

動きが冴えている。やはり天性のパフォーマーなのだと感心するばかりである。

「今日はサイコロカツ丼を売りまくりましょう。よろしくお願いします」

栄治の掛け声で、惣菜売場の面々は各自の作業に入った。えもやんは、無心でサイコロカツ丼を盛り付け、特設の平台に陳列した。

開店するとすぐに多くのお客が押し寄せ、売場のメイン通路を回遊し始めた。そこに、ピンマイクを着けた栄治が平台の前に立った。

「皆様、エブリ吉祥寺店にご来店、誠にありがとうございます。本日のオススメメニューを惣菜売場担当、お笑い実業団のえもやんからご紹介します」

えもやんは猫市扮するエブリにゃんと共に平台の前へと進み出た。

「今日のイチオシは、カツ丼でございます。朝から重たいなあと思ってらっしゃるそこのお客様、この小さくて可愛いサイコロカツは、朝から食べても胃もたれしません」

えもやんはサイコロカツの美味さを力説した。衣はサクサク、肉は柔らかでジューシー、プルプルの卵でとじてある。適量のご飯につゆを絡めて食べるのが絶妙。

「なになに、エブリにゃん、食べてご覧に入れるのが一番？」

えもやんは、エブリにゃんに耳を寄せ、芝居を打つ。

「お客様より先に食べるのは心苦しいですが、これぞ実演販売いうことで、失礼します」

えもやんはカツをひと切れ頬張り、表情と間と唸り声だけで美味さを表現した。

エブリにゃんが「ぼくにもちょうだい」という身ぶりで、お客を笑わせる。

「来月の全国惣菜コンテストで優勝する、サイコロカツ丼、試しにカツだけでも召し上がってください。小さく切ってありますからね」

つまようじに刺したサイコロカツを差し出すと、お客が寄ってきて次々と手に取っていく。皆「柔らかい」「美味しい」と感想を口にする。

「そういえば今日はあの人はいないの？　いつも一緒に漫才やってる、ネコちゃん」

初老のご婦人がえもやんに訊ねた。

「彼はエブリの社員やないんです。ライブの時だけ……」

説明しようとすると、ご婦人が「わっ」と後ろにのけぞった。

「俺、ここにおるけど」

隣を見ると猫市が頭の部分を両手で取り外し、素顔を露わにしていた。

「お前、なにしてくれとんねん！　勝手に脱皮すんなや」

「お前こそ、なに美味そうに食べとんねん」

エブリにゃんのまさかの〝脱皮〟に、騒然となった。

そしてまた猫市は頭部をかぶり直し、エブリにゃんに戻る。売場は笑いに包まれた。

えもやんは実演販売に徹し、咲子さんやその他のメンバーは加工室と売場を慌ただしく往復しながら商品を補充し続ける。

スナック菓子の売場では特設の平台にピカソーメンのレシピ動画で使った商品を並べ、タブレット端末で動画をリピート再生した。「話題沸騰！　スナック菓子で作るピカソーメンのジャンク料理」というのぼり旗の横に「華麗なる才能の無駄遣い」と記した。

このコーナーの効果で、スナック菓子の対前年比は日に見えて上がった。

昼ピークを迎える前、栄治がマイクスタンドを担いでアキチーナのほうへと走ってゆく。栄治のアイデアで、アキチーナライブの無い日は、時間を限定してステージにサンパチマイクを立て、記念撮影コーナーにしてしまおうということになった。

正午を過ぎると、勤め人や学生たちが昼ご飯を買いに来た。

〈漫才の象徴、サンパチマイクがアキチーナに初上陸！　サンパチマイクと記念写真を撮って、SNSに投稿しちゃいましょう！〉

ステージ脇に置いたCDラジカセから、亜樹の案内放送がリピートされている。

アキチーナを通りかかった人たちが、物珍しそうにサンパチマイクを眺める。

サンパチマイクを挿したスタンドに大きな蝶ネクタイを飾り付けてある。そして漫才師の顔はめパネルを立て、思わず記念撮影したくなるセットを演出した。

「サンパチの前で写真を撮れるのは、全国でも大阪のナニワ風月ホールと、ここだけ！」

えもやんが希少価値をアピールすると、弁当を買いに来た人たちが、代わる代わるサンパチマイクの前に立っては写真を撮り合っていった。

昼ピークを終えると、栄治が現時点の売上状況を皆に報告した。

「売上の前年同日比は……プラス〇・五％です」

惣菜売場の面々から、安堵と落胆の入り交じったような声が漏れた。皆の士気と売場の賑わいから、もう少しいっているのではないかという期待があった。

「プラスは達成したので上々です。それに、サイコロカツ効果で客単価は上がってます」

栄治がストアコンピューターを見ながら分析し、皆を鼓舞する。

夕方ピークも、サイコロカツ丼は上々の売上を見せた。他の売場も、惣菜売場の奮闘に引っ張られるかのように、渾身のプロモーションを展開。

まるで違う店に生まれ変わったかのような熱気に包まれていた。


十八時過ぎ、アキチーナには制服姿の高校生が集まってはしゃいでいた。

猫市扮するエブリにゃんがサンパチマイクを前にポーズをとり、部活帰りらしき高校生たちと一緒に写っている。かれこれ一時間以上続けて着ぐるみに入りっぱなしだ。

えもやんはステージに上がり、声を掛けた。

「はい、皆さん、エブリにゃんは休憩に入ります」

高校生の一団が去った後、えもやんがサンパチマイクを撤収しようとしたその時だった。

「えもやんさん、おつかれさまです」

ステージの下から声を掛けられ、えもやんは振り向いた。

買い物袋を提げたグレーのパンツスーツ姿の女性がステージの下に立っていた。

「ヒメ様……？」

スーツ姿のため、本当にヒメ様なのか一瞬迷った。

「お久しぶりです」

やはりヒメ様だ。就職が決まったのか、それとも面接か何かの帰りか。えもやんも猫市も、ヒメ様と会うのは半月ぶりだが、ずい分長い間会っていなかったように感じる。

「おい、ネコ、ヒメ様やで」

着ぐるみの中から「ホンマか」と、猫市のくぐもった声が聞こえる。

「このマイク、テレビの漫才でよく見るやつですね」

「サンパチマイクいいますねん。どうです、写真撮りましょうか」

えもやんは、ヒメ様のスマホを預かり、サンパチを挟んで並ぶヒメ様とエブリにゃんを撮った。ついでに自分のスマホでも一枚撮った。猫市のためだ。

「リカ、久しぶりやな」

猫市は、エブリにゃんの中から言った。ヒメ様は「ネコさんですか？」と訊き返す。

「せや、俺や。いや……今はエブリにゃんや。元気そうやな」

「はい、再就職活動を始めました」

「ホンマか。いよいよ再起動やな」

「皆さんのおかげです。笑わせてもらって、元気になりました。ありがとうございます」

えもやんは自分たちの仕事が報われた気がして、危うく涙しそうになった。

猫市は「あんな……」と、何かを言いかけて止めた。

「俺ら、もっとおもろうなるで」

「のらえもんさんは、今でもすごく面白いですよ」

「いや、もっとや。リカをもっと思いっきし笑かしたる」

ヒメ様は気づいていないだろうが、猫市にとってこれは愛の告白に等しい。猫市は、一人の女性のために「お前を笑かしたる」みたいなことを言う男ではなかった。

「お前、エブリにゃんの頭外したらええがな。せっかくヒメ様が来てくれてんのやから」

「いや、俺は今、エブリにゃんやから」

「訳分からん、さっきドヤ顔でガバーッて外しとったやろ」

「ええねん。このままでええねん」

照れ隠しなのか、猫市はエブリにゃんの頭部を外そうとしない。

「のらえもんさん、オモワングランプリの三回戦、明後日ですよね。頑張ってください」

「決勝行ってみせたるから。ほんで、思いっきり笑かしたる」

猫市の言葉に、ヒメ様は陽だまりのような笑顔で「楽しみにしてます」と答えた。

バックヤードに戻り、えもやんはさっき撮った写真を、猫市に送った。

「ツーショット写真や。大事にとっとけや」

猫市は写真を眺め「就職したら、来られへんようになるやろな……」としみじみ呟いた。

「好きなんやろ。言うたらええがな。こういう時こそ、ちゃんと言わな」

「言われへん。天罰や。俺は今まで、いろんな女にひどいことしてきた。せやから、ホンマに好きな子が出来たら何も言われへんねん」

えもやんは心の声で「アホか」とツッコんだ。

「ほなとりあえず、約束通りあの子を思いっきり笑かしたろうや」

「おお、せやな」

この日を境に、ヒメ様はぱったりとエブリに姿を見せなくなった。

＊

十一月第二週の金曜日、夕方の新宿駅の駅ビルは、スーツ姿の勤め人たちが行き交う。

オモワングランプリ三回戦は例年通り、新宿駅直結の商業施設にある大きな劇場で開催された。大阪と東京で足掛け七日間にわたる三回戦。のらえもんは過去十回の挑戦のうち、三度は準々決勝まで進出したが、残りはこの三回戦で敗退している。例年、有力視されたコンビがここで姿を消すことも珍しくない。オモワン戦士たちにとって鬼門の戦いだ。

劇場の入口で受付を済ませ、エントリーナンバーのシールをもらい、楽屋へ入る。

えもやんは、猫市と楽屋の隅で壁に向かって並んで立ち、小声でネタ合わせをする。

三回戦になると、アマチュアが多かった一回戦とは緊張感が違う。楽屋は不気味なぐらい静かだ。モニターに、ステージの様子が映し出されている。芸歴二年目で売り出し中の若手コンビ『ジャンジャカジャンキー』がこの日一番の笑いを取っている。業界最大手・コトブキ芸能の養成所を首席で卒業し、天才の呼び声が高い。

猫市は徐にモニターへ近付き、ジャンジャカジャンキーのネタを観始めた。

ネタ合わせをしていた他のコンビたちも、何組かがモニターに視線を送っている。

「このジャンジャカジャンキーいうガキら、えらいウケとるな。いくつやったっけ」

「確か十九やったと思うで。芸歴二年目や」

えもやんは答えながら思わず笑ってしまった。

「えげつない才能や。ばけもんやで」

ジャンジャカジャンキーはこれでもかとボケを詰め込み、スベり知らずで笑いをかっさらってゆく。ネタの終盤には畳みかけるような連続ボケで、客席の笑いが大爆発した。

猫市はモニターの前で「えげつないな」と笑っている。

二回戦までの自分たちならば、他のコンビの出来栄えに焦り、審査員の印象を勘ぐり、心がぶれていたことだろう。だが、今は「平常心でいよう」という力みすらない。栄治に励まされ、エブリの従業員やお客さんからの応援を受け、二人は変わった。

栄治は店舗業務を優先し、会場には来ていない。栄治には、必ず通過するから安心して待っていて欲しいと言ってある。

前半の出演者のネタが全て終わり、中MCに入る。

オモワンの予選では、芸歴十五年目を超えた中堅クラスのコンビがMCを務める。この日、東京会場のMCは芸歴十八年目のコンビ、オムライスの二人。

後半に出番を控えた芸人たちが、衣裳に着替えながらモニター画面を眺めている。

「俺らもそろそろ着替えるか」

着替えながら、モニター画面に流れるオムライスの中MCに目を向けた。彼らの衣裳はいつも通り、ツッコミの芝原は黄色のスーツ、ボケの早川は赤のスーツを着ての登場だ。

〈オモワンっていうのはプロもアマチュアも問わず出られる賞レースですけども、なんと今年はエントリー数が七千組を超えてます！〉

芝原が言うと会場が「おお」とどよめく。

〈そしてこの三回戦に進んだのは、約三百組です。いよいよ絞られてきました〉

〈七千組もあるとね、色々なコンビがいます。一回戦では、テンカウントさんの漫才をそ

のまんまパクってやってたコンビもいたらしいですね〉

驚きの声が上がり、早川が〈これ、本当の話らしいですよ〉と強調する。

〈まあね、星の数ほどいるコンビ、全国でプロアマ含めて何万組といわれますけど、どのコンビも最初に悩むのが、なんといってもコンビ名。これがまあ、えらい悩むんですよ〉

今日のオムライスは、笑いを取りに行っていない。その代わり、漫才や芸人というものへの興味をそそる話題を選んで、客席に語りかけるようなトークを展開している。

〈ぼくらもどんな名前にしようか何日も悩んだ末、オムライスでいいやってなったんです。その日たまたま芝原が黄色のシャツ着てて、ぼくが赤のシャツ着てて〉

自分たちのコンビ名のいきさつを語った後、有名コンビの名前の由来を紹介してゆく。

〈アマチュアの方のコンビにも、面白いコンビ名がいっぱいですね〉

〈本当に、コンビ名を見てるだけでも面白いんですよ。今回の大会で気になったのを一部紹介しますと、内容がないよーず、晴れのちゴミ、キャットフードチャーハン……。どういう話し合いを経て決まったのか、由来を聞いてみたくなりますね〉

オムライスは緩いトークで客席をほぐす。四十組のネタが続く長丁場の合間に出て来て、客席のテンションをほどよく保つ。ＭＣの役割に徹した、プロの職人芸だ。

〈あーあ、俺らもまたオモワンに出たいなあ！〉

〈芝原、俺いいこと思い付いた。コンビ名考え直そう。俺たちも解散してコンビ組み直し

たらオモワンに出られるだろ〉

〈おお、その手があったか……って無理だよ。それが出来たら、みんなやってるよ〉

猫市は表情を変えず、モニター画面をじっと見ている。

〈じゃあ、オムライスっていうコンビ名の時を巻き戻せば、また出られるんじゃない？〉

〈コンビ名の時を巻き戻すって、どんなんだよ〉

〈オムライス改め、生玉子とケチャップご飯〉

〈絶対に売れねえよ。それでは、後半戦も、お楽しみください〉

トークを終え、拍手の中を舞台袖へとはけてゆく。

後半ひと組目のネタが始まり、まもなくオムライスの二人が楽屋に戻ってきた。

えもやんは、なぜか胸に込み上げてくるものを、すんでのところでこらえた。

「この人らも、お笑い好きなんやな」

コトブキ芸能の後輩芸人たちが「おつかれさまです」と口々に声を掛けている。芝原がこちらに気付いた。えもやんは慌てて「お久しぶりです」と頭を下げた。

芝原が猫市に向かってつかつかと歩み寄り、猫市の胸倉をつかんだ。

「こんなところで会うとはな」

「絡んでくんのは、ネタが終わってからにしてくれへんか」

「あ？　減らず口叩きやがって」

えもやんは二人の間に割って入り、芝原に懇願した。

「たのんます、芝原さん。うちら十五年目で、もう後がないんですわ」

芝原の相方・早川も割って入る。芝原は渋々の体で猫市の胸倉から手を離した。

「さっきの話、めっちゃ心に染みましたわ」

「なんだ、おい？　野良猫が飼い猫になって、すっかり丸くなったか」

「オムライスになったら生玉子とケチャップご飯には戻られへん。コンビはそういうもんや思いましたわ」

「お前、俺らのことおちょくってんのか」

「絡む代わりに俺らのネタ観たってください。おもんないと思ったら、クソみそ言うてくれてかまへんから」

猫市が言い終えたのと同時に「九〇四番、のらえもんさん、いらっしゃいますか」と女性の声がした。大会の運営スタッフが呼びに来たのだ。舞台袖への移動を促される。

「ここで観ててやるよ」

芝原は仏頂面でモニター画面の前の椅子にどんと腰を下ろした。相方の早川が「早く、行って来い」と送り出してくれた。

猫市は「相変わらず感じ悪いおっさんやなあ」と、ぶつくさ言いながら楽屋を出た。

「オムライスのためにも頑張ろうや」

口を衝いた言葉は的外れな気がしたが、本心だった。もうオモワンに出られないオムライスの分も、十五年目の自分たちが奮闘したい。理屈を超えた思いが芽生えていた。

黒い暗幕をくぐり、舞台袖に入る。オモワングランプリのロゴをあしらったパーティションの隙間からスポットライトに照らされたステージが見え、出演者の声、客席の笑い声が聞こえてくる。キャパ五百人の客席は、満員御礼になっている。

前の組が終わり、運営スタッフが「お願いします」と飛び出しのゴーサインを出した。

「どうも、のらえもんです」

客席の最前列に弥生と咲子さんの姿が見えた。後方にもエブリの人たちが何人か観に来てくれている。応援してくれる人たちを思い切り笑わせたい。その気持ちで臨めば、自ずと結果はついてくる。吹っ切れて、長年の鉄板ネタをオモワン用に改造して臨んだ。

「俺な、子供の頃警察官になりたかってん」

「なったらええがな。力士でも警察官でも」

「なんで力士との二択やねん」

「じゃあ、俺が不審者やったる。江本は警察官な。どすこいポリスや」

「DJポリスみたく言うな」

立ち位置を直し、警察官と不審者のやりとりに入る。挙動不審な猫市の仕草に、早くも会場が笑いさざめき出す。今日はお客の顔がよく見える。一人一人の笑顔を見渡す。その瞬間、自分たちが見失っていたものはこれだと直感した。心も体も、軽くなった。

「ちょっとすんません、お訊ねしてよろしいですか？」

「あ⁈　なんやねん！」

血走った眼でえもやんを睨んでくる猫市。叫ぶ声もキレている。絶好調だ。

「職務質問いうて、防犯のため色々と質問させてもらいますねん」

「ほんまか！　クイズか。おもろそうやな、わくわくしてきたわ」

「職質でわくわくするやつあんまおらんけどな」

「当たったら賞品出るんか？　なんやろな、楽しみやなあ」

子供のようにはしゃぐ猫市。えもやん扮する警官はうんざりした表情で質問を始める。

「ほな……まず、職業は何をしてはりますか？」

「無職！　ほな、次、俺が問題出す番や」

「いやちょっと待って。お兄さんの番とかないねん」

諭すえもやんを意にも介さず、猫市が「では問題」とクイズを始める。えもやんは「始めんな」とすかさずツッコむが、猫市は無視して問題を出す。

「おまわりさんの職業は何でしょう？」

「おまわりさんや！　自分で『おまわりさんの』て言うてもうてるやん」

最初の中ボケとツッコミで、ひと際大きな笑いが起こった。

「お兄さん、名前は？」

「さあ、当ててみい？　分かるかな？」

「分からんから聞いてんねん」

「ヒント、漢字で、大きい麻と書きます」

「大きい麻……おおあささん？　まさか、たいまやないやろからな」

「ブー！　おおあさでも、たいまでもありません」

「ほな、なんて読みますのん」

「正解は、マリファナや」

「どんなキラキラネームやねん。で、苗字は？」

「苗字や。大きい麻と書いてマリファナ言う苗字やねん」

「どんな苗字やねん。何か身分証明できるもんあるか」

猫市がカバンから何かを取り出して「ほれ」と手渡してくる。もちろん、カバンも何もないが、猫市が演じるとそこに本当にカバンがあって、中身を開けているように見える。

「なんや、これ」

「中学校の卒業アルバムや」

「なんで卒アル持ち歩いてんねん」

「ほら、この時の写真、こんなに楽しそうでしょう？」

猫市は隣で両手の人差し指で顔の周りに四角の枠を作り、写真の中の顔を演じる。

「卒アルの顔やないで。完全にラリってますやん」

「これな、給食で牛乳二本キメたった日の写真やねん」

「牛乳『キメた』とか言わへんから。ではマリファナさん……なんか調子出えへんな」

「呼び辛いんやったらあだ名でええで。下の名前ひろしやから、ヒロポンて呼ばれとる」

「あだ名も薬物やないか」

「俺に夢中になった女の子たちは、ヒロポン中毒とか呼ばれとったわ」

「太宰治《だざいおさむ》か。で、マリファナさん、いまどこへ行こうとしてました？」

「どこやろ……。俺はどこから来て、どこへ行こうとしとるんや？」

「コンビニやら、家やら、今どこへ行こうとしてたか答えてくれたらええねん」

「強いて言うなら……あの世、やろか」

「哲学者か」

「生まれてきたもの、みな死ぬやろ？　あの世は共通の行き先や」

「この人ヤバいな。マリファナさん、訊かれたことにちゃんと答えてくれ」

「やかましいわ！　人間だれしも生まれた時から、一秒一秒、あの世に向かって歩いてんねん。せやから今を大事にせなあかんのやろ？　ほな訊くけどな、おまわりさん、何のために生まれててん？　何を見て喜ぶ？　分からないまま終わる？　そんなのは嫌やろ！」

「アンパンマンやな！」

「正解！」

「まだクイズやっとるんか！」

「顔がビニール袋でやな、中に液体が入ってて、頭にストローが刺さってんねん。『さあ、ヤンキーマン、ぼくを吸って、楽しい気分になるんだ』。スー、ハー、スー、ハー」

「それ別のアンパンや」

「ヤンキーマン、ストロー咥えてスーハー、スーハー。その隙にアンパーンチ！　ヤンキーマン、歯がボロボロボロー」

「吸い過ぎで歯が逝ってもうとるやん！」

大げさなアクションと滑稽な仕草は彼の真骨頂だが、今日はますます冴えている。

「マリファナさん、あなた薬物やってるでしょう。言動がおかしいんですよ。そもそもこんな遅い時間に何やってましてん」

「何やってた？　おまわりさん、全部聞いたらマジでお漏らしするで」

「漏らさんから言うてください」

「例の三億円強奪事件の実行犯、指名手配中やろう。あれ、俺や」

「待て……三億円強奪事件？」

「せや。指名手配のポスターに鼻毛書いたん、俺やねん」

猫市と目を合わせ、黙る。二、三秒後にさざめくような笑いが起き、次第に大きくなっていく。こういう間の取り方は、理屈ではない。長年の経験で最適化された呼吸だ。

「それだけやないで……」

二丁目の連続ピンポンダッシュ事件、連続表札書き替え事件など、近所のしょぼい悪さを、さも大犯罪者の武勇伝のように語る。「知っとったか？」と得意げに。

「今もな、実は、ポスターに鼻毛書こうか、ピンポンダッシュしようか、何しようか迷っとってん。せや、俺、人生に迷っとってん」

「ええ話風に語んな。しかし、よう洗いざらい話したわな……」

「俺、おまわりさんと話して決めた。今日はピンポンダッシュしてこよ」

「行かすか」

「なんでや、ほな、俺はどこへ行けばええねん」

「警察署や」

「正解！」

「ええ加減にせえよ。もうええわ」

盛大な拍手の中、舞台袖へとはけた。二回戦までとは比べ物にならない手応えだった。

楽屋に戻るとオムライスの二人がモニターを眺めて座っていた。

「前に観た時より面白くはなってんじゃねえのか」

芝原が言った。今日のネタ『職質倍返し』は、奇しくも前にゲンセキライブで披露したネタだった。早川も「笑わせてもらったよ」とにこやかに言った。

「決勝までいって仕事とってきて、俺らを番組に呼んだら許してやるよ」

芝原が悪態交じりに言った。「ありがとうございます」。自然とえもやんの口を衝いて出た。続いて猫市が口を開いた。

「決勝までやなくて、優勝して冠番組に呼んだりますわ」

オムライスの二人からオモワンの夢を託されたような気がした。

楽屋から劇場のロビーに出ると、弥生やエブリの人たちが待っていてくれた。

「いやあ、笑った。面白かった！」

弥生が寄ってきて、えもやんの腕をパンと叩いた。皆が興奮気味に感想を語ってくれる。

「弥生ちゃん、前のほうの席でよう笑ってたな。今日はお客さんの顔がよう見えたわ」

しみじみと話す猫市の表情は、憑き物が落ちたかのように晴れやかだった。

「せやな、俺ら、自分らの芸を高めることばかりで、お客さんが見えとらんかってんな」

通過できるかは、他者の判断だ。ともかく、目の前の観客を笑わせた。結果は三回戦の全日程が終わった後に発表される。明日は同じこの劇場でフリーターズが三回戦に臨む。

＊

オモワングランプリ三回戦の二日目、フリーターズは出番直前、舞台袖で待機していた。

「どっちのネタでいく？　早く決めようよ」

真理は笑梨に囁き声で急かされ「もう少し待って」と囁き返す。三回戦用の候補ネタは二つ。オーソドックスにボケを重ねる居酒屋か、意外性で勝負するタピオカ屋のうち、当日の会場の空気に応じて決める手筈だったが、真理はまだ決めかねていた。

フリーターズは過去五回の挑戦のうち、初挑戦は二回戦敗退、後の四回はいずれも三回戦で敗退している。フリーターズにとって三回戦突破は大きな壁であり、目標だった。しかしそれは去年までの話だ。今年、フリーターズの立場は一変した。

爆笑ホットプレートへの出演で権田の評価を受けてブレイク、動物番組『ゴンちゃん動物相談所』の特別企画は三週連続で放送され、オウムのピー助に漫才を教える二人のひたむきさと滑稽さが笑いと感動を誘い、好評を博している。十月上旬に、オウムのピー助とのお別れの場面を撮影し終え、アパートに戻った。

真理の中で三回戦突破はもはや目標ではなく、最低限のノルマに変わっていた。三回戦ぐらい、格の違いを見せつけて勝ち上がり、人気だけではないことを証明したい。

舞台袖で出番を待つ間、真理は次第に足の震えが抑えられなくなっていた。

「我々に失うものはなーい！」

自分たちの前のアマチュアコンビが、会場を揺るがすような大爆笑をかっさらっている。今日の四十組の中で唯一のアマチュアコンビ『記念受験』だ。挑発的なコンビ名の二人組、ただの素人ではなさそうだ。実に楽しそうに、のびのびとした漫才を展開している。

「今日のネタはオウムでいこう」

真理は囁き声で言った。笑梨が「え？　オウム？」と訊き返してくる。オウムのネタは次の準々決勝に向けて作ったもので、まだ稽古不足だ。

「居酒屋かタピオカ屋じゃなかったの？」

無名のアマチュアコンビの大爆発で、客席は異様な空気に包まれている。

「この空気の後で負けないためには、オウムでいくしかないと思う」

「ネタ合わせ足りてないでしょ」

「アドリブも交ぜればいい。勝たないと意味がないから。大丈夫、いくよ」

真理は笑梨を促し、ステージへ飛び出す。

「どうもー、フリーターズです」

盛大な拍手と大歓声に迎えられた。真理は「ありがとうございます」と手を振って応えながら確信した。今の私たちが無名のアマチュアコンビなんかに負けるはずがない。

「いやあ『記念受験』さん、面白かったですねえ」

「面白かったです。そうそう、記念受験といえば、私もしたことありますよ。レースクイーンのバイトの面接。試しに受けたことがあるんですけど、まあ面接官の露骨な反応！」

笑梨が強引なアドリブを入れるが、笑い声はまとまった音にならずしぼんだ。

「どんなバイトをやってきたかって、意外と共通の話題になって便利なんですよね」

「そうですねコンビニとか、飲食店とか、家庭教師とかね」

「そうそう」

「あと、オウムに漫才を教える仕事とかね」

「はい？」

「最近、オウムの教育に熱心なご家庭が増えてるらしいんです。少子化の影響ですか」

「増えてないし。少子化とは何の関係もないよ」

真理はツッコみ、自分たちが動物番組の企画でオウムのピー助の世話をしながら漫才を教えていることを説明する。

「そんなこんなで、実際にオウムのピーちゃんに漫才を教えることになったんです」

「いや、もうね、これがまた大変なんです」

番組でのドタバタ劇を知るお客さんは、この溜息だけで笑い出した。拍手も起こった。

「ありがとうございます、ありがとうございます」

つかみの出遅れを持ち直した。知名度は立派な武器だ。このネタを選んで正解だった。

「でね、私、最終的にはオウムのピーちゃんを立派な漫才師にしたいの」

「笑梨ちゃんね、それは無理でしょう」

「ピーちゃんが私の代わりにボケをやってくれたら、私は遊んで暮らせるから」

真理とピーちゃんのコント漫才に切り替わる。

「どうもー、フリーターズでーす！」

真理が挨拶をすると、笑梨はピー助の物真似で「ドウモ、フリーターズデース」と続く。

「いやあ、ピーちゃん、今日は初めての舞台だね、緊張してる？」

「モウイイヨ、アガラセテモライマス」

「いや、ピーちゃんまだ始まったばかりだから」

「アガラセテモライマス」

「上がりません」

「ドウモ、フリーターズデス、アガラセテモライマス、モウイイヨ、モウイイヨ」

だが盛り上がったのは序盤だけで、低調な笑い声が断続的に続いていた。注目株のフリーターズだから、ゴンちゃん動物相談所が生んだヒット企画のネタだから、お付き合い程度に笑っているような痛々しい空気だ。

ネタの終盤、マイクを通してバリバリと割れるような音がした。マイクの不調か。

うろたえた瞬間、台詞が飛んで頭の中が真っ白になった。何か言葉を発して次へつなげようとするが、口が動かない。笑梨が「ドウシタ？　ドウモ、フリーターズデス、モウイイノカ？　アガラセテモラウゾ」と必死にごまかすのが遠く聞こえる。


真理は茫然自失のまま楽屋に戻った。

「ごめん……こんな大事な時に」

「なんでオウムのネタに変えたの」

理由は他でもない、天狗《てんぐ》になっていたからだ。自分たちはフリーターズだ。無名のアマチュアコンビとは違う。知名度に物を言わせて格の違いを見せつけたかっただけだ。

「機材トラブルがあってよかったかもね。言い訳になるじゃん」

笑梨の言外には、このネタを選んだ時点で敗北は決まっていたという恨みが滲み出る。

「フリーターズさん、おつかれさまです。残念でしたね」

顔を上げると二人組のコンビが立っていた。記念受験の二人だ。

「……ああ、やっぱり憶えてもらってないか。今や二人とも有名人だもんなあ。どうも、江戸前大学寄席研十期生『ポンコツポルシェ』改め、記念受験でーす」

ポンコツポルシェ。自分たちの二期上で関東学生お笑いの上位常連だったコンビだ。絡んできたのは、ボケ担当の奈良橋《ならはし》。隣で薄笑いを浮かべているのがツッコミの今岡《いまおか》だ。

「ああ……思い出しました。ご無沙汰しています」

笑梨が抑揚のない声で答えた。

「俺らも大学出てプロになったけど、食っていけなくて鳴かず飛ばずのまま三年前に辞めたんだ。二人とも会社で地道に働いてますよ。俺たちの同期も、三十歳を前にしてバタバタと辞めてった。仕方ない、実力の世界だからさ」

「何が言いたいんですか」

なぜ絡まれているのか、真理には分からなかった。

「お笑いは、実力勝負のはずなんだよ。どうやって取り入ったのか知らないけどさ、許せねえんだよ。仲良しこよしのチャラチャラした漫才で成り上がってさ」

「そんな風に見られていたんですね」他人事のように真理の口を衝いた。

「お前らが調子に乗ってるの見てたら居ても立ってもいられなくなって、今岡と再結成して記念受験しにきたわけさ。お前らが真面目に漫才やって報われなかった奴らの仇《かたき》みたいに思えてならねえ。三回戦でまさかお前らの直前に出られるとはな。燃えたよ」

奈良橋は最高の漫才をやってのけた興奮からか、顔を紅潮させている。

「オモワンも知名度で楽勝と思ったか？　舐めんなよ。オモワンだけは真の実力勝負だ」

「そうかもしれませんね」笑梨も他人事のように呟いた。

「スーパーの真ん中で漫才ごっこやってろよ」

「おい、そろそろやめとけよ」

今岡が諭すように奈良橋を宥めた。

モウイイヨ、アガラセテモライマス。奈良橋のせせら笑うような声が聞こえた。

帰りたい。どこへ帰りたいのか、はっきりとしないのに、ただ帰りたいと思った。

第七章　ホーム&アウェー

気が付けば、昨日の夜から十五時間以上、ノートパソコンに文字を打ち込み続けていた。トーク番組『楽屋裏ナイト』のシナリオと、若手ピン芸人用のネタを三本仕上げた。

西荻窪《にしおぎくぼ》の住宅街にあるこのアパートの一室で、名島卓は二十年間書き続けてきた。名島にとっての舞台は、板の上ではなかった。この仕事部屋や、時にはテレビ局の会議室やスタジオのモニター室が名島の舞台だ。

机の置時計を見ると、時刻は十三時を回っている。すぐに出掛けなければならない。

西荻窪駅で中央線各駅停車に乗って一駅、吉祥寺駅で降りた。二十分ほど歩き、エブリ吉祥寺店に着いた。店の正面入口から入り、中央通路をゆっくりと歩いてゆく。

一階の専門店街は、自分がバイトしていた二十年前から多くの店が入れ替わっている。

エスカレーターで三階に上がった。笑梨と真理は自販機の前の休憩用ベンチに座って待っていた。二人ともマスクをして、帽子を目深にかぶっている。

「厳重な装備だな。たいした有名人だ」

名島はフリーターズを連れて惣菜売場へと向かった。

そこへ勝代さんがパックの飲料品を積んだ台車を押してバックヤードから出てきた。

「あら？　スグルちゃん？　久しぶりね。大活躍らしいじゃないの」

「お久しぶりです。勝代さんもお元気そうで」

「あたしゃ元気が取り柄だもの」

お笑い実業団が始まって二回だけ店を訪れたが、旧知の勝代さんと話す暇もなかった。

「で、そちらのお二人はもしかして笑梨ちゃんと真理ちゃん？」

勝代さんは帽子を目深にかぶった二人に気付いた。

「すごいわね二人とも、おばちゃん誇らしいわ。スグルちゃん、二人のことよろしくね」

今日はエブリ吉祥寺店の生き字引である勝代さんも知らないことを話しにきた。

惣菜売場へ行くと、樫村栄治は白衣を着けておつとめ品のシールを貼っていた。

「おつかれさま」

名島が声を掛けると栄治は振り向くなり「お待ちしてました」と頭を下げた。

栄治はフリーターズの二人に「オモワン、おつかれさまでした」と労いの言葉をかけた。

笑梨が「すみません」とバツが悪そうにちょこんと頭を下げた。

「自分、この作業だけ片付けたらすぐ休憩時間に入るので」

栄治は冷蔵ショーケースに陳列されたサンドイッチに値引きシールを貼っている。

昼ピーク後の時間帯だが、店内は活気に満ちていた。鮮魚売場や青果売場から威勢のよい掛け声が聞こえる。惣菜売場を彩る芸術的なポップはピカソーメンが書いたものらしい。

笑梨と真理も久々に来た売場の活気に驚いている様子だ。

栄治に連れられてバックヤードの休憩室に通され、円卓の席に腰掛けた。

「あー、飯や、飯や」

遅めの昼休みを迎えたお笑い実業団の面々が、休憩室に入ってきた。のらえもんの野良猫市もいる。彼らとフリーターズとの間に、なんともいえぬぎくしゃくした空気が流れた。

えもやんが「来とったんか」と、最初に声を掛けた。

真理が「オモワン、三回戦通過おめでとうございます」と、神妙な面持ちで言った。

「で、今日はまたどうして名島さんも一緒に来てるんだい」

春山の冷たい語気は、名島だけでなくフリーターズにも向けられたものだ。

「オウム企画のロケも終わって、彼女たちを貸してくれたお礼に伺ったまでだ」

「オモワンの三回戦で負けたからって、使い捨てで返品しに来たんですか」

ピカソーメンが不信感を露わにする。

「逆だよ。彼女たちは、これからも長く売れ続ける。ただ、少し自信を失くしている。だから慣れ親しんだエブリの舞台に立ちながら、外の仕事を続けたほうがいい」

芸人たちは、名島の真意を測りかねているのか、黙っている。

「あら？　栄治さん。それ、発注データの送信終わってますか？」

笑梨が血相を変えてテーブルの上の発注端末を指差した。

「あ、まだ送信してなかった！　すぐにやってきます」

栄治は発注端末を持っていそいそとバックヤードへ駆けていき、すぐに戻ってきた。

「危うく発注を飛ばすところでした。助かった。笑梨さんのおかげです」

笑梨は「よかった」と安堵の溜息を吐いた。栄治のミスで、かえって場が和んだ。

「発注作業か……。懐かしいなあ。俺も昔、データの送信を忘れて大事《おおごと》になったよ」

「名島さんも発注やってたんですか。今は発注作業は社員しかやらないんですけどね」

栄治に訊かれ、名島は「実はね」と前置きして答える。

「俺も、四代目から、社員にならないかって誘われたことがあったんだ」

静岡県西部の高校で同級生と『ラッキードンキー』というコンビを組み、卒業と同時に石田《いしだ》プロのオーディションに合格し、十八歳で上京した。西荻窪に下宿し、事務所の先輩芸人に紹介されてエブリ吉祥寺店でバイトを始めた。それから五年間、鳴かず飛ばずのままバイトしながら、事務所ライブなどで細々と活動を続けた。

そんな時、「うつけ」と噂の四代目・沢渡宗一郎が他社での武者修行から帰ってきた。

「四代目はエリアなんとか部長みたいな肩書でしょっちゅう吉祥寺本店に来てた。口実を付けては居心地のいい本店に遊びに来てたという感じだったよ」

名島が芸人をやっていることを話したら、ライブを観に来てくれるようになった。

「俺たちコンビを全力で応援してくれて、オーディションやライブが入れば、どんなに急でも行かせてくれた。大スターになって、エブリをどんどん宣伝してくれって」

やがて四代目から、社員登用して芸人活動を支援したいと話を持ちかけられた。

栄治が「それって、どこかで聞いたことがあるような……」と呟く。

「ああ、今のお笑い実業団と、考え方は同じだよ」

名島は四代目からの提案に可能性を感じ、相方に相談した。

だがちょうどその頃に進退を考え始めていた相方は、スーパーの雇われ芸人なんて聞いたことがないと猛反発した。大喧嘩になり、あっという間に解散話に発展した。

最後に相方は言った。お前には華がない、どんなに面白いネタが書けても、それを表現する力がない。お前と漫才をやっていても一生売れないと。

「四代目は、自分が余計なことをしたから俺たちが仲違いしたと思い込んでるらしい」

本当は誰のせいでもなく、終わるべくして終わったのだ。

解散後、ピンのネタを書いて一人で事務所のライブに出てみた。まったくウケなかった。

名島は思い立ち、同じ事務所で売り出し中の新人コンビに、自分が書いたネタを、そのままやってみてくれないかと頼んだ。

「その時のコンビが『東京サワー』だ」

東京サワーは後に関東のお笑い界で不動の地位を築くコンビだ。

新宿の小劇場でのバトルライブで、東京サワーは名島の書いたネタをそのまま披露した。自分でやっても全然受けなかったネタが、東京サワーの二人の手にかかると爆笑の嵐を巻き起こした。自分の書いたネタで皆が腹を抱えて笑っているのを見て、心が震えた。同時に、パフォーマーとしての才能のなさを思い知らされた。

皮肉にも、他の芸人に持ちネタを提供したことで、自分は面白いという事実と、自分は面白くないという事実が同時に証明されたのだった。

「自分が書いたネタによって、芸人としての戦力外通告を突きつけられたようなもんだ」

名島は芸人を引退して放送作家として活動を始め、エブリのアルバイトを辞めた。

「四代目には合わせる顔がなかった。芸人だった俺をあんなに応援してくれてたのに」

放送作家・名島卓は多くのコンビやピン芸人にネタを書き下ろし、次々と世に送り出した。

「お笑いは大好きだが、自分の使命は芸人でなく作家だったってことだね」

二〇〇〇年代にお笑いブームが訪れると、数々の若手芸人をブレイクさせた伝説のコント番組『笑林寺《しょうりんじ》の晩ごはん』の構成を担当し、ブームが去った後も『爆笑ホットプレート』でネタ番組の灯をともし続けてきた。

「エブリを思い出すことすらなくなっていた一年前、四代目から突然、連絡があった」

名島のホームページに載せているメールアドレス宛に〈エブリの沢渡宗一郎です。覚えていたら電話をください〉という短いメールがあった。四代目には、良くしてもらった恩を感じているから無視はできなかった。指定された番号に電話を掛けた。

あのさ、社長になっちゃったんだ。それでさ、エブリでお笑いやるんだけどさ、力を貸してくんないかな。昔と変わらない支離滅裂な話しぶりが懐かしかった。

とりあえずフリーターズのネタ動画を見て、驚いた。漫才の基本がしっかりしていてネタの質も軒並み高い。そして、いい意味でキャラクター的な特徴がなかった。

「彼女たちなら本当にいけるかもしれないと思い始めたんだ」

二人に必要なのは、きっかけだった。実際に、爆笑ホットプレートでのブレイクも、彼女たちの実力によるものだ。ゴンちゃんの評価はきっかけのひとつに過ぎない。

「おっさん、ホンマにフリーターズのこと考えとったんやな。視聴率稼ぎに利用したいだけやと思てたわ」

猫市の歯に衣《きぬ》着せぬ物言いに、名島は苦笑いした。

「視聴率のために芸人を使い捨てる？　そんなことできるわけないだろう」

言葉が熱を帯びる。世に送り出し、時には消えていった芸人たちへの偽らざる思いだ。

「もう大丈夫だ。フリーターズは本物だから」

オモワンの三回戦でネタの選択を誤って自爆したのは、一時の心の迷いに過ぎない。

「それに、エブリには今、彼女たちの力が必要だろう」

店舗の売上と利益の減少で、アキチーナを売場化する話が浮上していると聞いた。

「私たちの力っていっても、オモワン三回戦クラスのコンビですよ……」

真理は問わず語りに、自分たちの前に記念受験というアマチュアコンビが大爆笑をとっていたこと、彼らに楽屋で言われたことを話した。

「スーパーの真ん中で漫才ごっこやってろって……」

その言葉を口にした途端、真理は嗚咽《おえつ》を漏らした。

えもやんが「気にせんと、言わせといたらええ」と優しく励ます。

「今日、アキチーナでライブあるで。出ろや」

「ライブですか……。今日はとても無理です。次から出直しますので」

「じゃあ、ヘルプで日配品の品出しもやるか。特売で大忙しやから」

「売場の仕事なら、やらせていただきます。ずっとご迷惑をかけてきたので」

笑梨が申し出て、真理も「喜んで」同意する。

「気が塞いだ時ほど、店で身体動かして働いて、ライブやっていこうや。みんな待ってるで。店の人たちも、お客さんも。ここはお笑い実業団のホームグラウンドや」

えもやんは、二人を諭すように言った。

真理が「ホームグラウンド……」と、その言葉の意味を確かめるかのように呟いた。

「正直、二人が急に雲の上に行ってもうた時、俺は妬ましかった」

その気持ち、名島には痛いほど分かる。同期の芸人や、後輩芸人に抜き去られる時の焦りや嫉妬、祝福を装って微笑んだ頰の強張り、失敗を願う心の声を聞いた時の自己嫌悪。

「でもな、思い直したわ。うちらがホームで漫才やっとる一方で、二人ともアウェーで頑張ってるんやなって」

「ホーム&アウェーか。面白い」

ホームで地元のファンを獲得し、応援を力に変えて芸を磨く。そして賞レースや営業といったアウェーに繰り出して戦う。実業団スポーツやプロサッカーなどと似ている。この考え方に名島はお笑い実業団の可能性のようなものを感じ取った。

「名島さん、今日十七時からライブなんですわ。うちらのホームグラウンドでのライブ、ぜひ観て行ってください」

徹夜明けなので少し眠りたかったが、ライブを観てみたいという気持ちが勝った。

「分かった。ホームグラウンドでのライブ、観させてもらうよ」

「今日はお前らのネタ、ひとつ借りてええか」

えもやんがフリーターズの二人に訊いた。

「二人のネタの中で俺が一番好きなやつを今日のライブでやらしてくれ。フリーターズおかえりなさい祝いや」

「おもろいな。江本、ごくたまにはおもろいこと思い付くやんけ」

猫市が茶化すと、えもやんは「ごくたまには余計や」とツッコむ。

「ライブまであと二時間ぐらいあるけど、俺も品出しをやらせてもらえないだろうか」

名島は栄治に願い出た。栄治は「時給は出ませんけど」と快諾してくれた。

エブリの緑色のエプロンを着けてフリーターズの二人と一緒に売場へ出て、勝代さんの指揮の下で作業した。パッケージの商品名が見えるようにフェイスアップ、数が少なくなった商品はバックヤードで台車に乗せて来店客の邪魔にならないよう、売場に出す。

笑梨と真理も来店客に「いらっしゃいませ」と声を掛けながら品出しに没頭しているうちに、声や表情に覇気が戻ってきた。

名島は作業をしながら、ひとつの特設平台に目を留めた。

〈話題沸騰！　ピカソーメンのジャンク料理〉

料理研究家のようで画家でもあり芸人でもある。名島はピカソーメンに対して何をやりたいのか分からない芸人という印象を抱いていたが、まさにそこを売りにしてきた。

お笑い実業団。個々の面白さが活きた、いいチームだ。

いま自分がここで芸人をしていたら……。作業をしながら、そんなことを思った。

この場所で自分は夢の半分を捨て、別の形ではあったが夢のもう半分を見つけた。

名島は無心に品出し作業を手伝いながら、若かりし日のことを思い出していた。

気が付けばライブ開始の十七時が近付き、店内放送が流れた。

〈本日も、エブリ吉祥寺店にご来店頂き、誠にありがとうございます。ご来店の皆様にお知らせ申し上げます。間もなく十七時より、一階センターコート、アキチーナにて、エブリお笑い実業団のライブを開催します。本日は、長期のロケから戻りました人気沸騰のコンビ、フリーターズの復帰ライブでございます。皆様、ぜひご観覧ください〉

「嘘、私たち、出ることになっちゃってる！」

笑梨が叫び、真理が「ネタ合わせ、やってないよ」と真っ青な顔で呟く。

名島は「大丈夫だ」と太鼓判を押した。

「自分たちのネタをやったらいい。ぶっつけ本番でも大丈夫だろう」

二人は慌ててアキチーナへ向かう。名島も二人と一緒に、舞台袖へ入った。

「あれ、サンパチ……？」

笑梨がステージを指して言った。ステージの真ん中にサンパチマイクが立っている。

「四代目のおっさんが買うてきてん。あれがおっさんの秘策やて」

猫市がサンパチマイクのいきさつを説明する。

「客席見てみ」

アキチーナには入り切れず、専門店街の通路まで立ち見客でいっぱいになっている。ライブ開始時刻を迎え、野球のユニフォームを着た男が客席の間を縫って歩き、舞台に登場した。樫村栄治だ。素人にしては堂々とした前説だ。

一番手のロック春山が『帰ってきたフリーターズ』という即興の歌で場を温めた。

二番手がのらえもんだ。

「見とけ。フリーターズがおもろいコンビやいうこと、今から俺らが証明したるから」

えもやんはそう言って、猫市と共にステージへと飛び出していった。

「どうも、のらえもんです！　よろしくお願いします！」

「アルバイトしてて一番悲しいことというたら、働いてた店が閉店する時やな」

猫市が喋り出す。笑梨と真理は「『閉店セール』だ」と呟く。

「まあ、確かにバイトしとった店が閉店するっちゅうのは悲しいわな。俺な、昔コンビニでバイトしとったんやけど、閉店してもうてん」

「お客さんにとっても、寂しいもんや。その店でもっと買い物すればよかった思うねん」

「お店で何かを買うって、投票みたいなもんですわな。一票入れて、その一票が積み重なって、お店が続いていけんねん」

「ええこと言うやん。いやあ、ええ話やった。ほな、どうも、ありがとうございました！」

「勝手に帰ろうとすんなや」

「いや、ええ話やったから、もうええかなて」

「漫才やらんか、漫才を。閉店の日のコンビニで、俺が店員、お前は客や」

とぼけた表情の猫市とうんざりした表情のえもやん。立ち位置を直してコントに入る。

「ああ、今日で閉店か、寂しいなあ……いらっしゃいませ！　ゲラゲラマート吉祥寺店、本日、閉店感謝セールで全品三割引きとなってます」

えもやん扮する店員が声を掛けると、猫市扮する客が来店する。

「ごきげんよう、わたくしはこの街で一番お金持ちのマダムよ。お店、閉店なさるの？」

「そうなんです、長らくのご愛顧ありがとうございました」

「じゃあ、このお店、頂けますかしら」

「はい？」

「わたくしがお店ごと買い上げますわ。このお店を助けて差し上げたいの」

えもやんは「おかしなおばはんが来たな、せやけど店を大事に思うてはるお客様や、邪険にしたらあかん」と心の声を呟き、笑顔で答える。

「お客様、ありがとうございます。でも、閉店は会社の方針で決まっているようです」

「あらまあ、そうであそばしたの。なら会社ごと買えばよろしいかしら？」

えもやんはまた「面倒臭いおばはんやな」と呟いてから「いや、丁寧に説明せなあかん」と、滑稽な生真面目さで気を取り直す。

「あの、お客様、会社を買うとなると、百億円とかすると思いますよ……」

「これをご覧あそばせ」

「なんやこれ、ああ、預金通帳ですか」

「ほら、一、十、百、千……一兆、十兆……百兆円ございますのよ」

「国家予算やんけ。何者や、このおばはん」

「さあ、お会計をしてちょうだい。ここにあるものも全部わたくしが頂くわ！」

ここから先は滅茶苦茶だった。

猫市扮するマダムが店内のおにぎり、サンドイッチ、お菓子などを手当たり次第に食い荒らしてゆく。

猫市が動くたび、サンドイッチのビニールをはがす様が、そしてかぶり付く様が目に見えるような錯覚に陥る。えもやんが、慌てふためきながら「おお、乾き物バリバリいきよる」「うわ、カップ麺そのままかじっとる」「あかん、キャットフードもいっとる」「アイスクリームで洗顔しとる……」と実況中継を入れる。

憑かれたように暴れる猫市の様子に、客席は大爆笑に包まれた。

「あかん、なんとかせんと。店長、大変です！　会社を買いたいというお客様が、店の物を食い荒らしてます！　ああ……自分の言ってることの意味が分からん……」

「わたくしはあなたから会社を買いたいのよ。早くお会計してくださいますかしら」

「なんやこのおばはん、強盗よりおっかないわ」

「この世には、お金で買えないものなんてありませんのよ。一個のおにぎりから会社まで、そして人の心も思うがままに」

「サイコパスや……」

「これで閉店しなくてもよろしうございましょう」

「いや、店の中めちゃくちゃや。閉店させてもらうわ」

拍手の中、二人は舞台袖へはけてくる。えもやんはフリーターズの二人に言った。

「どや、言うたやろう。お前らおもろいコンビやて」

「アドリブだらけで、ほぼのらえもんさんのネタじゃないですか。でも面白かったです」

笑梨は笑いすぎたせいか、涙目になっている。

「大富豪のおばはんは現われへん。自分らの力でアキチーナとお笑い実業団を残すんや」

えもやんは、先ほどのネタになぞらえて、今のエブリの危機を笑梨と真理に語った。

「エブリお笑い実業団には、二人の力が必要や」

ステージではピカソーメンが変顔デッサンを描き終え、笑いと拍手を浴びている。それから「次は、帰ってきたフリーターズの登場です」と紹介し、舞台の下手へはけてゆく。

えもやんが「行って来い」と、二人の背中を押した。二人がステージへ飛び出してゆくと、客席から万雷の拍手が鳴り響いた。

不在を詫び、歓迎に感謝の言葉を述べると、二人は交通整理バイトのネタを始めた。

自分たちのオリジナルネタだ。名島は、つかみを聞いてすぐに確信した。もう大丈夫だ。

「俺も、エブリに恩返しがしたい」

名島は舞台袖で栄治に向かって呟いた。

「あのさ、恩返しとか堅苦しく考えないでさ、気軽に楽しくやろうよ」

振り向くと四代目がニヤリと笑いながら立っていた。

二十年ぶりの再会なのに、まるで昨日会ったばかりのような軽やかさだった。

＊

栄治がオモワンの会場に同行するのは初めてだ。名のあるコンビでも予選の初期はマネージャー無しで、本人たちだけで会場へ行くことが多いという。

準々決勝は浅草《あさくさ》の公会堂。キャパ千人を超える大会場で、楽屋には芸人たちの他にマネージャーらしき人の姿もちらほら見える。

エントリー数七千組以上のコンビがふるいにかけられ、準々決勝に進んだのは約百組。大阪会場と、ここ東京会場の二ヵ所に分かれて決戦が繰り広げられる。

のらえもんは楽屋でネタ合わせを一回だけやると、モニターで他の出演者の漫才を見始めた。他のコンビは壁に向かって寸暇を惜しむようにネタ合わせを続けている。

「あのぉ……ネタ合わせ、やらなくていいんですか」

栄治が問うと「今日のネタ、ここ三日間で二百回合わせましてん。直前は軽めにしとこうっていう段取りですわ」とえもやんが答えた。

二百回。さらりと言ったが、膨大な稽古量だ。

猫市も「あとは思い切りやるだけや」と、落ち着いた様子でモニターを見ている。

のらえもんの出順は十五番目。三回戦でフリーターズを打ちのめした記念受験というアマチュアコンビは序盤の八番目に登場した。

〈どうも、アマチュアコンビの記念受験と申します。賞レースで落ちようがネタでスベろうが、失うものはなーい！〉

〈まあ、ある意味そうですけど〉

〈ふとんがふっとんだ、カレーは辛え、飴《あめ》は甘え、ブタをぶったたいた！〉

〈奈良橋さん、今のは何ですか？〉

〈思いっきりハードルを下げてんの。ぼくら、すっげえつまんないですよーって〉

〈下げ過ぎでしょう。ここ、オモワンの準々決勝ですよ〉

〈大丈夫。ハードルを下げておいて、急にドカーンと凄まじいボケをブチ込みますから〉

〈おい！　せっかく下げたハードル、上げちゃったよ〉

えもやんと猫市は、楽屋のモニターの前に座り、記念受験のネタを眺めていた。

〈でもねえ、やっぱり、プロの世界っていうのは厳しいですね〉

〈ぼくらアマチュアで運良く準々決勝まで来ましたけど、どのコンビもレベルが高過ぎて震えますよ。『お葬式で喪主《もしゅ》のチャック全開！』〉

二組前の人気若手コンビがスべったネタをイジりにかかった。

「やってもうたな。これはあかんわ」

えもやんが画面を見据えたまま唸る。猫市も「終わったな」と呟いた。

二人の言った通り、客席の空気がサーッと引いていくのがモニターからでも分かる。

「今ので一気に空気が悪くなりましたね」

栄治は素朴な疑問をひとりごちた。

「前にスべったコンビのネタをイジる。寄席ならアリやけど賞レースでは絶対にあかん」

「確かに、自分も直感的に嫌でした」

えもやんが「その直感が一番大事ですねん」と、静かに言った。

「一瞬でもお客さんから嫌がられたら、その空気はまず戻らへんのです」

記念受験の二人は声を張り、挽回を試みているようだがいっこうに笑いは起きない。もがけばもがくほど蟻地獄に足を取られて吸い込まれていくようで、観ていられない。

猫市が「樫村、これ、三ヵ月前ぐらいの俺らと同じじゃや」と、唐突に言った。

「どういうことですか？」

「敵を見誤っとってん」

モニターでは記念受験が終わりの挨拶を済ませ、逃げるように舞台袖へとはけて行った。

真っ青な表情で楽屋に引き揚げてきた記念受験の二人に、イジられたコンビがつかつかと歩み寄り「二度と漫才するな」と捨て台詞を吐いて出て行った。

詰《なじ》られた二人は、呆然と立ち尽くしている。

「おい、おつかれさん。うちら、エブリお笑い実業団の者や」

えもやんが、記念受験の二人に声を掛けた。ボケの奈良橋が虚ろな目でこちらを見た。

ツッコミの今岡が「おつかれさまです」と、力なく頭を前に下げた。

「三回戦では、うちの若いもんが世話になったらしいな」

えもやんの語気は穏やかだ。奈良橋がそそくさと帰り支度を始めた。

「そう逃げんでええやん。ちょっと話してみたいだけや」

「フリーターズの仇でしょう。何とでも言ってくださいよ」

奈良橋が開き直ったような口ぶりで言う。

「仇？　おもろいこと言うなあ。思い上がんな。お前らなんぞ敵やないわ」

猫市の声は圧が強いが、こちらもまた脅しているようではない。

「板の上に乗ったら、敵は他のコンビでも審査員の連中でもあらへん」

「じゃあ、誰だっていうんですか」

「敵は目の前で観とる客や」猫市は、はっきりと断言した。

栄治は耳を疑った。観客が敵？　奈良橋も今岡もどう反応してよいか分からない様子だ。

「敵やけど、笑かした瞬間、味方に変わんねん。お笑いド素人のマネージャーがうちらに教えてくれてん」

猫市が栄治をちらりと見た。

「漫才は敵をぶちのめすためのもんやない。ぎょうさんの人を味方にするもんやて」

えもやんも、栄治を横目に見ながら言った。

「他のコンビにマウンティングしてどないすんねん。自分ら、敵を見誤っとるぞ」

猫市が言った。奈良橋は口ごもった後「でも、のらえもんさんは勝てませんよ」と断言した。

「友達の芸人に聞いたんですが、のらえもんさんの評判、めちゃくちゃ悪いらしいっすよ。実力勝負のオモワンでも、さすがに審査に影響するんじゃないですかね」

「知らんわ。関係あらへん」

猫市は即答した。

「審査員がどう思うか、他のコンビと比べてどうか、それは自分らではコントロールできへん。制限時間内に目の前の客を笑かすだけや」

栄治は、彼らがある境地に到達したのを、はっきりと感じ取った。

「今日のお客さん千人、味方につけたら、審査員にどう思われようが俺らの勝ちや」

えもやんは心底楽しそうだ。

「スーパーの真ん中でぎょうさん〝漫才ごっこ〟やってきたからな。お笑いに興味もあれへん買い物客の前で漫才やって、俺らのことよう思わんかった店の人らの前でも漫才やって、気付いたら味方になってくれはってん」

えもやんはフリーターズが奈良橋に言われた言葉を借りて〝漫才ごっこ〟と言った。

スタッフの女性が「九〇四番、のらえもんさん、準備お願いします」と呼び出しに来た。

えもやんは記念受験の二人に「見とけ」と言い残し、猫市と一緒に楽屋を出ていく。栄治も客席へ移動するため、後に続いて出た。

「樫村、お前のおかげや。おおきに」

「笑かした人は味方になってくれる。おもろいは正義やていう意味が、お笑い実業団をやって、今更ながら分かりましてん」

えもやんはそう言って笑った。熾烈な準々決勝の前とは思えないほど、楽しそうだ。

彼らの後ろ姿を見て、栄治は何の根拠もないのに「いける」と感じた。

客席に回って自分の席を探す。入手困難なチケットを弥生が強運で二枚取ってくれた。

「栄治さん、こっちです」

栄治に気付いた弥生が、手を振ってくる。栄治は弥生の隣に座った。

弥生は、大きくなったお腹に手を当て、まるで子供と一緒に祈っているかのようだ。

「のらえもんは、大丈夫です。今日は思い切り笑いましょう」

出囃子と共に二人が登場した瞬間、栄治は「乗り越えた」と確信した。

「どうも、のらえもんです！　よろしくお願いします」

のらえもんは最後のオモワンが近付くにつれ、敵を見誤り、自分たちの漫才を見失い、スランプにハマっていた。それを克服し、いまここに立っている。

「皆様、本日はご来場頂き、誠にありがとうございます。この度、わたくしどもは……」

「おい、ちょっと待て！　硬いわ。どないしてん」

「大舞台やから、今日は真面目にいかせてくれ。ふざけたこととか一切言わへんから」

「帰れ。漫才しにきてんねんぞ」

「……いや、俺に帰る場所はないねん」

「こいつ、ええ歳して住所不定の野良芸人で、後輩芸人の部屋に居候してるんですよ」

「俺も三十五やから、ええ加減ちゃんとした人間にならなあかん。自分を変えたい」

「そうは言うてもどないすんねん」

「色々な仕事を体験すればちゃんとした人間に近付けると思うねん」

「なるほど、世の勤め人の皆さん、ちゃんとしてはる人多いからな」

「ほな、ちょっと練習するから見ててくれ」

猫市が、わざとらしく咳払いをして、コントに入った。

「プルルル、ガチャ、はい、のらマートでございます」

「ほお、電話対応のシミュレーションか、これは言葉遣いが試されるで」

「お客様、申し訳ございませんが、当店では返品のご対応は致しかねます」

「おお、なかなか丁寧に対応しとるやんけ」

「はい、はい……ですから、ご対応致しかねます」

「あ、『ですから』は言うたらあかん、相手怒ってまうで」

「もしもしぃ？　お客様ぁ？　お客様ぁ？」

「あかん、喧嘩腰になってきてるぞ」

「お客様ぁ？　大便をお召し上がりくださいませ、二日前においでくださいませ」

「おい、待て！　今お前、めっちゃ丁寧に『クソ食らえ一昨日来やがれ』言うたな」

「ちゃんと丁寧に言うたから大丈夫やろ」

「いや、余計に腹立つわ。大便をお召し上がりくださいませって、破壊力倍増しとるぞ」

「よう気付いたな、これぞ『罵詈雑言を丁寧にすると余計に腹立つの法則』や」

「この世で一番要らん法則や」

「江本様、ご冗談はお顔だけになさってくださいませ」

「むちゃくちゃ腹立つ！　やばいキャラが誕生しよるぞ」

猫市は構わず、次々と猫撫で声の丁寧語でえもやんに罵詈雑言を浴びせ、法則を証明してみせる。客席からは笑いと拍手が起きた。

「ほんなら、次は不動産屋や。俺が接客するから部屋探しに来てくれ」

「次はちゃんとせいよ。ウィーン」

「いらっしゃいませ」

「あの、広めで駅チカの部屋を探してんねんけど」

「駅チカですね。広さはどのぐらいがよろしいでしょう」

「うーん、今より広いところに住みたいから、五十平米ぐらいあるとええなあ」

「それならば、こちらのお部屋はいかがでしょう、広さ六十平米です」

「おお、広いね。間取りは？」

「ワンTでございます」

「なんや、ワンTって」

「ワン・トイレットです。風呂なしトイレ万能……」

「風呂なしトイレ共同みたく言うな！　トイレだけでどうやって生活すんねん」

「ご安心ください、こちらのお部屋の便器は、ボタンひとつでお風呂にもキッチンにもベッドにも変形できますので」

「ホンマにトイレ万能やな！　誰が便器から変形した湯舟に浸かるか」

「こちらの便器、ＡＩを搭載してまして、次世代型ロボットにも変形します」

「どんなトイレやねん」

「もうね、最終兵器です。何から何まで全部やってくれます。トイレが代わりに学校や会社にも行ってくれます。ここに見本がありますので、試しましょう」

「試さんでええ！」

「ウィーンガシャーン、カシャコーン、カシャコーン！」

「何が始まってん？」

「ウィーンカシャ、ウィーンカシャ、キュルルルル、トランスフォーム、ベンキマン」

「名前そのまんまか？」

「変形完了……お呼びですか御主人さま、ベンキマンにお任せあれ。全ての悪事を水に流して、臭い物には蓋をする！」

「正義のヒーローの決めゼリフみたいやけど、言ってること最低やで」

「カシャコーン、ガシャン、ドゥーン、ゴゴゴゴォー、プシュー、カシャコーン」

猫市扮するベンキマンはロボットのパントマイムで変形を繰り返し、ステージを所せましと歩きまわる。常軌を逸した動きと表情に、会場を揺るがす笑いが起きる。

「おい、おっさん、そろそろ時間やで。おい、おっさん！」

「カシャン、カシャーン、ドゥーン……」

腰に手を当て、ポーズをキメる猫市。

「ハリウッドが贈るSF超大作『ベンキマン』……。この冬、全米が泣いた」

「誰が泣くか」

大暴走の意外な結末に、ドカンと笑い声が弾けた。のらえもんの全米ネタがハマった。

「いやあ、ちゃんとした人間になるのは大変や。俺には無理やな」

「まあ、人間そんなに急に変われるもんやあれへんから、少しずつでええんちゃうか」

「せやな。ほな、ちゃんとした漫才始めようか」

「まだ始めてなかったんかい。もうええわ」

栄治は笑い、弥生は隣でもっと笑っていた。

のらえもんは四分間の漫才で、千人のお客を味方につけた。二人がボケとツッコミの応酬を重ねるごとに笑い声は大きくなり、その笑い声が更に二人の漫才を躍動させた。

そして、舞台上のえもやんと猫市も、笑っていた。心底楽しそうだった。

栄治はすぐに楽屋へ行き、戻ってきた二人に「克服しましたね」と声を掛けた。

記念受験の二人が「参りました」「おめでとうございます」と、こちらに歩み寄る。

「アホか、まだ何も決まっとらんぞ」

猫市がツッコむが、これだけ笑いを取れば、おめでとうと言って差し支えないだろう。

「そういえば、アマチュアで準々決勝まで来たのは一組だけやろ。トップアマチュア賞は記念受験に確定やな。おめでとう」

えもやんが二人を祝福する。アマチュアで最も優秀だったコンビに贈られる賞だ。

「お前ら、漫才続けへんのか」

「ぼくらは、記念受験なので……」

「顔にはそうは書いてへんぞ、ポンコツポルシェ」

えもやんは、彼らをかつてのコンビ名で呼んだ。

「よかったら一度、観に来てみいひんか。エブリお笑い実業団」

奈良橋と今岡は「ありがとうございます」と頭を下げた。今日もまた、味方を増やす漫才ができたのだと、栄治は確信した。

＊

〈のらえもん　オモワングランプリ準決勝進出記念　特別セール〉

店の正面入口に横断幕が掲げられ、三日間にわたるセールが展開された。

準々決勝の二日後に結果発表があり、のらえもんの準決勝進出を知るや否や、栄治と稲毛店長で準備していたセールの企画を社長承認の上すぐに実施した。

開店時間の朝九時、栄治は奇跡のような光景を見た。既に三百人を超えるかと思われる大勢の人が店の前で待っていたのだ。

開店早々の大賑わいに、亜樹の店内アナウンスも昂揚する。

〈本日も、エブリ吉祥寺店にご来店頂き、誠にありがとうございます。エブリお笑い実業団所属の漫才コンビ、のらえもんのオモワングランプリ準決勝進出を記念し、特別感謝セールを開催致します。のらえもんの二名、本日は終日店内にて皆様をお待ちしております。ぜひお買い物と併せて、のらえもんにご声援のほど、よろしくお願い申し上げます〉

惣菜売場は応援のシフトを増員し、咲子さんを中心にフル回転。青果、鮮魚、精肉、日配品や菓子、生活雑貨も、欠品を防ぐべく万全の態勢を敷いた。

猫市はエブリにゃんの着ぐるみに入って店内を歩き回り、頭部を取り外す禁じ手を連発。

惣菜加工室では、ガラス戸越しに売場から見える位置でえもやんがたこ焼きを作り、売場には『えもやんのたこ焼き屋』と名付けた平台を設置した。

「えもやんの自家製たこ焼き弁当、たこ焼きを増量してご提供、いかがですか？」

フリーターズが品出しをしながら看板娘よろしく威勢のよい掛け声を掛ける。

特別感謝セールは、温かな雰囲気で昼ピークを終え、しばし午後の小休止に入った。

お祭りムードの中、休憩室で休んでいると、咲子さんが血相を変えて駆けこんできた。

「今スマホのニュースで見たんだけど、これ本当なの？」

皆で咲子さんのスマホを覗きこんだ。

〈関東南部に総合スーパーのエブリを展開するエブリホールディングスが、業界最大手の

メガマートとの業務資本提携に向けて協議を開始することが分かった〉

記事によると、エブリの看板やブランドは残しつつも、物流や販売網を統一して経営基盤の安定化と効率化を図るという。

〈エブリは国内最大のディスカウントストアのボンボヤージュ・ホールディングスとも業務資本提携を模索していたが、同業種のメガマートとの提携へと大きく舵《かじ》を切る〉

「なんでこのタイミングで報道されるのか……」

稲毛店長が訝しがる。小田島がメガマートと水面下で話を進めていることは、社員の間では公然の秘密となっていた。情報が漏れたか、誰かが漏らしたのだろう。

「栄ちゃんよお、ずい分と唐突な話だね」

春山は不信感を露わにしている。

「ボンボヤージュと手を組むのとメガマートと手を組むのは、何が違うねん」

猫市が記事を読みながら栄治に訊ねてくる。

「業態が大きく変わります」

栄治は会社で購読している業界紙などから仕入れた知識で答えた。

ボンボヤージュは若者に人気の大型ディスカウントストアで、他の小売業が苦戦する中、圧倒的な品揃えと斬新な陳列方法で利益を上げ続けてきた。近年は生鮮食品へ進出するために全国各地でスーパーの買収に乗り出している。総合スーパーの売場面積を活かし、不採算店舗の一部のフロアをボンボヤージュの業態に改装する手法をとっている。

ボンボヤージュに買収された中堅総合スーパーの『安土屋《あづちや》』は不採算店舗の一部を改修して〝ボンボヤージュ化〟し、軒並み前年比五十%~八十%増の営業利益を上げている。

「ボンボヤージュのおかげで儲けが一・五倍になったなら、めでたいことですよね」

ピカソーメンが呈した素朴な疑問に、稲毛店長は「副作用もあるんだ」と答える。

「業態の違うボンボヤージュと組めば、大きな方向転換が求められる。片や、メガマートは同じ総合スーパーの大手だから、業態は変わらない。ゆるやかな業務資本提携なら、エブリの今までの方針を色濃く残しつつ、存続を図れる。小田島専務の狙いはそこだろう」

「エブリとしては、魂が残るんだからよ、そっちのほうがいいんじゃないの。お笑い実業団だって、やりようによっちゃ応援してくれるかもしれないぜ」

春山の希望的観測に、稲毛店長が「まあ、そう単純じゃないなあ……」と唸った。

「二年前に東海地方の『ヨロズスーパー』がメガマートと業務提携した時は、業務提携の直前に創業家が経営から手を引いている。まあ、手を引かされたんだろうね」

小田島は創業家の沢渡家を経営の第一線から退かせたいのだろう。

「ボンボヤージュとの業務提携話は、小田島専務が難色を示していた訳だから、メガマートが急浮上したのは、より自分の影響力を強くできる方向に仕組んだ……」

稲毛店長が「推測でしかないけど」と付け加える。が、その推測には説得力がある。

「ツキマートは会社ごと吸収された。でも今回の話は業務資本提携だから、エブリという会社は残る。そこで創業家が手を引けば、トップになる人物は限られてくるだろう」

小田島自身だ。

「つまりは四代目は経営から手を引いて、お笑い実業団とアキチーナは……」

栄治は皆まで言わずとも伝わるだろうと思い、敢えて口にしなかった。

その日はアキチーナでのライブはなく、芸人たちは店舗業務の後、稽古に入った。

「すみません、大事な時期に余計な雑音を耳に入れてしまって」

栄治はのらえもんの二人に詫びた。

「気にしても始まらへんので、自分らの仕事をやるだけです。大丈夫です」

えもやんは淡々と答えた。大きな動揺はないようで、そこはひとまず安心した。

閉店間際の二十一時、四代目が困り顔の秘書と一緒に、吉祥寺店にやってきた。いつもの作業着ではなく、仕立てのよいダークグレーのスーツだ。

四代目は休憩室の椅子に腰をおろし、一点を見つめて「疲れた……」と呟いた。

「オダさんがメガマートと話してるのも知ってたけど、ぼくは反対なの。なんで決まった話みたいになって外に漏れたんだ。どうなってんだよ」

四代目は力なく一点を見つめたままぼやいた。

「アキチーナはどうなるんでしょう。お笑い実業団はどうなるんですか」

栄治の語尾を遮るように「俺らがなんとかすればええ」と猫市が割って入った。

「なんとかするって……」

「何べんも言わすな。オモワングランプリ優勝や。優勝して全部ひっくり返したる」

嵐の中で迎えた準決勝、のらえもんは猫市の就職活動ネタで挑んだ。

異様なテンションで登場したのらえもんは、前半に猫市が二度セリフを噛んだ。だが後半、血管が切れるのではと心配になるほどの全力芸で挽回して何度か爆笑が起こった。

結果は当日中に発表され、結果発表の様子もインターネット動画で中継された。

のらえもんは、落選した。

猫市がセリフを噛んだ他は、明らかに減点を食らうところもないように思えた。

それでも決勝には届かないのか。やっぱりのらえもんは、賞レースでは勝てないのか。

お笑い実業団の他のメンバーやエブリの従業員たちが落胆する中、当の本人たちは「まだ敗者復活戦がある」とサバサバしていた。

決勝の同日に行われる敗者復活戦に望みをつなぐ。だがそれは、準決勝敗退の十六組からたった一組が選ばれるという、今まで以上に狭き門だった。

第八章　人生で一番長い日曜日

クリスマス前の日曜日、のらえもんのオモワングランプリ挑戦最後の日がやってきた。

毎年恒例で、敗者復活戦は決勝戦当日の午後、六本木《ろっぽんぎ》の江戸テレビ隣のエドアリーナ内、特設野外ステージで開催される。その模様は全国に生放送され、選ばれた一組が、江戸テレビ本社スタジオでの決勝戦に進む。敗者復活戦の勝者は、決勝戦の生放送序盤に発表される。

準決勝までと大きく違う点は、審査が一般の視聴者による投票で決まるということ。泣いても笑っても今日で全てが決まる。えもやんは朝七時にすっきりと目覚めた。昨夜はネタ合わせした後、弥生の勧めで、猫市もえもやん宅に泊まった。弥生が炊いてくれた前祝いの赤飯を食べながら、昨年の敗者復活戦の録画を見て、会場のイメージを共有した。

「あー、今日はめっちゃ目覚めがええぞ！」

猫市は押し入れの中の布団に寝転んで、ぐっすり眠れたようだ。

えもやんは、クリーニングした一張羅のスーツを持った。決勝に行くんだから、服装はスーツがいいと弥生に言われ、そうすることにした。猫市の分もレンタルで借りてある。

「じゃあ、私はアキチーナで見守ってるから」

弥生が玄関で二人を見送る。会場のエドアリーナは屋外で寒さが厳しいため、臨月の弥生はアキチーナでのパブリックビューイングで、二人の漫才を見守ることになる。

えもやんは「いってくるわ」と頷き、弥生のお腹に手を当て「頑張るで」と囁いた。

弥生は猫市へ向き直って「あとはよろしく」と言った。

「あんたはロクでもない人だけど、えもやんとコンビを組む最高の漫才師だから」

「オモワンの王者は、仕事漬けで休まれへんようになるで。弥生ちゃんも覚悟しときや」

まずはエブリ吉祥寺店に寄り、皆に挨拶してから会場に向かうことになっている。

外の天気はあいにくの曇空。厳しい寒さの中での敗者復活戦になりそうだ。

猫市と二人揃って店に入った。アキチーナには横断幕やのぼり旗が掲げられている。

〈必勝のらえもん！　オモワングランプリ敗者復活戦、決勝戦　パブリックビューイング〉

バックヤードに入ると、従業員たちが「頑張れよ！」「応援してるぜ」などと口々に声を掛けてくれた。えもやんは白衣に着替え、猫市はエブリにゃんの着ぐるみを装着した。

稲毛店長が「二人とも何してんの！　これからオモワンでしょう？」とツッコんできた。

「時間の許す限り、店で仕事してから行きます」

えもやんは、普段通りのまま臨みたかった。店舗業務を終えてからアキチーナのステージに上がるのと同じだ。猫市も「平常心や、平常心！」と不敵に笑って答えた。

「こんな日ぐらい、本分に集中したらいいじゃないの」

勝代さんの言葉に、えもやんはすかさず答える。

「店の仕事も本分やと思うてますんで」

えもやんが品出しをする間、猫市はエブリにゃんの着ぐるみに入り、愛嬌をふりまきながら店内を歩いた。

三十分ほど店舗業務をこなし、バックヤードの休憩室に戻った。猫市はエブリにゃんの頭部だけを外して、首から下は脱ごうとしない。

「おいネコ、はよエブリにゃん脱げや。セレモニーが始まるで」

「このまま出たいねん」

きっと皆に送り出されるこの状況を嬉しく思いながらも、照れ臭いのだろう。

「そういえば、樫村はどこにおんねん？」

噂をすれば、栄治が「おつかれさまです」と慌ただしく休憩室に入ってきた。

「お二人に、取材の方が見えました」

「俺らに？　誰や？　江本、なんか聞いとったか」

えもやんは「知らんなあ」と首を傾げた。取材があるなんて事前には聞いていない。

「お笑い情報サイトの、ゲラリーの記者さんです。どうぞ」

栄治に呼ばれて入ってきた記者を見て、えもやんは椅子ごとひっくり返りそうになった。

猫市は隣で言葉を失ったかのように固まっている。

「ゲラリーの中橋と申します。よろしくお願いします！」

ヒメ様こと中橋理香は、笑顔で挨拶した。グレーのパンツスーツに身を包んでいる。

「おい樫村、どういうことや。聞いとらんぞ」

栄治は「一応、サプライズです」と悪戯っぽく笑う。

「ネタとちゃうよな？　リカ、ホンマにゲラリーに就職したんか？」

半信半疑の猫市に、ヒメ様は「はい、今日が初取材です」と名刺を差し出した。

〈ゲラリー　編集部　アシスタントエディター　中橋　理香〉

「今日はゲラリーの公開インタビューということで」

ヒメ様は「企画概要」と記された一枚の紙を元に、取材の趣旨と流れを説明する。のらえもん激励セレモニーの場で公開インタビューを十五分ほど実施、のらえもんを見送った後、午後は敗者復活戦のパブリックビューイングの様子を取材する。

手際よく簡潔に説明するヒメ様の表情には、元気が漲っていた。お笑い実業団のメンバーらが〝陽だまりの笑顔〟と評した柔らかな笑顔は変わらぬまま、目に力が宿っている。

猫市は「再起動、できたんやな」と、隣でヒメ様を祝福した。

ヒメ様は「はい、おかげさまで再起動しました」と笑顔で応えた。

「HEY！　今日の主役たち。セレモニーの準備は整ったぜ！」

アキチーナの設営を終えた春山が呼びに来た。春山は「ヒメ様、よろしくね！」と声を掛けた。のらえもんの二人以外は皆、ヒメ様が記者として取材に来るのを知っていたようだ。

猫市は「ほな、行くか」と気合いを入れ、エブリにゃんの着ぐるみの頭を被った。

バックヤードを出ると、店内のBGMがのらえもんの応援歌に変わった。

「レディース、エンド、ジェントルメン！　みんな、お待たせ、のらえもん！」

春山の紹介でアキチーナのステージに上がると、大歓声が上がった。開店後間もない時間なのに、客席から専門店街の通路まで観客でびっしり埋め尽くされていた。

「のらえもん、栄ちゃん、頑張れ！」

最年長の勝代さんがエブリの社旗を振り、応援団長さながらに声援を送ってくれている。

猫市が今やプロ並みに上達した着ぐるみパフォーマンスでポーズを取り、観客を煽る。

それから、お約束通り、エブリにゃんの頭部をえいやと外し「ぶはーっ」と息を吐く。

ゲラリーの公開インタビューが始まった。

ヒメ様が「これからオモワンの優勝を目指しての大舞台ですが、今のお気持ちを」と切り出した。えもやんは「コンビ結成十五年の全てをぶつけて、日本中を笑かしてきます」

と答えた。猫市は「同感やな」と被せてくる。

二つ、三つと続く質問にえもやんが答え、猫市が「同感やな」と被せたので「自分で喋らんか」とツッコんだ。するとまた猫市が「同感やな」と被せる。

客席の笑いがひと際大きくなった。

そしてインタビュアーのヒメ様も、声を上げて笑った。

この子、こんなふうに笑う子だったのか。客席ではいつも静かに微笑んでいた。こんなに口を開け、声を上げて笑っているところを初めて見た。

猫市がヒメ様に向かって「いい笑顔やな」と、しみじみ呟いた。

「いやあ、ホンマにいい笑顔や」

猫市は繰り返す。えもやんはオチを付けるため「同感やな」とボケを差し込んだ。

「お笑い実業団の皆さんは、のらえもんのお二人に、どんな言葉を掛けられますか」

ヒメ様は「フリーターズのお二人、いかがでしょう」とマイクを向ける。

「今年は先輩たちに譲りましたんで、まあ、温かく見守ってあげますよ」と真理が軽やかに言うと、笑梨がすかさず「同感だね」と続く。

えもやんも反射的に「もうええわ！」とツッコむ。

「ピカソーメンさんは、猫市さんと同居されているということですが」

「いいえ、同居でなく居候です。ネコさんがぼくの家に居候しています」

ピカソーメンのぶっきらぼうなコメントに、客席から笑いが起きる。

「優勝して、早くぼくの部屋から出て行ってください」

猫市は「やかましいわ」とツッコみ、それから唐突に「皆さん、このピカソーメンいう男、実はどえらい奴でして」と話題を変えた。

「ピカソーメン画伯、来週土曜深夜零時放送の『芸人わいわいキャンプ』年末特番で、アート芸人コーナーに出演します！」

客席から大きな拍手が起こった。猫市とえもやんで仕組んだ逆サプライズだ。

ヒメ様が「ピカソさん、おめでとうございます。どんなご縁でオファーがあったんですか」と訊ねるが、ピカソーメンは「ぼくの話はいいですから」と遠慮する。

えもやんは「ほな、代わりに説明します」と割って入った。

「彼、けったいな料理動画をほぼ毎日作って投稿してます。絵に描いた料理を動画に撮るという回りくどいことをずっとやっとりましたが、それが報われましてん」

ジャンク料理の動画が反響を呼び、再生数が増え、アート芸人特集に声が掛かったのだ。

彼は「才能の無駄遣い」を愚直に続け、報われた。オンエア前で口外できないが、番組の企画で彼の抽象画は一枚八十万円で売れた。

えもやんが「ホンマに良かったです。改めて拍手を」と客席に呼び掛け、また盛大な拍手に包まれる。ピカソーメンは「ぼくの話なんか、いいですから」と照れ隠しする。

「仲間のめでたい話が、うちらの背中も押してくれんねん」

えもやんは、ピカソーメンの背中をバシッと叩いた。

お笑い実業団は個々のコンビや芸人の集まりであると同時に、四組でひとつのチームだ。

「ではロック春山さん、お二人に贈るロックな言葉など、ありますか」

ヒメ様から最後に話を振られた春山は小走りで舞台袖へ引っこんでしまった。挙動不審だ。すぐに大きな黒いバッグを持って戻ってきた。目が据わっている。大丈夫だろうか。

＊

春山はバッグを持って舞台に戻り、のらえもんの二人の側にあぐらをかいて座った。

「二人を激励するため、ロックなネタを披露するぜ」

マイクは使わず、地声でがなり立てる。

大舞台に挑む二人のために、自分にできる最大の贈り物は何かと考えた。

いつもサービスカウンターからアキチーナを見守ってくれている亜樹に相談した。亜樹は即答した。言葉よりも、春ちゃんの渾身のネタを贈ってあげたら？

「みんな、大人買いしたいもの、たくさんあるんじゃないのかベイベー」

マンガの全巻買い。金がない、諦めよう。ガチャガチャ、買い占め。本当にやろうとしたら小学生たちに冷めた目で見られて十個目ぐらいで心が折れたぜ。

「でも思い出したのさ。俺が一番大人買いしたかったやつは、こいつだった」

　春山はバッグを開け、五本一パックのヤクルトを二パック取り出した。

「こいつをウイスキーの瓶に一本ずつ次々と流し込んでやるのさ」

　ウイスキーの空き瓶を取り出し、キャップを開ける。それから一本一本、ヤクルトの小さなプラスチックボトルに被せられたアルミの蓋をはがしては、瓶に注いでゆく。

「一本六十五ミリリットル。こんなに美味いのに、あまりにちっちゃくて切ないよな。ガキの頃、こいつをガブ飲みできたらどんなにロックだろうって思ったよ」

　荒唐無稽なネタの出現に、超満員の客席がざわついている。

「どうだい、この段取りの悪さ。これじゃ、料理番組からは一生お声が掛からねえなあ」

　十本のヤクルトを充塡し終えると、瓶はほぼ満たされた。

「夢の一本が完成したぜ！　世界に一本だけの、ヤクルトマイボトルだ」

　半分ネタで、半分は本心だ。子供の頃に思い描いていた夢、ヤクルトのガブ飲み。

「大人買いしたヤクルトを、ウイスキーの瓶にブチ込んでロックに大人飲み。俺のアメリカンドリームがコンプリートする瞬間を祝福してくれ、ベイベー」

　春山は瓶口を咥え込むと真上を向き、瓶を垂直に傾け、一気に飲み干した。

　フーッと大きく息をついて弾みをつけ、その反動で腹の底まで息を吸い込む。

それから全身の筋力を、封印していた魂を、声に託して解き放った。

ロケンローーーーーーーーーーーーーーーーーーーール!!

息の続く限りまで絶叫した後、我に返って顔を上げた。

完璧に近い静寂が客席を支配していた。

スベリ芸としてオチをつけるしかないと諦め、自虐の言葉を探そうとした次の瞬間、店内の空気が粉々に砕けるような炸裂音がした。

そうだ、これを聞くために芸人を続けてきたのだった。

「俺は今、夢をかなえた！　のらえもん、次はお前らが夢をかなえる番だ。暴れて来い！」

「おっさん、何してくれてんねん！」

えもやんが大喜びでツッコんでくれた。猫市は肩をすくめながら両掌を天井に向け「アホや、アホや」と肩を震わせて笑っている。

客席の向こう、サービスカウンターにちらりと目を遣ると、亜樹が親指をぐっと頭上に掲げていた。春山もそれに応えて拳を高く突き上げた。

かれこれ、十年ぶりのロケンロール漫談だった。

＊

えもやんは腹の底から笑いながら、鳥肌が立った。

過去のトラウマを克服し、生まれ変わるかのような雄叫《おたけ》びだった。きっとロック春山は、決意のロケンロールを叫ぶことで、のらえもんへのエールに代えたのだ。

「皆さん、ロックさんはロケンロール漫談をずっと封印してはったので、十年ぶりの復活です」

えもやんはロケンロール漫談の復活を告げ、客席から大きな拍手が沸き起こる。

「さあ、俺のロックなエールのせいで時間もなくなってきちゃったから、先に進もう」

えもやんは「ホンマや」と笑った。十時半には店を出なければならない。

「では最後に、のらえもんのお二人から、ひと言お願いします。えもやんさんから」

ヒメ様にマイクを向けられる。ひと言で表せば、感謝しかない。

「十五年間、ずっと売れへんままやってきて、正直、売れてる人がよう言う『ファンの皆さんのおかげです』とかって、ホンマかいなと思うてました。リップサービスやろうと」

ファンといえる人はほとんどいなかった。だから実感が持てなかった。

「でも、ここで漫才やってきて、ホンマの話なんやって気づきました。応援をもらうと、こんなに力が出るもんなんやと。ここはお笑い実業団のホームグラウンドや。ネタ作りの時、ネタ合わせの時、ライブに臨む前……思い浮かべる人の顔がぎょうさん増えました」

アキチーナに観に来てくれる老若男女。この人たちを笑わせたいと思えるようになった。

「十五年間売れへんかったうちらには、敗者復活からの一発逆転が一番似合うてます」

えもやんが見栄を切ると、客席から「いいぞ！」「暴れてこい！」と歓声が上がった。

「でっかい舞台で十五年の全部をぶつけて、日本中を笑かしてきます。勝ってきます！うちら二人の後ろには、皆さんがついてますから。皆さん、ホンマおおきに！」

盛大な拍手が沸き起こり、声援が飛ぶ。えもやんは声援に応え、深々とお辞儀した。

「猫市さん、お願いします」

ヒメ様に訊かれ、猫市は「俺も江本と同感やな」と最後まで引っ張る。

「ホンマにこんなぎょうさん応援してもらえて、信じられへん」

猫市は真顔になって語り始めた。

「始めて間もない頃、お客が一人のライブがあったなあ。その時の子、近所に住んでる子らしいねんけど、毎回観に来てくれとってん」

ヒメ様が一瞬はっとした表情になり、頷いて次の言葉を促す。

「仕事で身体壊して、まいってしもたけど、お笑い実業団のライブ観るようになって、元気になったいうてくれて、今は仕事見つけてバリバリやってはるわ」

猫市は、今日初めてヒメ様の目を真っ直ぐに見て言った。

「笑いにはそんな力もあるんやって、一人のお客さんに教えてもろた。それから漫才続けてくうちに、こんなぎょうさんの人が観に来てくれるようになった。お笑い実業団で漫才をやってこれてホンマによかった。おおきに」

「お前、ええこと話しとるけど、顔以外はエブリにゃんの着ぐるみやで」

芸人の情けで最後にツッコんだ。

「のらえもんのお二人、どうもありがとうございました」

ヒメ様がインタビューの終了を告げると、客席から盛大な拍手が沸き起こった。

猫市はまたエブリにゃんの頭を被り、ふんわりと両手でヒメ様の身体を包んだ。傍から見れば、マスコットキャラクターがインタビュアーをハグしている図にしか見えない。

「おおきに。会えてホンマによかった」

猫市はエブリにゃんの顔で、くぐもった声でヒメ様に言った。

ヒメ様はエブリにゃんにハグされたまま、「こちらこそ」と応えた。

「見とってくれ。もっと笑かしたるから」

それから猫市はその場でエブリにゃんの上下を脱ぎ、両拳を高々と突き上げた。

「さあ、時間だ。みんなで見送ろうぜ！」

春山の掛け声で、アキチーナのステージから中央通路を通って店の正面入口へと向かう。

〈ご来店の皆様にお知らせ申し上げます。只今より、エブリお笑い実業団所属の漫才コンビ、のらえもんが、オモワングランプリの優勝を目指し、出発致します。皆様どうか、温かい拍手でお見送りくださいませ〉

亜樹の店内アナウンスが流れ、中央通路の両側に観客が並び、花道ができた。専門店街の従業員も顔を出し、拍手と声援を送ってくれる。店内のＢＧＭが再びのらえもんの応援歌に切り替わる。

頑張って、思い切りやってきて。みんな口々に声を掛け、背中を押してくれる。

もう心細くはなかった。気後れも、気負いも、負の感情は消え去った。

正面入口の外で、咲子さんが車を着けて待っていてくれた。電車で行こうと思っていたのだが「こんな大事な日だからアタシがお車でお送りするわよ」という好意に甘えた。

大勢が見送る中、小柄な男が人混みをかき分け、車の側まで駆け寄ってきた。

車を発進させようとする咲子さんを、栄治が「咲子さん、ストップ」と、引き留めた。

「四代目や」

えもやんは後部座席のウィンドウを下げた。

「のらえもんの逆転優勝を祈って、一発逆転！　桶狭間どえええええす！」

四代目は両手を上げて万歳のポーズを取った。桶狭間どえええええす！　桶狭間どえええええす！　万歳のポーズと共に何度も繰り返す。そのうち見送りの従業員たちも釣られて

「桶狭間どえええす！」の大合唱となった。

稲毛店長が、勝代さんが、亜樹が、春山が、笑梨と真理が、ピカソーメンが、皆笑顔で
「桶狭間どえええす！」と繰り返す。

「みんなして、何やってんねん……」

バカバカしくて、温かくて、心強かった。猫市が「こうすんねん。『桶狭間どえええええす！』」と両手を広げて応えてみせた。

今日こそが我らの桶狭間だ。無名のコンビが、大逆転の戦場へ繰り出すのだ。

決勝へ進み、優勝して、お笑い実業団を存続させる。アキチーナを守る。

咲子さんは運転しながら、普段通りのテンションで話しかけてくる。どのネタやるのよ、ナイショです。賞金は何に使うのよ、ナイショです。

助手席に座る栄治は、ガチガチに緊張している。そんな栄治にも咲子さんは「栄ちゃん、あんたが漫才やるんじゃないんだからね」とツッコむ。

十一時過ぎ、六本木の江戸テレビ本社隣の会場に到着した。咲子さんは三人を降ろすと、店舗業務のため、とんぼ帰りで店へと引き返していった。

会場の野外特設ステージは六本木の高層ビル街の中にある吹き抜けのスペースで、普段は野外ライブやイベントに使われている場所だ。えもやんと猫市は出演者控えテントでスーツに着替えた。ネクタイの締め方を知らない猫市が手間取り、栄治が手伝ってくれた。

客席には寒空の下、千五百人を超える観客が詰めかけていた。気温は十度を下回り、吐いた息が白く立ち上ってゆく。

正午からステージ上でネタ順を決めるくじ引きが行われ、のらえもんは十番目となった。

「今日はどのネタでいくんですか？」

栄治に訊かれ、えもやんは「樫村さんにも内緒にしときたいんですわ」と、わざと意味深な笑みを浮かべて応えた。猫市も「開けてびっくりや。楽しみにしとけ」と不敵に笑う。

ずっと支え、励ましてきてくれた栄治に、大舞台で見せてやりたいネタを仕込んである。

生放送の開始とともに開演し、どのコンビも決勝のステージを懸けた渾身のネタを披露した。さすがは準決勝まで残った猛者《もさ》たち、次々と大きな笑いをとってネタを終えてゆく。

出番が迫るとさすがに緊張が高まり、えもやんは口数が少なくなっていた。

「エブリのみんなからです」

栄治がスマホの画面を差し出す。亜樹から送られた動画にアキチーナの様子が映っている。

〈のらえもん　がんばれ〉

横断幕を掲げている人たちがいる。弥生が一番前の席で左手をお腹に当てながら右手で手を振っている。ヒメ様はメモ帳を手にしている。

「店で観ているみんなを、思いっきり笑わせてあげてください」

笑わせたい人たちの顔をこんなにもはっきりと思い浮かべながら大舞台に臨める自分たちは、果報者だ。エブリのみんなを笑わせるために練り上げた漫才で、日本中を笑わせよう。決勝一本目のために二人で作ったネタを、まずは敗者復活戦に思い切りぶつける。

舞台袖にスタンバイすると、雑念は消え去った。

寒空の下、広い舞台に飛び出した。

「どうも、のらえもんです、よろしくお願いします」

「ぼくら普段、スーパーの店の中で漫才やらしてもろてまして」

「そうです。レジで並んどるお客さんに『おい、はよ会計せい！』って怒られながら」

「どこで漫才やっとんねん」

「スーパーの催事場やと、全然客が入らん。レジならお客さんぎょうさんおるやろ」

アホか。でもホンマに、催事場で無名のコンビが漫才やってても足を止めてもらえんのです。そりゃみんな、買い物に来てはるから。そうそう、どこの馬の骨か分からん芸人より、死んだ魚がなんぼで買えるかですわ。言い方がおかしい！　言い方やと？　綺麗事を言うな。人間みな、生きとし生けるものの亡骸《なきがら》を食うて生きとるんや。まあ、せやけど……。おい、江本、魚は切り身のまま泳いでたんと違うて、元は命あるものなんやで。

「なんや、俺が悪いみたいなこの流れ」

「魚の命を軽《かろ》んじた罰や。お客さんに謝れ」

謝るえもやん、憎らしい顔で右拳を高く揚げる猫市。客席から笑いと拍手が起きる。

「なんで俺が謝ってん」

「俺の勝ちや」

「スーパーで漫才やっとるいう話やろ」

ライブにお客さんが入らへんので、店の折込チラシに告知をドーンと載せてもらいましてん。そうそう、豚バラ肉、百グラム二十八円いうてな。誰が豚バラ肉や。んでメッチャ安いな！　脂身百パーセント、最低ランクのお肉を大特価ご奉仕！　やかましいわ、骨と皮みたいなナリしよってからに、手羽先の売場にぶちこんだろうか。……骨と皮？　手羽先はな、骨と皮だけちゃうで。まあ、せやけど……。羽ばたき続けた鳥の羽の筋肉や。精一杯生きた証や！

「こら江本、手羽先に謝らんか！」

「どうも、すみませんでした」

また右拳を高々と掲げて勝ち誇る猫市。拍手笑いが起き、火が付いた。

「やめやその顔！　腹立つなあ」

客の入らへん日々が続いて、お客様のご意見コーナーにも厳しい声が届きました。やせろ！　暑苦しい！　脂っこい！　全部江本の悪口やな。んなわけあるか！　お前こそ、さかりの付いた野良猫みたいなツラしよってからに。なんやと、コレステロールの日本代表みたいな腹しよってからに。おお、前科三犯の万引き犯みたいなツラやな。お前は試食コーナー五周目の意地汚いおっさんや。

「おいネコ、お前、試食コーナー五周目が意地汚い言うたな……」

「なんや、おっさん、気色悪いな」

「意地汚いやと……？　買うか買わへんか、悩んでるお客様かもしれへんやろ。謝れ！」

「お客様、恐れ入りますが、五回試食されたお客様には問答無用でご購入頂いています」

「そうでしたか、すんませんでしたー。……って、なんでこうなるねん！」

客席から今日のうちで最大の笑いが起きた。

そうだ。猫市が何かをやらかし、えもやんが謝る。いつもこんな繰り返しだった。

「何度やってもお前の負けや」

「お前、人を怒らせる天才やな」

「まあな。子供の頃、仏って呼ばれとった優しい校長先生にグーで殴られたわ」

「しょうもない自慢話すな。すんません、これホンマの話ですねん」

スーパーで漫才いうのは難しいもんで、お客さんが一人やったこともあったんです。あったなあ。やってるほうも観てるほうもたまりませんわ。一番前のお客さん、よーくうちらの目をみとってください。こういう状態です。ガン飛ばすな！　帰られへんようにロックオンしとるやないか。もはや我慢比べでっせ。その人、最後まで観てくれはってな。

「ホンマによかったなあ、ええ話や。めでたし。どうも、ありがとうございましたー」

「勝手に帰ろうとすな！」

「ええ話といえば、泣いとった迷子を保護したこともありましてん」

「そういえば、あったなあ」

一階、サービスカウンターより、迷子のお知らせを申し上げます。おお、店内放送や、堂に入っとるな。江本太志君、歳は三十五歳、服装は全裸です。通報せい！　スーパーに三十五歳で全裸のおっさんて、迷わず通報や。なんで決めつけんねん。三十五歳で全裸かて、親と買い物に来とったら立派な迷子や。確かに……って、納得するか！　だいたい『服装は全裸です』ってなんやねん。

「迷子の放送いうたら普通、特徴を知らせるためにどんな服装か言うやろう」

「全裸を服装とは言わへん！」

えもやんが叫び、互いにしばし睨み合う。二人にしか分からない間を呼吸で計り、猫市がひと言「……名言やないか」と呟いた。

「全裸を服装とは言わへん！　客席の皆さんもご一緒に。全裸を服装とは言わへん！」

しばくぞ、お前！　黙って聞いとりゃさっきからなんやねん。全然黙って聞いてへんがな。そうやって揚げ足をとりよる！　だいたいお前、さっき手羽先は羽ばたき続けた鳥の筋肉や、精一杯生きた証や言うたな。おう、言うたで。鶏はなんぼバタバタやっても空を飛ばれへん。無駄！　手羽先は徒労の塊や！　……おっさん、恥ずかしないんか。ええおっさんが青筋立てて「手羽先は徒労の塊や！」て。やかましいわ！　お前のほうからしょうもないこと言うてきといて、なんでいつの間にか俺が悪いみたくなってんねん！　ほな、江本よ、お前に、俺に勝つチャンスをやろう。

……なんや。

……しりとりしようや。

……せえへん！

……お題はスーパーで売ってるもの。お前の先攻で……。

はんぺん！

……もう一回だけチャンスや。スーパーに売ってるもの……。

はんぺん！

……ワンモア！

はんぺん！

ワンモア！　はんぺんはんぺんはんぺん！　しりとりせえへん！　はんぺんはんぺんはんぺん！　はよ俺に漫才をさせてくれ！　はんぺんはんぺんはんぺん！　しりとり終了、お前は俺と漫才せい！　はんぺーーーーーーん！

えもやんの怒りの叫びに笑いが増幅し、やがて笑いよりも拍手のほうが大きくなった。

「お前んとこのスーパー、はんぺんしかあらへんのか」

「やかましいわ！」

いやしかし、スーパーマーケットいうのはすごいもんで、お客さんの買い物カゴの中身を見たら、その人んちの生活が垣間見えてきますねん。お前、言うたな、ホンマやな。カートでぎょうさん買い込むお客さんもおるで。味噌とティッシュペーパー五箱入りが一点、二点、三点、四点。はい、今日の晩ごはんは何でしょう。分かるか！　今の買い物で晩飯言い当てたら天才や。正解は味噌煮込みティッシュペーパーや。そのまんまやないか！　ティッシュ煮て食うたとか、下積みバンドマンの苦労話か。

「ロケンローーーーーーーーーール！」

〈おい、アドリブやめい〉

えもやんは目で訴えた。

「皆さん、すんません、今のは同じスーパーで働いてる、先輩芸人のネタですけど……」

「ロックはあかんか、ほなミュージカルや。スーパーは楽園、なんでも揃ってるのー♪　大根の馬車で、売場を駆けまわるのー♪」

猫市は大きな身ぶり手ぶりを交え、名作ミュージカルの旋律を付けて歌い出した。

買い物、買い物、アイラブユー、買い物、明日はカレーライスー♪　おい、おっさん！

どないした！　納豆ネバネバ、オクラといい勝負ー♪　内容ゼロやな！　豆腐の角に、頭をぶつけてみたいのー♪　おっさん、頭大丈夫か？　買い物、買い物、アイラブユー、買い物、明日はカレーライスー♪　カレーの食材買うとらんぞ！　猫市が頭の上で両手を叩いて手拍子を煽る。買い物、買い物、アイラブユー、買い物、あさってはハンバーグー♪

「誰か、僕を助けてください……！」

手品のように、お気に入りのもの、バッグに消えるーのー♪　万引き犯や！　あ、いま外に出たわ、追わなくちゃー♪　それ万引きGメン！　買い物、買い物、アイラブユー、買い物、見せかけて逃げるー。最低やな！　買い物、買い物、アイラブユー、買い物、見せかけて逃げるー。

えもやんは、歌の切れ目に合いの手のように短いツッコミを入れる。客席からの笑いに、拍手が交じる。反射神経だけでツッコミを繰り出す。薄氷を踏む思いだ。だが……楽しい。どうしようもなく楽しかった。やりたい放題で踊り歌う猫市。

〈どうした、江本、俺を止めてみろ。ド突いてみいや〉

ドヤ顔で挑発してくる猫市の、心の声が聞こえてくる。

そろそろ時間や、目を覚ましやがれ。えもやんは舞台袖ギリギリまで離れてから思い切り助走をつけた。宙を舞い、猫市の左肩に飛び蹴りを食らわせる。猫市の身体が綺麗に真横へ吹っ飛び、板の上に倒れ込んだ。

　完璧に近い静寂が一瞬だけ客席を包んだ。その後、空気がぶち破れるような音がした。

〈ぎょうさんの人がいっぺんに笑うと「ドッカーン」って音が聞こえんねんな〉

　今、確かに聞こえた。

「……お前……肥えた身体でよう飛んだな！」

　素に戻って笑いながらフラフラと起き上がる猫市。えもやんも起き上がる。

「殺意のパワーや。芸歴十五年分まとめてツッコませてもろたわ！」

「さすがに今の飛び蹴りは、やり過ぎやろ。お客さん、一瞬引いとったぞ」

「ほな痛み分けや。お客さんに『申し訳ありませんでした』って謝るで。せーの」

「申し訳ありませんでした！」

　えもやんが頭を下げるが、猫市は憎らしい顔で謝らない。

「ええ加減にせい！　もうええわ、どうも、ありがとうございましたー」

　千五百人収容の客席から沸き起こる拍手と笑い声に、心が震えた。

　出演者控用のテントに戻ると、他のコンビが口々に声を掛けてくれた。

　ＭＣのピン芸人・ロゼッタ河合《かわい》がテント内の中継で芸人たちに話を振ってくる。

「のらえもん、はちゃめちゃなやつをブッ込んできました。会場はドカンドカン受けてましたねえ。飛び蹴りがＳＮＳのトレンド入りしていますよ」

「めっちゃ楽しかったです！」

猫市が晴れ晴れとした表情で言った。

あとは視聴者が、面白いと思った三組を選んで投票し、その得票数で勝負が決まる。

控室で軽食をとったりしながら待機していると、あっという間に決勝戦の放送が始まり、敗者復活戦の結果発表の時間がやってきた。

出場芸人が全員ステージの上に集められ、決勝戦のスタジオと中継が繋がる。

〈それでは、十六位から五位まで一気に発表していきます〉

名前が呼ばれた瞬間に敗退が決まり、最後に呼ばれたコンビが決勝戦へ進む。

スタジオの司会者が、コンビ名を十六位から順に読み上げてゆく。呼ばれたコンビはそれぞれ天を仰いだり、唇を嚙みしめたりして敗退の事実を受け止める。

〈さあ、残っているのはあと四組です。前へ出て来てください〉

えもやんは、隣の猫市を見る。目が合った。猫市は自分を指差す。残ってるよな？。

猫市とえもやんは、敗退が決まった芸人たちの手で最前列中央へと押しやられた。

〈のらえもんは、芸歴十五年目、今年が最後ですね〉

スタジオの司会者からコメントを振られても、何も考えられない。えもやんは芸人の意地として何かを叫んだが、自分の口走った言葉が一体何なのか分からなくなっている。

一組ずつ名前が呼ばれていく。残り三組、残り二組……。まだ呼ばれていない。

会場とステージ上の芸人集団からも、そしてスタジオからも絶叫が響く。

興奮のるつぼの中、決勝の会場へと向かってゆくジャンジャカジャンキーの背中を見送った。得票数が生放送のモニターに表示され、溜息や悲鳴が上がった。ジャンジャカジャンキーの約三十二万二千票に対し、のらえもんは約三十二万票。わずかの差だった。敗者復活戦会場の中継が終わった。残されたコンビ十五組がステージ上で、互いの健闘を讃え合っている。彼ら彼女らには、まだ来年がある。

その場で解散となり、ステージを降りた。

猫市が「座りたい」と弱々しく呟いた。えもやんも「同感や」と応じた。植え込みの花壇とビルの壁の挟間で、並んでへたり込むように座り、壁に背をもたせかけた。

栄治が「おつかれさまでした」と言葉少なに、ペットボトルの水を渡してくれた。栄治は、この世の終わりのような沈痛な面持ちをしている。えもやんは努めて張りのある声で「約束、果たされへんで、すんませんでした」と言った。栄治は無言で首を横に振る。

「少しの間、二人だけにしてもろてもええか」

猫市が言うと、栄治は頷いて立ち去っていった。

それから、どれぐらいだろうか、お互いに何も喋らず、沈黙が続いた。

「あかんやつや」

猫市がぼそりと言った。えもやんは「なんや」と答えた。

「十五年目、敗者復活戦で二位……」

「せやな。一番やったらあかんやつやな……」

敗者復活戦でどれほど僅差で敗れたとしても、世間一般にはほとんど伝わらない。人生が変わるほどのブレイクを果たすのは優勝者を含むファイナリストの十組までだ。ファイナリストと敗者復活戦の二位惜敗との間には、天と地ほどの隔たりがある。

「お前、何やらかしてんねん。アホやで」

「お前や」

どちらからともなく笑い出した。アホやな。どうせ負けるならいっそ十位ぐらいがええわ。二位やで、一番「キーッ」てなるやつやぞ。一生夢に出て来る負け方やで。

アホや、アホや。お前がアホや、いや、お前や。

段々笑いが止まらなくなり、ヒーッ、ヒーッと悶え苦しむ。

「俺らにふさわしいオチやで！」

猫市が息も絶え絶えに笑いながら嘆く。

「ほんまアホやなあ！　この、何者にもなられへん感じ！」

アホや、アホや。涙で視界が滲む。どの感情から湧き出ているのか分からない。どのぐらいそうしていただろうか、疲れ果て、二人並んで壁にもたれかかりながら、呆然と宙を見つめていた。何も考えられなかった。やり切った満足感でもない、あるいは絶望感でもない。正でもなく負でもなく、ただ「無」の中を漂っていた。

突然「えもやんさん」と鬼気迫ったような声がした。

栄治がスマホを握りしめて駆け込んできた。

「えもやんさん、すぐに病院に行ってください」

病院と言われ、えもやんは一瞬で我に返った。栄治が武蔵野市内の病院の名前を告げる。

「弥生さん、急に陣痛が始まって、咲子さんの車で病院へ向かったそうです」

予定日まではまだ十日あるはずだ。栄治からの伝言によると、弥生はアキチーナのパブリックビューイングでのらえもんの漫才を見届けた後、腹痛を訴えた。咲子さんが車を出し、江本家に寄って用意してあった入院セットを持って病院へ向かったという。

「うちらの漫才終わった後て、もう三時間ぐらい経ってますやん」

弥生は咲子さんに、まだ決勝戦があるから伝えないで欲しいと頼んだらしい。

「咲子さんからの連絡では、もう分娩室《ぶんべんしつ》に入ったと言っていました」

「分かりました、すぐに行きます。ネコ、お前も付いて来てくれ」

「俺が行ったかて、役に立たへんぞ」

「ええねん。来てくれ」

へたり込んだままの猫市の腕を摑んでぐいと引っ張り起こす。

大急ぎで楽屋へ荷物を取りに行くと、敗退したコンビの面々が、テレビで決勝戦に見入っていた。事情を話すと、皆で「早く行ってください」と送り出してくれた。

大通りでタクシーを拾った。後部座席に猫市と並び、栄治は助手席に座る。行き先の病院名を告げる。一番早いルートで向かうよう、運転手に頼んだ。

タクシーが走り出してすぐ、猫市は隣で気を失ったように眠り始めた。えもやんは、弥生に付き添ってくれている咲子さんとスマホで連絡を取りながら、病院を目指す。

五十分程で病院に着いた。病院の一階待合室で咲子さんが待っていた。

「おつかれさま。間に合ってよかった」

ここは地域の拠点病院。休日夜にもかかわらず、一階の待合室には診察を待つ人たちが座っていた。テレビでオモワングランプリの決勝戦が流れている。

猫市は無言のまま、壁に掛かったテレビを睨んでいた。

〈ジャンジャカジャンキーの点数、なんと、六六三点！　暫定《ざんてい》一位！〉

敗者復活戦から勝ち上がったジャンジャカジャンキーがそのままの勢いで決勝戦一本目のネタを披露し、高得点を叩き出した。上位三組で争う最終決戦進出は間違いない。

あの場所にいたかもしれない自分と、いま病院で我が子の誕生を待つ自分。選ばれた人間と選ばれなかった人間。それらが胸の奥で交錯し、自問を繰り返す。

俺は選ばれなかった人間なのだろうか。

俺は選ばれなかったから今ここにいるのだろうか。

「弥生には、うちらの結果は……」

「まだ知らせてないわ」

咲子さんが首を横に振る。えもやんが顔を出した瞬間、弥生は結果を知ることになる。

看護師に案内され、分娩室に通された。弥生が分娩台の上に横たわっていた。いつもより白くなった弥生の顔が、命がけの仕事を物語っている。

「遅くなってごめんな」

えもやんは、かがんで弥生に声を掛けた。

「のらえもん、すごい面白かった」

「ありがとう」

決勝戦に進むと信じて連絡を控えていた弥生の気持ちに応えられなかった。だがその代わり、えもやんはこうしてこの瞬間に立ち会える。

すぐに陣痛の波が来て、弥生は助産師の指示にしたがっていきむ。

えもやんは無力だった。一緒にいきむことも、痛みを肩代わりすることもできない。

全身を震わせていきむ弥生。華奢な弥生の手が凄まじい力でえもやんの手を握り返す。掌の骨が粉々に握りつぶされるかと思うほどの力だ。

陣痛の間隔がどんどん短くなっていく中、一時間が経った。弥生が分娩室に入ってから既に五時間以上が経過している。初産《ういざん》の場合は十時間以上かかることも多いと聞いていたが、弥生はかなり早いようだ。

いよいよだ。弥生は医師と三人の助産師に囲まれ、最後の力を振り絞る。頭が出てきた。もう少し。頑張って。赤ちゃんも頑張ってるよ。

頑張れ。頑張れ。えもやんは祈るばかりだった。

命から命が生まれる。頭では分かっているが、いざ目の前にすると信じられなかった。

分娩室に我が子の泣き声が響く。元気な女の子だ。すぐに助産師が身体を拭き、産後の処置を施す。もがきながら何かを求めるかのように手足をばたつかせ、泣き続ける我が子。白いタオルにくるまれ、弥生の胸に抱き寄せられた。

「お父さんも抱っこしてみますか」

助産師に勧められ、弥生にも「抱っこしてあげなよ」と促された。えもやんは石鹼《せっけん》で入念に手を洗い、タオルにくるまれた我が子を恐る恐る抱き上げた。

「おとうちゃんやで。早く出てきたかったんやなあ」

全身の力を振り絞るかのように泣く娘を見て「この子を笑わせたい」と思った。その様子を横目に安堵の笑みを浮かべる弥生を見て、この人をもっと笑わせたいと思った。

分娩室を出て、栄治と猫市に生まれたことを告げた。

「おめでとさん。おとんを慰めるために、はよ出てきたんやろな。ええ子やん」

猫市がぶっきらぼうに言った。栄治は安堵した様子で「おめでとうございます」と言う。

「ネコ、俺と漫才続けてくれ」

「なんや、やぶから棒に」

「頼む」

えもやんは、猫市に深々と頭を下げた。

横から栄治が「自分からも、お願いします」と猫市に頭を下げた。

「続けなしゃあないやろう。一生、敗者復活戦二位を武勇伝にする、しょうもないおっさんになるのは嫌やからな」

猫市がテレビを見上げながら答えた。

〈優勝は、ジャンジャカジャンキーです！　おめでとうございます！〉

紙吹雪《かみふぶき》の中、タッチの差で自分たちをかわして決勝へ進んでいったジャンジャカジャンキーが喜びを爆発させている。

「せや、このままでは終わられへん」

もう一度、猫市が自らに言い聞かせるように呟いた。

「ここでお二人にお知らせがあります」

栄治は、もったいつけたように一呼吸置いて、言った。

「仕事のオファーが、来ました」

栄治の携帯電話に連絡があり、年末年始の生放送のネタ番組から急きょオファーが二件入ったという。敗者復活戦のネタを見て連絡してきたらしい。

オモワンに優勝していたら、いや、せめて決勝に進んでいれば、入ってくる仕事の量はケタ違いだったはずだ。でも、たらればを言っても始まらない。

「せや、江本の娘の名前を決めようや」

「アホか、お前には絶対に決めさせへん」

「俺から一文字を授けて、猫美《ねこみ》いうのはどうや」

「絶対あかんわ」

また新たに、のらえもんの漫才が始まる。

＊

〈お笑い情報通信　ゲラリー
【オモワングランプリ　舞台裏戦記】
今年のオモワングランプリは、敗者復活戦を勝ち上がった結成二年目の新星・ジャンジャカジャンキーの優勝で幕を閉じた。
その陰で、のらえもんという結成十五年目のコンビがひっそりとオモワンの表舞台から去ったことをご存知の方はどれぐらいいるだろうか。敗者復活戦でジャンジャカジャンキーの前に僅差の二位に沈んだ、ほぼ無名のコンビである。

ボケの野良猫市とツッコミの江本太志は共に大阪府出身の幼馴染。

彼らは普段『お笑い実業団』という集団に所属している。芸人が所属する芸能事務所のようで、一風違う。エブリというスーパーの催事場で日々、ライブを開き、買い物客にネタを披露している。このお笑い実業団は、吉祥寺店でアルバイトをしていた芸人たちをエブリが準社員として登用し、芸人活動をサポートするもので、名実ともに「お笑い」の「実業団」である（のらえもんは江本のみエブリに籍を置き、野良はライブ出演だけの専属出演契約）。所属芸人はのらえもんの他、今年バイト漫才で『爆笑ホットプレート』から頭角を現したフリーターズ、ロケンロール漫談のロック春山、絵描き芸人のピカソーメンという四組の顔触れだ。

四月に発足して以来『アキチーナ』と名付けられた店内の催事場で週に二～三回のライブを続けてきたが、最初のうちは見向きもされず、観客が一人だけの回もあった。だがその後、フリーターズのブレイク、のらえもんのオモワン予選快進撃などで今やライブは毎回立ち見が出るほどの盛況となっている。

当初の惨状を思えば、奇跡の九ヵ月と言っても過言ではない。その裏には、ファンを一人ずつ増やしていった彼らの地道なライブ活動がある。野良と江本は口を揃えてこう言う。

「笑かした人は味方になってくれます」

ネタを磨き、買い物客を笑わせ、味方を増やしていったお笑い実業団。味方になった人々はやがて応援団となり、芸人たちの背中を押す。夢は膨らみ、ついに「お笑い実業団からオモワンファイナリストを」という奇跡に手の届くところまで上りつめた。

私はオモワングランプリ決勝戦当日、お笑い実業団の〝ホームグラウンド〟であるエブリ吉祥寺本店・アキチーナのパブリックビューイング会場で取材に当たった。

我が町の漫才コンビを応援するサポーターが集い、スクリーンの前で敗者復活戦の模様を見守っていた。鳴りやまぬ応援歌（彼らのために作られたオリジナルの応援歌があるのだ）、そして「チームメイト」である芸人たちが客席を盛り上げる。のらえもんのネタが始まると、皆が祈るように野良と江本の掛け合いに見入った。つかみから大爆笑、その後も笑い声は尽きなかった。

結果発表の瞬間には、会場から悲鳴が上がった。涙を流す人、よくやったとスクリーンに向けて叫ぶ人、最後は皆がのらえもんの健闘を讃えて応援歌を合唱した。のらえもんの敗退を通じてまた、お笑い実業団のサポーターがひとつになった瞬間でもあった。

芸人たちの間でも、のらえもんの敗退を惜しむ声が上がっている。三回戦でMCを務めたオムライスの芝原も「ジャンジャカジャンキーが面白いのは確かだが、個人的にはのらえもんの漫才が突き抜けていたと思う」と振り返る。

十五年目、最後の望みを懸けた敗者復活戦で僅差の二位。悲劇的な幕切れだった。

だが、ドラマはそれだけでは終わらなかった。オモワンに敗れた夜、ツッコミ担当の江本太志は一児の父になった。敗者復活戦での敗退が決まってすぐ、江本は病院の妻のもとへ駆け付けて出産に立ち会い、女の子の誕生を見届けたのだった。

オモワン戦士としては志半《こころざしなか》ばで散ったのらえもん。だが彼らの漫才は終わることなく、進化し続けるだろう。今後も、のらえもんとお笑い実業団の活躍から目が離せない。

最後に、私事ながら本記事は、私がゲラリー編集部に入社して初めての取材記事である。私は前職で心身を壊して退職し、自宅で療養していた。近所のスーパーに買い物に出掛けた時、お笑い実業団に出会った。脱け殻のような毎日を過ごしていた私は、彼ら彼女らのネタを観て笑うことで生きる力を取り戻した。お笑いには人を元気付け、勇気付ける力がある。私はその力を伝えたい。

ゲラリー編集部　中橋理香〉

＊

栄治の年末年始は、夢見心地のままあっという間に過ぎた。

のらえもんは三本の生放送ネタ番組に出演を果たした。番組の後、栄治のもとには更なるオファーが舞い込んできた。オモワンに敗れても彼らの夢は終わらなかった。

年明けからアキチーナでのライブは毎回立ち見で溢れ返る大盛況となった。

その矢先、約百年にわたってエブリを育ててきた創業家・沢渡家が経営の一線から退くというニュースは、その歴史の長さに比してあまりにも呆気なく報じられた。

「四代目、辞めるってさ」

稲毛店長が、大盛況のライブを終えて休んでいた栄治とお笑い実業団皆に告げた。業績不振の責任を取って社長を退き、経営権のない相談役に就くという。代わって、専務取締役の小田島が社長に就任する。

事実上の電撃解任だ。一週間後の取締役会で決議される。

「四代目の辞任で、一月末に臨時の株主報告会が開かれるそうだ」

稲毛店長によると、その臨時の株主報告会では報告事項の中のひとつに、お笑い実業団の活動実績報告という項目が設定されているという。

「さらに、余興で誰か一組、ネタを披露しろというオーダーが入っている」

春山が「圧倒的なアウェーだな……」と呟いたきり絶句する。

小田島は株主に対し、お笑い実業団はお荷物事業だと刷り込んでいる。その人たちの前で漫才をするのだ。栄治には、それがどれだけ恐ろしいことか分かる。

「店長、断りましょう。こんな悪趣味な仕打ち、株主への報告義務の範疇外《はんちゅうがい》です」

栄治は稲毛店長に進言した。

「うちらにいかせてください。一矢《いっし》報いたりましょう」

申し出たのは、えもやんだった。

「ネコさんも、それでいいんですか」

株主の前に出て行く御前漫才など、猫市が応じるだろうか。

「うちらの漫才は人を味方につける漫才やろ。ほな敵の真っただ中で、やったろうや」

「じゃあアタシ、観に行ってあげるわ」と咲子さんが手を挙げた。

「株主報告会なので、会場には株主しか入れませんよ」

栄治が言うと、咲子さんは「アタシも株主だもん」と事も無げに言った。

「ホンマですか！　咲子さん、金持ちマダムやったんですね」えもやんが驚く。

「いやいや、旦那と百株ずつしか持ってないけど、一応株主でしょう」

「よっ、株主様！　ゲラの咲子さんが客席におってくれたら、大丈夫や！」

えもやんが笑い、みな沸き立った。栄治も空元気を振りしぼって笑った。お笑い実業団の前途には再び暗い影が差している。だからこそ、笑っていたかった。

臨時株主報告会を一週間後に控えた夜、稲毛店長と栄治に月見会からお呼びが掛かった。

この日は、取締役会で四代目の退任と小田島の社長就任が決議された。

小田島新社長誕生の日だ。

場所は、八ヵ月前に呼ばれたのと同じ、武蔵野市内の料亭。

前と同じ「葵の間」に通されると、新社長の小田島と月見会の面々が既に酒盛りを始めていた。小田島は、上座の膳の前でお猪口を呷っていた。沢渡家の創業家としての歴史は今日を境に幕を閉じ、自らを「外様役員」と謙遜していたこのへの字口の男が新社長だ。

「おお！　二人とも、小田島社長がお待ちしてたぞ。ははは！」

取り巻きの男が居丈高に手招きしてくる。かなり酔いが回っているようだ。

「実によくやってくれたよ。娯楽事業開発室長どの」

小田島は口をへの字に曲げながら、愉快でたまらないといった様子で声を殺して笑った。

「あの事業、株主様たちからは実に評判が悪くてね。『どうなっているんだ』って、私もあちこちからお叱りを受けていたんだよ」

「何をおっしゃりたいのか意味が分かりません」

栄治は、勝ち誇る小田島の顔をじっと見据えた。

「アキチーナの活用策を抜本的に見直そうという方向性が、はっきりと打ち出された。株主様も含めて、踏ん切りがついたという訳だ」

「アキチーナとお笑い実業団、生かすも殺すも新社長の思うがままということですか」

栄治の言葉に小田島はまた声を殺し、肩を震わせて笑った。

「お笑い実業団の芸人たちは、一年足らずで目ざましい活躍を見せています。店舗の対前年比売上は一進一退ですが、集客は明らかに伸びています。なぜ冷遇されるんですか」

「活躍？　ああ、オモワングランプリだっけ？　あれはさすがに冷や冷やしたよ。万が一、優勝でもされてたら、まずいことになってたかもしれないからね」

株主をはじめ、お笑いに詳しくない人たちには、テレビ番組にちょっと出始めたぐらいではあまり認知もされず、価値も分からないのだ。

「お笑いの賞で惜しいところまで行った。ご立派なことだ。でも、アキチーナでお笑い実業団を続けることが利益に直結しないなら、然るべき判断を下すしかないのだよ」

「お願いです、今しばらく見守って頂けないでしょうか。店長として、お願いします」

稲毛店長が畳に顔をつけんばかりに頭を下げ、割って入った。

小田島は「店長として？　はて、どういうことだろうかね」と呟いた。

「最初に言ったろう。アキチーナは三代目が築いたエブリの象徴。アキチーナの在り方を変えるのは、エブリの在り方を変えることに他ならない。今がその時なんだよ」

どんどん自分の思うところへ物事を引きずり込んでゆく。やはり蟻地獄のような男だ。

「お笑い実業団には株主報告会での大舞台を用意した。有終の美を飾ってもらおう」

そう言って小田島は呵々大笑した。他の者も追従の笑い声を上げる。有終の美という言葉とは裏腹に、小田島の表情からは敬意のかけらすら感じられない。彼はただ創業家から経営権を取り上げ、エブリからアキチーナという理念を取り上げたいだけではないか。

「小田島さん。あなたは、どこを向いて……誰に向かって仕事しているんですか」

咎める声の主は、稲毛店長だった。

「丸投げ君、だったかな」

小田島は上目使いに稲毛店長を一瞥し、陰で知られた渾名を口にした。

「今度は吉祥寺本店を、店ごと丸投げしてもらおうか。この場にいる誰かに」

すると襖の向こうから「社長！」と呼ぶ声がした。遅れていた立川店の横松が座敷に駆け込んできた。横松は息を切らし、冬にもかかわらずびっしょりと汗をかいている。

「社長、一大事が……！」

「おう横松、どうした。遅かったな。まあ座れ」

上機嫌の小田島が空いた席を勧めるが、横松は座ろうともしない。

「創業家が、株を全てボンボヤージュに売却するようです」

横松は強張った表情のまま、スマホを小田島に差し出した。小田島は酔眼で画面を一瞥する。栄治もスマホを取り出し「エブリ　株式　売却」とキーワードを入れて検索する。経済ニュースの速報記事がすぐにヒットした。

「ＴＯＢです」

横松の言葉に、座敷には異様な沈黙が流れる。

ＴＯＢ。株式公開買い付けだ。

創業家の株式保有率は全体の三七・五％。ボンボヤージュはそれを買収し、更に他の株主からも売却を募る。五〇％超を買収すれば、ボンボヤージュはエブリの経営権を得る。

つまり、エブリはボンボヤージュの子会社になる。

「何だこれは、デマだろう」

小田島の言葉とは対照的に、記事は具体的で、嘘やでたらめを並べて書けるものとは思えない。ボンボヤージュの発表内容を報じる記事には、期間は約二ヵ月、価格は現価格より三百円ほど高い、一八三〇円に設定する予定と具体的な数字まで記されている。

「俺は何も聞いてないぞ。こんなことあるはずがない」

「水面下で話を進め、ボンボヤージュも四代……うつけの話に乗ったようです」

四代目がボンボヤージュの創業者・井桁孝造《いげたこうぞう》に相談を持ちかけてスピード合意に至ったと記事は報じている。

〈エブリは小田島新社長を中心とした新体制でメガマートとの業務提携に向けた協議を開始すると発表したばかりだが、創業家は元来、ボンボヤージュとの提携を模索していた。今回のＴＯＢが成立すれば、エブリは一気に元の方針へ舵を切ることになる〉

四代目が捨て身の奇策に出た。社長の座を降り、更に自身の保有する株を全て売却し、エブリの経営から完全に手を引く。それと引き換えに、小田島が進めていたメガマートとの提携話をひっくり返し、ボンボヤージュに会社を託した。

しかし不思議だ。最初の記事の配信時間はほんの七分前。小売り業の雄・ボンボヤージュが絡んだ電撃発表とはいえ、なぜこんなにも早くネットニュースに出回ったのだろう。

その謎は、記事を最後までスクロールさせると、すぐに解明された。

〈動画リンク　エブリ創業家四代目・沢渡宗一郎氏のメッセージ〉

クリックすると、ちょんまげのカツラを被った四代目が映っていた。『チックタック』という十五秒のショートムービーだ。スマホで自画撮りしたらしき雑な動画の再生が始まる。

〈エブリのうつけ者、前社長の沢渡宗一郎です。ダテにうつけと呼ばれてないよ！　一発逆転、桶狭間どえええええええす〉

最後の「どえええええええす」のタイミングで映像が前後に揺れ、白目を剝いた四代目の顔がいくつにも分身しては一つに戻るのを繰り返す。

これが延々とリピート再生される作りになっている。

この動画が凄まじい勢いで再生されているらしい。

「あのぉ……大うつけがあああああっ！」

小田島は怒声を発して立ち上がり、膳を蹴飛ばした。酒や肴《さかな》が畳の上に飛び散った。

「おい、広報部に指示して早くこのふざけた動画を消させろ！」

小田島の指示が飛び、配下の社員たちが本部に電話を掛けている。しかし動画を消してどうなる問題でもないし、もはや手の付けようがないほどネット上に拡散していた。

短文投稿SNS・ツブヤイターのトレンドキーワードを見ると「エブリ」「お家騒動」「桶狭間」「うつけ」「変顔動画」など、四代目の動画に関する単語が上位に並んでいる。

〈【バカ】エブリのお家騒動で創業家社長の変顔動画が胸アツ〉

「会社転覆に繋がる不祥事だ」

怒り狂って座敷を飛び出してゆく小田島や慌てふためく部下の社員たちをよそに、栄治は動画に目を落とした。栄治の隣では、稲毛店長が声を殺して笑っている。

炎上騒ぎと言って差し支えない緊急事態の中、不謹慎と言われるだろう。

でも、この人の会社で仕事ができてよかった。なぜだか無性にそう思えたのだった。

＊

一年半前、夏の盛りの昼下がりのこと。

エブリ創業家四代目の沢渡宗一郎は、父・沢渡茂吉のいまわの際に呼ばれていた。人払いをし、病室で二人きり。父は消える間際のろうそくの炎のように、はっきりと意識を取り戻した。せめて最後にわだかまりを消そうと、幼い頃の思い出を脳内で再生していた。

小学校の帰りに店に寄ったこと、「そうちゃん」と呼ばれて皆に可愛がられていたこと、アキーナで遊んで過ごしたこと。

自分は後を継ぐのだという運命に子供心ながら気付いたのはいつの日だったろうか。小売業界でも社内でもカリスマと呼ばれた父・沢渡茂吉はいつでも非の打ちどころがなかった。美しい考え方や生き方を、少しの言葉と雄弁な行動で体現し続ける人だった。

父は言動の端々まで、抜け目ないぐらい高潔だった。朝早くに店の周りをほうきとちり取りで掃除して回り、近所の人たちに感心されると「好感度を上げるためにやってるんです」などとおどけてみせて、また株が上がるといった具合だった。

そんな父が幼い頃こそ誇りに思えたが、成長するにつれ、だんだんと嫌になっていった。父が高潔であるほど、自分は窮屈になる。反動で、軽率で軽薄な人間を演じるようになり、いつしか演じているのか元々そういう人間なのか分からなくなっていた。

これが、うつけの四代目と言われる所以《ゆえん》だ。

「すまなかった。お前には苦労を掛けた」

父の口から唐突に出た詫びの言葉に、困惑した。社員たちからは「あのうつけでは三代目も先が思いやられるだろう」と囁かれてきた。父もそれは知っていただろうし、自分をエブリに入社させてからは、後継者として厳しく接するようになっていた。

「なんで謝るの」

「いい時代だったから、いい格好をできた。お前にそのツケを背負わせてしまった」

右肩上がりの時代に店を大きくし、古き良き時代のカリスマ経営者として格好つけていられもした。だが時代は変わり、総合スーパーは昔ほど儲からなくなり、先細っている。

「すまない。後を頼んだ」

「ぼくには無理だ。社長になんてなりたくなかった」

ずっと思っていたことなのに、当の父親本人に面と向かって伝えたのは初めてだった。

すると父の口から、耳を疑うような言葉が飛び出した。

「降りてもいいぞ」

失望や怒りなどは感じられない、穏やかで自然な口調だった。

自分は一人息子。他に後継者はいない。

「大事なのは創業家が続くことではない。会社がより良い形で続くことだ」

偉大なる父は言った。最後まで格好いいことを言うものだ。

「エブリはこのままの業態で続けていても先行きは厳しい」

この偉大なカリスマ経営者の直感は、別の業態との提携に存続の道を見出していた。小売業の風雲児、ボンボヤージュと組めというのが父の遺志だった。

「いくつか、言い残しておく」

経営の実務は小田島を頼るように。小田島の手腕に対する父の信頼は揺るぎなかった。ツキミマート出身の社員も分け隔てなく登用する父に、小田島は尊敬の念を抱き、献身的にエブリの中枢を支えていた。まさか死後に牙をむくとは思っていなかっただろう。

アキーナの扱いもお前に任せたと、父は、はっきりと言った。

だんだんと遺言めいた話になっていく。苦し紛れに話題を転換した。

「あのさ、爺ちゃんが芸能事務所みたいなものを定款に入れたの、どうしてだろう」

すると父は懐かしむように「ああ、親父は寄席に行くのが好きだったから。酔狂で入れたんだってさ」と答えた。

「うちにいる若者たちを集めて、やってみるか、芸能事務所。ははは」

冗談交じりに言いながら我が子に向けた父の眼差し、父の笑顔だった。

「あのさ、社長は嫌だけど、エブリは好きだから。子供の頃からエブリが好きだったよ」

「そうか、それなら良かった」

「ありがとう」

最後の最後になってようやく言えた。父は笑顔で頷いた。

それから父はまた目を閉じ、その日の夕方、静かに息を引き取った。

父のいまわの際で、思い出したのだ。幼い頃から、エブリが好きだった。そして、父の理念だったアキーナも、大好きだった記憶の真ん中に変わらずたたずんでいた。

父は「任せる」と言った。ならば、父が大好きだったものを守ろうと思った。

父は「やってみるか」と冗談交じりに言った。ならば本当にやってみようと思った。

この場所でものを売るべからず。売ってよいものがあるとすれば、それは「夢」ただひとつである。

父の遺志を自分なりに引き継ぎ、エブリにお金では買えないもの、多くの人に喜ばれる宝を残したい。アキチーナとお笑い実業団は、エブリ四代の夢の結晶だ。

そのために、もう少しだけやらねばならないことがある。

＊

衝撃のニュースから一夜明けた。

四代目が株を全て売った。筆頭株主がボンボヤージュに変わる。

会社の騒動をよそに、店は稼働し続ける。今日も多くの人が生活のための品々を求め、エブリ吉祥寺店を訪れる。この先何がどう変わるのか、実感が湧かなかった。

はっきりしていることは、小田島の主導で進めていたメガマートとの提携を四代目が一夜にしてひっくり返したという事実だけだ。

栄治たちは目の前の仕事に没頭する。お笑い実業団を存続させる。その思いが店の精神的支柱となり、稲毛店長をはじめ、皆がそれぞれの持ち場で働いていた。

夕方十七時からのアキチーナでのライブは、立ち見も大勢で二百人程が詰めかけた。

えもやんが「いやあ、会社がえらい騒ぎになってますけどね……」と切り出すと、猫市はつかみに「桶狭間どえええす！」と叫んだ。観客からは大きな笑いが起こった。

それだけ昨日のニュースはインパクトがあり、広く知られているということだ。

芸人たちは、お笑い実業団はどうなってしまうのだろう、失業するのだろうか、という話題を面白おかしくネタにしながら、次々と笑いを取っていった。

最後にのらえもん、フリーターズ、ロック春山、ピカソーメンがもう一度ステージに登場してフリートークを展開する。ストライク栄治の衣裳はボンボヤージュで買ったものだという話で、芸人たちが栄治をイジってくる。ライブを終えようとしたそのとき。

「ちょっと待った！」

舞台の横のほうで、誰かが声を上げた。そして声の主が、舞台に駆け上がった。

「どうも、うつけの四代目、沢渡宗一郎です！」

騒動の張本人が現われた。栄治もお笑い実業団の面々も、観客も皆騒然となった。

「桶狭間どえええええす！」

四代目が叫ぶと、観客は大爆笑。猫市が「おっさん、芸人か！」とツッコんだ。

「皆さん、お笑い実業団やアキチーナは無くなるのか、とか思ってますよね」

四代目は客席に向かって問う。

「お笑い実業団もアキチーナも、今のまま続けます！」

四代目が宣言した。観客は歓声を上げ、拍手を送って沸いている。

何を根拠に言っているのだろうか。四代目にはもう、経営に対して何の権限もない。

「ホンマにこのまま、続けられるんか？」と猫市が訝しがる。

「うん、あのさ、ボンボヤージュの会長と約束してきたから。株を売り渡す代わりに、アキチーナとお笑い実業団は、このまんまどえええええす！」

客席からやんやの拍手と笑いが起きた。芸人たちも拳を突き上げて喜んだ。

ライブ終了後、栄治はバックヤードで夕方便の荷受けの準備をしていた。そこへ四代目が晴れ晴れとした表情で入ってきた。

「いやあ、みんなさ、サプライズニュースで喜んでくれたかな」

「本当に、これでお笑い実業団は続けていけるのでしょうか」

栄治の脳裏に、小田島と月見会の面々の顔が浮かぶ。稲毛店長の顔に酒を浴びせる小田島の表情、それを笑う取り巻きの声。彼らの恨みは根深い。

「禍根《かこん》を残したままお笑い実業団を続けても、すぐにわだかまりが噴き出すのでは……」

「今までどおりにしてればいい。お笑い実業団を始めた時も、敵ばかりだったでしょう」

四代目はいつもと変わらぬ、何も考えていないような口調で答えた。

経済ニュースはエブリの〝お家騒動〟を書き立て、経営から締め出された創業家が最後っ屁を放ったという論調の記事が出回っていた。

エブリ本部の大会議室で開かれる臨時の株主報告会は大荒れ必至の状況となった。

四代目の捨て身の奇策で全てをひっくり返された小田島の次の一手は、TOBによる株の半数超の買い付けを阻止することだ。

まずはメガマートに「ホワイトナイト」としてボンボヤージュに対抗し、株を買い取るよう働きかけたが、メガマート側は難色を示しているらしい。次の手段は、株主たちに対し、株をボンボヤージュに売り渡さないよう呼び掛ける策だ。

急転直下、臨時株主報告会は、会社の方針を左右する報告会になる。ひとまず、アキチーナの活用などといった個別の案件を話す状況ではない。誰もがそう思った。

だが小田島のアキチーナへの固執は予想以上だった。

大荒れ必至の株主報告会で、お笑い実業団の事業報告を予定通り行うという。「不採算事業」を小田島自ら報告し、懺悔《ざんげ》してしまおうという魂胆だ。そして株主からの声をバックに、アキチーナの売場化、お笑い実業団の撤退へと持ち込むシナリオだ。

臨時株主報告会の当日、エブリ本部の大会議室には三百人余の株主が集まった。

社長交代の報告の後、小田島の手によって事業の報告がなされた。案の定、お笑い実業団の事業報告は、質疑応答で株主からの集中砲火を浴びた。

激論のまま時間切れとなった。

「最後に、株主の皆様に事業の趣旨にご理解を賜りたく、余興をご用意しました」

小田島がお笑い実業団による余興をアナウンスする。本心では理解など求めているはずもなく、あえて株主の怒りを買い、その声を背にお笑い実業団を終わりにするつもりだ。怒号が飛び交う、完全アウェーの状況だった。

＊

舞台袖から、えもやんは大会議室の客席を覗く。スーツを着た中高年の人たちがびっしりと席を埋めている。こんな道楽に会社の大事な資金を費やして、なんたることか。株主たちの表情からは、そんな不信感が見て取れるようだ。

「不機嫌そうな顔ばっかりやな」

猫市が笑いながら吐き捨てた。えもやんは「しーっ」と人差し指を口に当てる。

「それでは、エブリお笑い実業団のライブショー、のらえもんの登場です」

司会者の紹介の後、迷うことなく二人で敵地へと飛び出した。

「どうも、のらえもんいいます、名前だけでも覚えて帰ってください」

挑みかかるような目をした猫市。笑わしてやろう、というよりも、笑い殺してやろうか、という目付きだ。少年の頃、初めて文化祭の舞台に立った時と同じ目をしている。今日披露するのも、あの時のネタだ。始まりは、えもやんからのネタ振り。

「俺、早口言葉を上手く言えるようになりたいねん」

「おお、ほな俺が極意を教えたるわ」

「ほんまか」

「ほんまやで、俺の早口言葉で全米が泣いたからな」

「全米を泣かす早口言葉ってなんやねん」

「お前、俺を疑ごうてんのか。じゃあ、これ言うてみ。『とうきょとっきょきょきゃきょくしんしゅんしゃんひょんしょー』」猫市が声高らかに口走るが、全く言えていない。

「ちょっと、すごさがよう分からへんかった。もういっぺん言うてみて」

「とうきょうとっきょきょきゃきょくしんしゅんしゃんしょひょー」

「嚙みまくってるやんけ」とえもやんが呆れる。

「はい、ご一緒に。とうきょうとっきょきょきゃきょきゅしんしゅんしゃんひょんひょー」

「だから、ぜんぜん言えてへんやん。だいたいなんやねん。とうきょうとっきょきょきゃきょきゅしんしゅんしゃんひょんひょーって」と、えもやん。これもまた、言えていない。

お互い「東京特許許可局新春シャンソンショー」を嚙みまくりながら、言い合う。

客席では、ゲラの咲子さんが、声を上げて笑い始めていた。

猫市は「ええか、俺の極意を使えば、誰でも早口言葉を言えるようになる。答えはこのポケットの中に入ってんねん。ええか、見とけ」と言って咳払いする。

それから、ドラえもんが道具を出す時の音楽を高らかに口ずさみ「とーきょーとっきょきょかきょく、しんしゅんしゃんそんしょー」と、ドラえもんの口真似でゆっくりと。あまりのくだらなさに会場がざわつく中、咲子さんの笑い声が弾ける。

釣られ笑いが、さざめきのように周りに起こる。

これが極意や。やってみい。とーきょーとっきょきょかきょく、しんしゅんしゃんそんしょー。ほら、言えたやん。おお、ほんまや！　言えた！　言えたぞー！

えもやんは大喜びしておいて「バカにしてんのか」と大声でノリツッコミを繰り出す。

さざ波のようだった笑い声がまとまった波となる。

猫市と目が合った。いける。初めてネタをやった時も、ここで波に乗った。

「皆さんもご一緒に、とーきょーとっきょきょかきょく、しんしゅんしゃんそんしょー」

二人で声を合わせて叫ぶと、そのバカバカしさに爆笑が沸き起こった。

この極意はな、実はあらゆることに応用できんねん。嘘もたいがいにせいよ。ほな、謝り上手になりたい、どうしたらええ？　おい、俺を誰やと思うてんねん、三秒で謝り上手にしてやるわ。じゃあ、謝ってみるから見てくれ。おお、やってみろ。出来心でつい万引きしてしまいました、申し訳ございません。あかん、それじゃ余計腹立つわ。大事なのは、ただ正直に潔く話すことや。そうすればどんな罪でも許されんねん、手本見せたる。

「ぱんぱかぱっぱっぱー……一億円横領しましたー」

猫市が満を持してドラえもんの口調で言い放ち、ドヤ顔を決めた。

どうや、一瞬で許すやろう。誰が許すか！

この後は、猫市が「ドラえもんが道具を出す時の口調で叫べば何でも解決できる」という暴論を振りかざし、色々な角度からボケを繰り出して畳みかける。

猫市が何かを叫び、えもやんが夢中でツッコむ度に笑い声が「ドッカーン」と弾けた。

ネコ、痛快やなあ。あんな臭い物見るような目をしとったおっさん、おばはんらが、大口開けてわろとる。不思議やなあ、敵やと思うてた人らが、もう仲間になっとる。

やっぱり、おもろいは正義や。

時々、もうええわ、と言いたくないような、ずっと続いていて欲しいような、名残惜しいステージがある。今日のステージは、間違いなくそれにあたる。

「お、江本。そろそろ次の現場に行かなあかんで」

「次の現場？　どこや」

「とうきょうとっきょきょきゃきゃきょきゅしんしゅんひゃんひょしょーや」

「ええ加減にせえ、もうええわ。どうも、ありがとうございましたー」

拍手万雷の中、えもやんは満ち足りた気持ちで頭を下げた。ふと、気がかりなことが頭をよぎる。猫市は、ちゃんとお辞儀をしているだろうか。

しっかり頭下げい。もうみんな味方や。

横目に、猫市が九十度ぴったりに腰を折り、深々と頭を下げるのが確かに見えた。それは、己の正義を貫いて戦いを終えた勇者の姿だった。

代表取締役社長、小田島充はのらえもんの余興が終わると、体調不良を理由に退出し、社長室へ戻った。

立川店の横松が甲斐甲斐しく小田島の書類を抱えて後ろを付いてきた。

「社長、おつかれさまでございます」

小田島は肘掛椅子に腰を下ろした。

「くだらん……とうきょうとっきょ、きょかきょく……？　なんなんだ」

への字口の両端をなおも湾曲させ、誰にともなく吐き捨てた。思い出すまいと不機嫌な表情を作るが、のらえもんの漫才が脳裏《のうり》に浮かんで消えず、頭の中で反響する。

〈とーきょーとっきょきょきゃきょく――……〉

ふーっと大きく息を吸い、思い切り咳をして気持ちを紛らわそうとしたが堪《こら》え切れず、プーっと吹き出した。あんなくだらない漫才で笑うなど、屈辱以外の何物でもない。

室内には横松と二人きりだ。小田島は横松に悟られぬよう、額に手を当てて深く俯き、執務机に肘を突きながら深呼吸を繰り返す。

「社長、どうされましたか」

「なんでもない」

小田島はくぐもった声で短く答え、更に深く俯く。

「社長、ご気分は……」

「いいから出て行け！」

横松は立ち尽し、声にならない弁明のために口をぱくぱくさせている。

このまま怒りで感情を黒く塗り潰したくて、もう一度「出て行け！」と怒鳴り散らす。

横松は震える声で「失礼します」と言い残し、出て行く。

「くだらん……」

小田島は声を殺して口元をへの字に結びながら、腹の底からひくひくとせり上がってくる震えを押さえ込もうと試みたが、もう無理だった。

堰《せき》止めていた笑いの衝動が暴れ出し、怒りと憎悪で築いた堰を突き破った。への字に固く結んでいた両唇が開き、制御不能の笑い声が奔流のように溢れ出た。

「とうきょうとっきょ、きょかきょく、しんしゅん……！　ひぃー、ひぃー！　くだらん！　バカじゃないのか！　ふわははは！　ひぃーっ、やめろ！　ひぃいい！」

呼吸が苦しくなり、腹の底から止めどなく突き上げてくる笑撃に身体がよじれる。椅子に座っていられなくなり、立ち上がって両手を机の上に突っ張る。

打ち消そうとすればするほど、切れ長の目をした男のがなり声と、肥満男のとぼけたツッコミが頭の中でリフレインして止まらなくなる。

社長席の肘掛けにすがり付き、崩れ落ちそうな身体を支える。何に負けたとも言い表せない、得体の知れぬ敗北感だ。

誰もいない社長室の中、聞いたこともないような自分の笑い声だけが響き渡る。正面の壁、エブリの社旗の上に掲げたツキミマートの社旗が涙で滲んで見えなくなっていた。

その時、俄かに扉の開く音が聞こえた気がした。失礼、忘れ物、忘れ物。男の声が続く。

オダさん、一緒に笑ったほうが楽しいんじゃないか。

呼吸困難で朦朧《もうろう》とする中、男の声が聞こえた。幻聴だろうか。

小田島は、死んだはずの三代目の声を聞いた。

三代目！　絶え絶えの呼吸の合間を縫って叫んだ。

終章　夢は捨てたと言わないで

「長くなりましたが、この辺で『ストライク栄治の単独ライブ』を終えようと思います」

嵐のような臨時株主報告会から一年余りが経った四月のある日、野球のユニフォームに袖を通した栄治は、高校生たちの前で語り終えようとしている。

栄治は鳥取県の母校・白兎学園高校の体育館で、全校生徒七百人の前に立っていた。様々な分野で活躍する卒業生を招く「課外学習」での講演を依頼されたのだった。プロ野球にいた頃にも依頼があったが「一軍で活躍できるようになったらぜひ」と丁重に断っていた。今回は二度目の依頼。お笑いサイト『ゲラリー』の記事で栄治とお笑い実業団のことを知った教師が「ぜひ講演を」と声を掛けてくれた。

栄治は甲子園での活躍からプロ野球での挫折、そして今、エブリという総合スーパーに勤めながら『お笑い実業団』の事業を進めていることを、自分の言葉で話した。

「漫才にはフリがあって、オチがある、なんていう話もしました。過去の紆余曲折がフリになって、ある日突然思いもかけないようなオチがやってくる。人生はそんなことの繰り返しなのかなと、最近思ったりします」

　過去の全てが絡み合って大きなフリとなり、現在というオチに繋がっている。

　母校からの講演依頼を引き受けようと思えたのは、過去を受け入れた上で今と向き合って生きられるようになったからだ。

「皆さん、東京にお越しの際は、ぜひお笑い実業団のライブを観に来てください」

　社交辞令ではなく、心底そう思うのだ。一度、自慢のお笑い実業団を観に来て欲しい。

　放課後、栄治は野球部の練習に招かれた。

　グラウンドで躍動する選手たち。入ったばかりの一年生から最後の夏へと向かってゆく三年生まで、四十人以上の部員がいる。栄治の代以来甲子園出場は無いとはいえ、今も県内屈指の強豪校だ。熾烈なポジション争いの中、日々の練習が勝負となる。

　初老の男性がバックネットの側で彼らを厳しい目付きで見つめている。白兎学園高校野球部監督・樫村章介《しょうすけ》。髪に白いものが増えたが、眼光は衰えていない。

　高校生の頃から、父のことをずっと「監督」と呼んできた。栄治は「よろしくお願いします」と脱帽して挨拶した。戦力外通告を受けた時以来、三年半ぶりの再会だ。

「彼を見てやって欲しい」

　父が指差したのは、三年生のピッチャーだった。背番号は「11」。栄治が付けていた背番号「1」は、学校の総意で永久欠番になっている。

現在のエースナンバー「11」を付けた少年は、栄治の前で帽子を取って「樫村先輩、お願いします！」と深々と頭を下げた。

「自分は、甲子園で樫村先輩のピッチングを拝見しました！」

少年は十一年前、チャーターバスで甲子園に駆け付けた地元応援団の中、父親に連れられて来たのだった。その時、彼は六歳。地元のリトルリーグに入ったばかりだった。スタンドから栄治の投球を見て、自分も白兎学園で野球をすると決めたという。

一人の少年が、樫村栄治を選んだのだった。

背番号「1」という空白地は後輩たちの憧れとなり、新たな才能を生み出している。空白が新たな価値を生み出す。どこかで聞いたことのある言葉だ。

一年生からエースを張ってきた彼の成長で、今年のチームは甲子園を狙える位置にいる。

栄治はバッターボックスに立ち、打者目線で投球を見せてもらった。彼に掛けられる言葉は何か、栄治は考えた。短い時間で伝えられることは、限られている。

少年は憧れの先輩の前で、遮二無二ストレートを放り続けた。スピードガンに表示される球速は一四〇キロ台後半。球速以上に重みが感じられ、打者の手元へ伸びてくる。

この直球は、夏までの間にまだ上積みできる。

栄治は二十球ほど見たところでマウンドへ駆け寄り、声を掛けた。

「ストレートは自分が三年の頃より断然上だよ。全国レベルだ」

きっと彼は、この言葉を宝物のように抱いて最後の夏に挑んでくれるだろう。

それから栄治は守備練習、打撃練習に交ざった。見るだけのつもりだったが、後輩たちの練習する姿を見ていると、交ざらずにはいられなくなった。

野球が好きだったのだ。父の夢の続きを生きてきたというのは、後付けの言い訳に過ぎなかった。栄治は確かに自分自身の夢を追って生きていた。

練習の終盤、父は快調に投球練習をするエースを眺めながら栄治に訊ねた。

「野球からは完全に離れたのか」

何年ぶりの再会であろうとも、この人は野球の話ばかりだ。

「いや、離れられません」

「何かあてはあるのか」

「あります。自分の野球教室を始めました」

お笑い実業団でストライク栄治として前説を務め、甲子園やプロ野球の小話を披露していたところ、観に来ていた男性から「うちの子たちに教えてもらえないか」と声を掛けられた。地域の少年野球チームの監督だった。栄治は他の仕事への支障を恐れて一度は断ったが、稲毛店長や芸人たちが背中を押してくれた。二ヵ月前から、ネットに囲まれた屋上のフットサル場で、少人数指導を始めた。『樫村栄治のエブリ野球教室』だ。月謝は一人三千円。利益は無いに等しいが、社内の地域貢献事業枠で認められた。

「今は十二人の子供たちを三グループに分けて教えてます」

「そうか。それならば、よかった」

練習の終わりに、栄治はチームの四番を務める二年生の選手に、勝負を挑んだ。

「遠慮なんかするなよ。真剣勝負だから」

栄治は大きく振りかぶり、高く足を上げ、大きく腕を振って第一球を投げた。栄治の指を離れたボールは、豪快な腕の振りとは裏腹に、ゆるゆると山なりの軌道を描き、スローモーションのようにストライクゾーンへ向かって落ちてゆく。少年は身体を泳がせながらバットを出した。タイミングが合わず、打球はボテボテのゴロになった。

「小さい頃、少年野球で習ったよな。伝家の宝刀、スローボールどええす！」

伝説の先輩・樫村栄治の前で終始硬い表情をしていた後輩たちが、手を叩いて笑っている。ウケた……。打ち取られた少年も笑っている。鬼監督である父の口元にすら笑みが浮かんだのを、栄治は見逃さなかった。

やっぱり、おもろいは正義だ。

＊

大型連休の初日、エブリ吉祥寺店は家族連れで大賑わいだ。

栄治は昼ピークに向け、当店自慢のサイコロカツ丼を陳列棚に補充する。サイコロカツ丼は全店舗の惣菜売場の看板商品となっていた。試食販売のセッティングをしていると、稲毛店長が見回りに来た。

「いやあ、サイコロカツ丼は救世主だ。カツ丼を制する店は惣菜売場を制するからね」

「その教訓、本当なんですね」

サイコロカツ丼がブレイクしてから、惣菜売場の売上と利益率は安定するようになった。咲子さんからのアイデアを稲毛店長が採用して全面的に任せ、ヒット商品が生まれた。

「咲子さんには頭が上がらないね。じゃあ樫村君、今日の試食販売もよろしく頼むよ」

稲毛店長の清々しい丸投げを、栄治は気持ち良く受け止めた。

細かく切ったサイコロカツをホットプレートに載せて、試食販売する。えもやんが「いらっしゃい、いらっしゃい」と呼び掛け、口上を述べる。

「このホットプレートの上で輝くプルプルの宝石は当店自慢のサイコロカツ、そして爆笑ホットプレートでブレイクしたのがフリーターズです！」

売場の整理作業で通りかかったフリーターズをえもやんが呼び止める。するとフリーターズの二人が立ち止まり、寸劇を始めた。

「いやあ、こんな美味しいカツ丼、取調室で出されたら一瞬で自白しちゃいますね」

「そんなワケないでしょう」

真理のツッコミに「じゃあ、試してみますか」と返す笑梨。つま楊枝《ようじ》に刺さったサイコロカツを一つ頬張ると「私がやりましたー！」と叫んだ。

それから「どうも、ありがとうございましたー」と売場の整理へと去ってゆく。

こうして賑やかな試食販売を繰り広げる。

「エブリお笑い実業団グッズ、よりどりみどり揃ってますよー！」

四代目が特設ワゴンの前で声を張り上げる。社長を退いた今、勝手にお笑い実業団のプロモーション会社を立ち上げ、自らグッズを発案して売場に置いている。

「あのさ、樫村君、これ見てよ。のらえもんスマホケース」

スマホケースには、えもやんと、エブリにゃんの着ぐるみを着けて頭部を外した猫市のイラストが描かれ、吹き出しに「全米が泣いた」というネタの定番台詞が書かれている。

「よりにもよって、なんで着ぐるみから顔出してる絵にしたんですか……」

咲子さんや亜樹も「何作ってんですか」と猛烈にツッコむ。

「のらえもんのスマホケースはいかがですか！」栄治もやけになって叫んだ。

特売の慌ただしい時間はあっという間に過ぎて行く。

昼ピーク後の休憩時間に入り、栄治はアキチーナへ向かった。ステージでは既に弥生がキーボードの弾き語りライブを始めていた。歌っている曲は『いぬのおまわりさん』。

客席にはよちよち歩きの幼児や、パパやママに抱かれた赤ん坊がたくさんいた。

アキチーナでの新企画『赤ちゃんからの音楽会』だ。サブタイトルには〈～泣いてもはしゃいでも大丈夫～〉と書かれている。

休憩中のえもやんが、客席でよちよち歩きの女の子に付き添って弥生の歌を聴いている。

「真歩《まほ》ちゃん、よく歩くようになりましたね」

「ホンマに、目が離せませんわ」

一昨年のオモワングランプリ敗者復活戦の日に生まれた女の子・真歩は一歳四ヵ月になった。子煩悩なえもやんは、時々真歩を店に連れてくる。

真歩はステージのすぐ前に歩いてゆき、弥生の歌声に合わせて手を叩いている。

「次もねこさんが出て来る歌です。さあ、みんな、エブリにゃんを呼んでみよう」

弥生は子供たちに呼び掛け、弥生が軽やかに『こぶたぬきつねこ』を歌い出す。するとと、アキチーナの舞台袖から、エブリにゃんが登場する。コミカルでキレのある動きで、手を振ったり、ポーズを決めたりして愛嬌を振りまいている。

真歩は大喜びで「ニャンニャ！」と指を差した。

「中に入ってんの、猫市のおっちゃんやで」

えもやんが真歩に言った。栄治は「そんな夢のないことを……」とツッコんだ。

四十分ほどの音楽会が終わり、夕方からはお笑い実業団のライブだ。

フリーターズの二人が、サンパチマイクをセットし、音響のチェックを始める。

若い男性店員たちが「設営は自分たちにお任せを」と進み出た。

漫才コンビ、ポンコツポルシェの二人だ。彼らは現在、グロッサリー部門の社員として勤めながらエブリお笑い実業団に所属している。

「そんなに気を遣わないでくださいよ……」

すると「いやいや、フリーターズさんはお笑い実業団の先輩ですから」と譲らない。

一昨年のオモワングランプリでのらえもんに感服したポンコツポルシェの二人は、もう一度プロの芸人になるため、一年前、エブリお笑い実業団への入団を志願してきたのだ。

栄治は、アマチュアかフリーの芸人限定のオーディションを企画し、新社長の小田島に直談判した。小田島は「業績に貢献する企画なら是非もなし」と、への字口で承諾した。

オーディションには、ポンコツポルシェの他、三組が志願してきた。その中には、女性モノマネ芸人、マネダ・エアポートもいた。事務所を辞めてフリーの芸人になり、再度志願してきたのだ。審査員は名島卓にお願いした。審査の結果、四組とも合格。新人四組の中では、マネダ・エアポートが人気急上昇中だ。

アキチーナの客席は今日も満員御礼で、立ち見が出る盛況ぶり。

トップバッターのロック春山がロケンロール漫談を披露し終え、舞台袖へ戻ろうとする。

そこへ「ちょっと待った！」とフリーターズの笑梨と真理が登場。

「なんと、ロック春山さん、今年の夏に一般女性の方と結婚することになりました！」

笑梨が「おめでとうございます！」と言いながら花束を渡す。サプライズ演出だ。お客には予《あらかじ》めチラシを配って伝えてある。みな大きな拍手を送っている。

「もうひとつ、プレゼントがあります」

真理の手には白い布で覆われたプレゼント。真理が布を外すと、絵画が露わになった。

「今日、個展の打合せでライブに出られないピカソーメンさんから預かってきました」

大観衆を前にステージでガッツポーズするロック春山の後ろ姿が描かれている。

「ピカソーメンさんからのメッセージを読みます。『ロックさんおめでとうございます。ぼくの絵は将来高く売れます。生活に困った時に売りに出してもらっても構いません』ということです。すごい自信ですね」

笑梨と真理から花束と絵を手渡され、春山は照れ笑いを浮かべている。

「うーん……ロケンローーーーーーール！」

春山は涙ぐんで叫び、客席に向けて大きく両手を上げて花束と絵を掲げた。

彼の視線の向こうにはサービスカウンターがあり、そこからお相手の〝一般女性〟である亜樹が見守っている。春山と亜樹は、店の誰にも感付かれぬまま付き合っていた。ロケンロール漫談の復活の陰には亜樹の激励があり、それを機に急接近していたのだった。先月、二人から一緒に住み始めたと報告を受け、皆でひっくり返るぐらい驚いた。

「あれ、そういえば、のらえもんさんがいないけど？」

笑梨が額に右手をかざして探す素振りをし、真理が「普通に祝うのは照れ臭いからって、これからお祝いの漫才やってくれるらしいよ」と応じる。

その様子を舞台袖で見ながら、栄治は思わず「よかった……」と呟いた。

「ホンマに、こうして楽しくやっていられるのも、樫村さんのおかげですわ。おおきに」

えもやんはステージに目を遣りながら言った。

「いや、自分は何も」

「樫村、堂々と『自分のおかげ』って言うとけばええねん。おおきに」

猫市は穏やかな笑みを浮かべながら、ステージを見据えている。

「ほな、行くで」

えもやんが猫市に声を掛け、のらえもんの二人がステージに飛び出してゆく。

栄治はサンパチマイクの前へ進み出る二人の背中を見送った。

自分は選ばれなかった人間だと思っていた。それは、手からこぼれ落ちていったものばかりに目を向けていたからだ。

甲子園に出場した、プロ野球選手になった、スーパーの社員になった、お笑い実業団と出会った。与えられた場所のひとつひとつや出会った人々のひとりひとりに、感謝の気持ちを持って目を向ける。すると、自分もまた何かに選ばれた人間だと知る。

きっと皆、その時々、何かや誰かに選ばれてその場所にいるのだ。

「いやあ、おめでたい話の後ですが、漫才やっていきましょうかねえ、猫市さん」

「ロケンローーーーーーール！」

えもやんが右手の甲で猫市の左胸を思い切りはたくと、早くも客席から笑いが起きる。

「お前がすんな」

「めでたいところ水を差すようやけどな、俺、結婚式が怖いねん」

「楽しいやんか、結婚式。ケーキ入刀とか、微笑ましいやろ」

「あれは、あかんわ。着飾った新郎新婦が刃渡り数十センチの刃物を二人で握りしめて」

「言い方がおかしい」

「笑顔で刃物を突き立てる光景を、お二人の初めての共同作業などと褒めそやし」

「言い方や！」

この後は、フリーターズの結婚式場バイトの漫才、次は新人団員たちのコントが続く。

お笑い実業団の夢は、これからも、ずっと続いていくのだ。

＊

二年前の五月、家の冷蔵庫が空になって、米も何も底を突いた。近所のスーパーへ出かけたのが、一週間ぶりの外出だった。レトルトのご飯とみそ汁を買って店を出ようとすると、催事場でお笑いライブをやっていた。

吸い込まれるようにしてガラガラの客席の一番前に座った。

思えば、あの日が私の再スタートだった。

総合スーパーには、生活に欠かせないものがたくさん売っている。

それに比べ、お笑いがなくても人は生活していけるし、世の中は回る。そんなお笑いの世界の出来事を記事にする私の仕事は、生活に必要な営みからほど遠いものだ。

それでも、私にはこの仕事を選び、続けていく理由がある。

決して楽ではないけれど、楽しくて、面白い。何より、取材に行く先々で面白い人に会って笑っていられる。

私は今、お笑い情報サイト・ゲラリーの編集部で特集記事の取材に当たっている。

今日はエブリお笑い実業団の本拠地、アキチーナでの三百回記念ライブで、八組が総出演し、大盛況のうちに終わった。

ライブ終了後、記念にステージ上でハイタッチ会が開かれている。芸人たちが並び、観客が一列になってステージを上手から下手へ歩きながら、全員とハイタッチしていく。

私もひと時だけ観客に戻り、列の最後尾に加わって、みんなとハイタッチした。

「リカ、でっかい口開けて笑っとったなあ。取材のこと忘れてへんやろな」

ネコさんが、私とすれ違いざまにそう言って笑う。

「大丈夫です！　ちゃんと書きます」

先輩記者からは、野良猫市は女癖が悪いらしいから気を付けろと聞かされているが、本当だろうか。私の知る限り、ネコさんはぶっきらぼうだけれど、後輩や年下などには優しい。

ハイタッチ会に続いて、ステージの上にテーブルを出してサイン会が始まった。舞台袖から栄治さんが感慨深げに見守っていた。

「お笑い実業団、大人気ですね」

話しかけると栄治さんは「まあ、地域限定ですけどね」と笑う。

「でもまさか、サイン会をやる日が来るとは。二年前は観客がリカさん一人でしたから」

サイン会も終わって人がいなくなった客席の中、最前列の席に制服姿の眼鏡の少女がポツンと座っていた。中学生だろう。私が特集記事の取材をしているこの一週間、放課後の時間帯のライブでは、いつも最前列の席に座ってネタを見つめていた。

あの子は、二年前の私だ。

歩み寄り、何か声を掛けようとしたその時、ひと足先に大きな人影が私の前を横切った。

「いつも来てくれて、おおきに」

えもやんさんが目線の高さを合わせるように、横にしゃがんだ。少女は「すみません」と言って席を立とうとする。するとステージの上から「お嬢、待って」と呼び止める声。

フリーターズの笑梨さんと真理さんがステージから降りてきた。

「あ、毎回最前列でキラキラの目で観てくれてるから、みんな『お嬢』って呼んでるの」

ロックさんも、ピカソさんも、そしてネコさんも、少女の前に降りてきた。

「お笑い好きなんだね？」

笑梨さんの問いに少女はかすかに頷いてから、消え入るような声で「でも」と言った。

「人前であまり笑えないので……」

「なんでなんで、さっき、にっこりとロックなスマイルしてたの、知ってるぜ」

「でも、みんなみたいに笑えません」

ピカソさんが「今日のお土産です」と、その場でスケッチブックに早描きした似顔絵を少女に差し出した。少女は「ありがとうございます」とはにかんでそれを受け取った。画の中の少女は微笑んでいる。

「画伯の絵、外国の金持ちのおっさんに、五枚セット一千百万円で売れたんやで」

ネコさんが彼女の側にしゃがんだ。

「無理して笑わんでも、ホンマにおもろい時に、おもろい分だけわろたらええねん」

「これからも観に来てな。おっちゃんら、もっとおもろなって、お嬢のことドッカーンて笑かしたるから」

えもやんさんはそう言って胸の前でぐっと拳を握りしめる。

「ここにおるおねえちゃんも最初はあんまし元気なくてな、声も上げんとニターッてわろてたけど、今はでっかい口開けてゲラゲラわろてんで」

ネコさんが急に私を指差した。

せや、おっちゃんらが腕を上げたからな。違いますよ、ヒメ様は私たちの漫才が好きだったんですから。ぼくの絵がね……。いやいや、俺のロックなネタのおかげだぜ。何言うてんねん、このおっさんな、最初はスベりっぱなしやったんで。

少女と私に向かって交互に語り掛けるように、芸人さんたちの掛け合いが始まった。

眼鏡の少女が顔を上げ、少し口を開けて笑った。

お笑い芸人のいない世界よりも、お笑い芸人のいる世界のほうがきっと楽しい。

そう信じて私は今ここにいる。

謝辞

本作『夢は捨てたと言わないで』(文庫化にあたり『崖っぷち芸人、会社を救う』に改題)を書くにあたり、多くの方々からご指導を頂きました。

中央公論新社文芸編集部の金森航平さん。初めてお会いした際の打合せで、学生時代にお笑いサークルに所属しておられたと知り、お笑いを題材にした物語の着想を得ました。以来、担当編集者としてサポートくださるとともに、私と漫才コンビを組んでライブに出演してくださいました。まさか四十歳を過ぎて漫才をやることになるとは、思ってもいませんでした。社会人漫才『わらリーマン』ライブやM-1グランプリの一回戦にも出場し、とても貴重な取材体験でした。

金森さんの大学時代の後輩で芸人の長島聡之《ながしまとしゆき》さんには、若手芸人の生活やご自身の活動のことなど、様々なことを教えて頂きました。原稿の初期段階から監修をお願いし、芸人視点からのご指摘は大変参考になりました。ツッコミ一筋、日常会話でもついツッコんでしまう長島さんのキャラクターに、職業としてのツッコミを垣間見ました。

金森さんの元相方・飯島航介《いいじまこうすけ》さんには、学生漫才での活動について教えて頂きました。また、漫才のネタ見せにお付き合い頂き、素晴らしいボケのアイデアを頂きました。おかげ様で、ライブ本番ではビギナーズ・ラックながらも、笑いを取ることができました。この時の喜びは、物語の中に強く生きています。

社会人漫才『わらリーマン』主宰の奥山慶久《おくやまよしひろ》さんからはライブ後の打ち上げの席で『わらリーマン』を立ち上げたきっかけや「趣味としてのお笑いを確立する」という思いについてお話をうかがいました。また『わらリーマン』出演者の方々のレベルの高さに驚き、勤めの傍らお笑いを続ける情熱やバイタリティに触れました。私は『わらリーマン』から、この物語に通じる「勤め人×芸人」の相乗効果を感じました。人生初漫才のド素人だった私を温かくステージに上げて頂き、本当に嬉しかったです。

たくさんのご協力を賜り、本作は完成しました。この場をお借りして心より感謝申し上げます。ありがとうございました。

私は小さな頃からお笑いと、お笑い芸人が好きでした。いつしか小説を書くようになり、今回こうした形でお笑いを題材にした物語を書く機会を頂いたご縁に、感謝しかありません。原稿を書いている期間中、時間の許す限り多くのネタ番組を視聴し、時折ライブ観賞にも出かけました。当たり前過ぎて忘れかけていましたが、漫才やコントを観て笑えるのはとても幸せなことだと、改めて気付かされました。

なお、この物語はフィクションであり、作中の記述は全て著者の責によることを申し添えます。

二〇二〇年　六月吉日　　　安藤　祐介

本書は『夢は捨てたと言わないで』（二〇二〇年六月　中央公論新社刊）
を改題の上、加筆・修正したものです。

中公文庫

崖《がけ》っぷち芸人《げいにん》、会社《かいしゃ》を救《すく》う

2023年4月25日　初版発行

著　者　安藤《あんどう》 祐介《ゆうすけ》

発行者　安部 順一

発行所　中央公論新社
〒100-8152　東京都千代田区大手町1-7-1
電話　販売 03-5299-1730　編集 03-5299-1890
URL https://www.chuko.co.jp/

ＤＴＰ　嵐下英治
印　刷　大日本印刷
製　本　大日本印刷

Published by CHUOKORON-SHINSHA, INC.
Printed in Japan　ISBN978-4-12-207349-4 C1193

各書目の下段の数字はＩＳＢＮコードです。978－4－12が省略してあります。

中公文庫既刊より

い-125-1
花咲舞が黙ってない
池井戸　潤
メガバンク誕生前夜、熾烈な合併交渉が進む中、花咲舞は自行の存続を揺るがしかねない大スキャンダルを知る。跳ねっ返り女子行員が活躍する痛快連作短篇。
206449-2

お-51-1
シュガータイム
小川　洋子
わたしは奇妙な日記をつけ始めた――とめどない食欲に憑かれた女子学生のスタティックな日常、青春最後の日々を流れる透明な時間をデリケートに描く。
202086-3

お-51-2
寡黙な死骸 みだらな弔い
小川　洋子
鞄職人は心臓を採寸し、内科医の白衣から秘密がこぼれ落ちる…時計塔のある街で紡がれる密やかで残酷な弔いの儀式。清冽な迷宮へと誘う連作短篇集。
204178-3

お-51-3
余白の愛
小川　洋子
耳を病んだわたしの前に現れた速記者Ｙ、その特別な指に惹かれたわたしが彼に求めたものは。記憶と現実の危ういはざまを行き来する、美しく幻想的な長編。
204379-4

お-51-5
ミーナの行進
小川　洋子
美しくて、かよわくて、本を愛したミーナ。あなたとの思い出は、損なわれることがない――懐かしい時代に育まれた、ふたりの少女と、家族の物語。谷崎潤一郎賞受賞作。
205158-4

お-51-6
人質の朗読会
小川　洋子
慎み深い拍手で始まる朗読会。耳を澄ませるのは人質たちと見張り役の犯人、そして……。しみじみと深く胸を打つ、祈りにも似た小説世界。〈解説〉佐藤隆太
205912-2

お-51-8
完璧な病室
小川　洋子
病に冒された弟と姉との時間を描く表題作他、デビュー短篇を含む最初期の四作収録。みずみずしい輝きを放ち、作家小川洋子の出現を告げる作品集。新装改版。
207319-7

か-74-1
ゆりかごで眠れ（上）
垣根涼介
南米コロンビアから来た男、リキ・コバヤシ——マフィアのボス。目的は日本警察に囚われた仲間の奪還と復讐。そして、少女の未来のため。待望の文庫化。
205130-0

か-74-2
ゆりかごで眠れ（下）
垣根涼介
安らぎを夢見つつも、憎しみと悲しみの中でもがき彷徨う男女。血と喧噪の旅路の果てに彼らを待つものは、一体何なのか？ 人の心の在処を描く傑作巨篇。
205131-7

か-74-3
人生教習所（上）
垣根涼介
謎の「人間再生セミナー」に集まってきた「落ちこぼれ」たちは、再起をかけて小笠原諸島へと出航する。『君たちに明日はない』の著者が放つ、新たなエール小説。
205802-6

か-74-4
人生教習所（下）
垣根涼介
斬新な講義で変わっていく受講者たち。そして最後にして最大の教材、小笠原の美しい自然と数奇な歴史に織り込まれた真理とは？ 謎のセミナー、感動の最終章へ。
205803-3

か-74-5
真夏の島に咲く花は
垣根涼介
フィジー人、インド人、日本人、中国人。様々な若者たちが南国の「楽園」で学んだ大切なこととは？ 真の幸せを問い続ける著者渾身の長篇小説。〈解説〉大澤真幸
206413-3

き-40-1
化学探偵Mr.キュリー
喜多喜久
周期表の暗号、ホメオパシー、クロロホルム——大学で起こる謎を不遇の天才化学者が解き明かす!! 至極の化学ミステリが書き下ろしで登場！
205819-4

き-40-2
化学探偵Mr.キュリー2
喜多喜久
過酸化水素水、青酸カリウム、テルミット反応——今日もMr.キュリーこと沖野春彦准教授を頼る事件が盛りだくさん。大人気シリーズ第二弾が書き下ろしで登場！
205990-0

き-40-4
化学探偵Mr.キュリー3
喜多喜久
呪いの藁人形、不審なガスマスク男、魅惑の《毒》鍋——学内で起こる事件をMr.キュリーが解き明かすが、今回、彼の因縁のライバルが登場して⁉
206123-1

各書目の下段の数字はISBNコードです。978－4－12が省略してあります。

き-40-5
化学探偵Mr.キュリー4 喜多喜久
Mr.キュリーこと沖野春彦が、なんと被害者に⁉ 事件に立ち向かったのは春ちゃんラブのイケメン俳優・美間坂剣也。新たな名探偵、誕生か⁉
206236-8

き-40-6
化学探偵Mr.キュリー5 喜多喜久
化学サークルの「甘い」合成勝負、サ行の発音があやうくなる《薬》。そして沖野と舞衣は、理学部地下の冷蔵室に閉じ込められた。この窮地に沖野は――？
206325-9

き-40-7
化学探偵Mr.キュリー6 喜多喜久
沖野春彦が四宮大学に来て三年半。未だ研究のメインテーマを決められずにいた。そんな中、研究室に「ギフテッド」と呼ばれる天才少女が留学してきて？
206411-9

き-40-9
化学探偵Mr.キュリー7 喜多喜久
シリーズ累計50万部突破！ Mr.キュリーこと沖野春彦の推理に《化学反応》を受けた人物たちが織りなす、個性豊かな7色のミステリが登場です！
206529-1

き-40-11
化学探偵Mr.キュリー8 喜多喜久
大学内で撮影された爆破動画。理学部の排水から検出した覚醒剤。そして研究室で体調を崩す学生、その意外な原因を沖野と彼のライバル・氷上が探る。
206745-5

き-40-13
化学探偵Mr.キュリー9 喜多喜久
四宮大学で舞衣が沖野と出会って丸二年。今年も奇妙な相談が寄せられる中、あの人気「化学ドラマ」を沖野が監修することになり？
206869-8

き-40-15
化学探偵Mr.キュリー10 喜多喜久
小国の王子に舞衣がプロポーズされた⁉ 一方、沖野も海外の科学研究所にスカウトされて……。第十弾は波乱ずくめの長編作！ 文庫書き下ろし。
207067-7

き-40-8
死香探偵 尊き死たちは気高く香る 喜多喜久
「キュリー」シリーズ著者・喜多喜久の新たな化学ミステリ登場！ 分析オタクのイケメン准教授×死の香りをかぎ分ける青年が不審死事件を《嗅ぎ》解く！
206508-6

き-40-10 死香探偵 連なる死たちは狂おしく香る　喜多喜久

人気作家のサイン本に一冊だけ付いたチョコレートの死香の謎など、分析フェチの准教授×死の香りを嗅ぎ分ける美青年の〈匂い〉に特化した化学ミステリ！

206693-9

き-40-12 死香探偵 哀しき死たちは儚く香る　喜多喜久

未解決事件を匂いで「嗅ぎ解いて」きた潤平と風間。ある日、潤平が特殊な薬品をかけられ嗅覚を失ってしまい⁉　人気作第三弾！

206850-6

き-40-14 死香探偵 生死の狭間で愛は香る　喜多喜久

風間と同居することになった潤平。だがセキュリティーの高いマンションに、不審な死香が付着した郵便物が？　人気シリーズ第4弾！　文庫書き下ろし。

207015-8

き-40-16 死香探偵 真心は捧げられた死と香る　喜多喜久

「死香」研究のため同居する風間と潤平。だが風間は姉に「潤平を研究材料だと考えている」と指摘され……。人気シリーズ第五弾は波瀾の予感？

207180-3

き-40-3 桐島教授の研究報告書 テロメアと吸血鬼の謎　喜多喜久

拓也が構内で出会ったのは、若返り病を発症したというノーベル賞受賞者・桐島教授。病気解明の手伝いを依頼された途端、《吸血鬼事件》に遭遇し――⁉

206091-3

く-19-10 ただいま家事見習い中 ハウスワーク代行・亜美の日記　鯨統一郎

家事代行会社のアルバイト・亜美が行く先で、トラブル発生！　意外にも鋭い推理力を持つ亜美は、事件を解決へ導けるのか？　ハートウォーミングミステリ。

206585-7

く-19-11 恋と掃除と謎解きと ハウスワーク代行・亜美の日記　鯨統一郎

家事代行業のアルバイトも板に付いてきた大学生の樋口亜美。意外にも鋭い推理力で、今日も派遣先の事件を解決する！　ハートウォーミングミステリ第二弾。

206724-0

く-19-12 カルトからの大脱出　鯨統一郎

謎のカルト教団〈新しい神のルール〉に消えた娘を救うため保険営業員とマジシャンが奇跡を起こす。息つく間もない大・逆・転ミステリー！　文庫書き下ろし。

207294-7

各書目の下段の数字はISBNコードです。978-4-12が省略してあります。

こ-40-19
任侠学園
今野 敏
「生徒はみな舎弟だ！」荒廃した私立高校を「任侠」で再建すべく、人情味あふれるヤクザたちが奔走する！「任侠」シリーズ第二弾。〈解説〉西上心太
205584-1

こ-40-22
任侠病院
今野 敏
今度の舞台は病院⁉ 世のため人のため、阿岐本雄蔵率いる阿岐本組が、病院の再建に手を出した。大人気「任侠」シリーズ第三弾。〈解説〉関口苑生
206166-8

こ-40-23
任侠書房
今野 敏
日村が代貸を務める阿岐本組は今時珍しく任侠道を弁えたヤクザ。その組長が、倒産寸前の出版社経営を引き受け……。『とせい』改題。「任侠」シリーズ第一弾。
206174-3

こ-40-38
任侠浴場
今野 敏
こんな時代に銭湯を立て直す⁉ 頭を抱える日村に突然、阿岐本が「みんなで道後温泉に行こう」と言い出し……。「任侠」シリーズ第四弾！〈解説〉関口苑生
207029-5

し-53-2
駐在日記
小路幸也
昭和五十年。雉子宮駐在所に赴任した元刑事・周平と、元医者・花の若夫婦。平和なはずの田舎町で巻き起こるのは、日誌に書けないワケあり事件⁉
206833-9

し-53-3
あの日に帰りたい 駐在日記
小路幸也
昭和五十一年。周平と花夫婦の駐在所暮らしはのんびり平和とはいかないようで⁉ 優しさとほんの少しの厳しさで謎を解く、連作短編シリーズ第二弾。
207068-4

や-61-2
あたしとママのファイトな日常
山本幸久
人間関係、職場の不満、将来への不安。全部まとめて打っべし、打っべし！「好き」という気持ちが世界を変える、母と娘のハートウォーミングストーリー。
207312-8

や-64-1
出張料亭おりおり堂 ふっくらアラ煮と婚活ゾンビ
安田依央
天才料理人の助手になって、仕事も結婚も一挙両得？ 恋愛下手のアラサー女子と、料理ひとすじのイケメン、もどかしすぎる二人三脚のゆくえやいかに。シリーズ第一弾。
206473-7

や-64-2
出張料亭おりおり堂 ほろにが鮎と恋の刺客
安田依央
仁さんの胸に飛びこむ可憐な娘。立ち尽くす澄香……！　突如現れたライバルが語る、仁さんの秘められた過去とは？　早くも波瀾のおいしいラブコメ、第二弾！
206495-9

や-64-3
出張料亭おりおり堂 コトコトおでんといばら姫
安田依央
天才イケメン料理人・仁への恋を秘め、助手を務めてきた山田。「おりおり堂」休業の危機を乗り越え、再び春を迎えられるのか？　人気のおいしいラブコメ第三弾！
206536-9

や-64-4
出張料亭おりおり堂 夏の終わりのいなりずし
安田依央
「必ず戻る」その言葉を残し、仁が京都へ旅立ってから一年半が経った。彼を待ち続ける澄香の心は揺らぎ続け……。謎の人物も登場し、新章突入へ！
206719-6

や-64-5
出張料亭おりおり堂 月下美人とホイコーロー
安田依央
「おりおり堂」に仁が戻り、澄香はまさかの「喪女卒業」か——に思われたが、新たな居候が邪魔をしてきて……。新章第二弾！
206803-2

や-64-6
出張料亭おりおり堂 ほこほこ芋煮と秋空のすれ違い
安田依央
仁にプロポーズされた⁉　浮かれていた山田澄香だが、仁はあれ以降何も言ってこない。不安になる中、謎の美女も店に現れて……？
206874-2

や-64-7
出張料亭おりおり堂 こっくり冬瓜と長い悪夢
安田依央
料理の依頼で老舗旅館に赴いた仁と山田。だが周囲で「こりこり堂」という仁の偽者が出現！　更に仁の様子もいつもと違い……。シリーズ第七弾！
207116-2

や-64-8
出張料亭おりおり堂 あつあつ鍋焼きうどんと二人の船出
安田依央
様々な因縁がほどけた時、仁はやっと自分の気持ちを打ち明けはじめた。その告白に対し、山田の返事は……。人気シリーズ最終巻！
207329-6

よ-39-1
それからはスープのことばかり考えて暮らした
吉田篤弘
路面電車が走る町に越して来た青年が出会う、愛すべき人々。いくつもの人生がとけあった「名前のないスープ」をめぐる、ささやかであたたかい物語。
205198-0

各書目の下段の数字はISBNコードです。978－4－12が省略してあります。

よ-39-2
水晶萬年筆　吉田篤弘
アルファベットのSと〈水読み〉に導かれ、物語を探す物書き。繁茂する道草に迷い込んだ師匠と助手――人々がすれ違う十字路で物語がはじまる。きらめく六篇の物語。
205339-7

よ-39-3
小さな男＊静かな声　吉田篤弘
百貨店に勤めながら百科事典の執筆に勤しむ〈小さな男〉。ラジオのパーソナリティの〈静香〉。ささやかな日々のいとおしさが伝わる物語。〈解説〉重松　清
205564-3

よ-39-4
針がとぶ Goodbye Porkpie Hat　吉田篤弘
伯母が遺したLPの小さなキズ。針がとぶ一瞬の空白に、どこかで出会ったなつかしい人の記憶が降りてくる。響き合う七つのストーリー。〈解説〉小川洋子
205871-2

よ-39-5
モナ・リザの背中　吉田篤弘
美術館に出かけた曇天先生。ダ・ヴィンチの『受胎告知』の前に立つや、画面右隅の暗がりへ引き込まれ……。さぁ、絵の中をさすらう摩訶不思議な冒険へ！
206350-1

よ-39-6
レインコートを着た犬　吉田篤弘
〈月舟シネマ〉の看板犬ジャンゴは、「犬だって笑いたい」と密かに期している。小さな映画館と、十字路に立つ食堂を舞台に繰り広げられる雨と希望の物語。
206587-1

よ-39-7
金曜日の本　吉田篤弘
子どもの頃の僕は「無口で」「いつも本を読んでいた」と周りの大人は口を揃える――忘れがたい本を巡る断章と、彼方から甦る少年時代。〈解説〉岸本佐知子
207009-7

よ-39-8
ソラシド　吉田篤弘
幻のレコード、行方不明のダブルベース。「冬の音楽」を奏でるデュオ〈ソラシド〉。失われた音楽を探し、もつれあう記憶と心をときほぐす、兄と妹の物語。
207119-3

よ-39-9
天使も怪物も眠る夜　吉田篤弘
二〇九五年、〈壁〉によって東西に分断された東京では、誰もが不眠に悩まされていた。睡眠薬開発を巡る攻防は、やがて「眠り姫」の謎にたどり着く……。
207288-6